Vierzehn der besten phantastischen Erzählungen aus dem großen Œuvre des H. G. Wells hält dieser Band bereit, das heißt: Vierzehnmal eintauchen in die Gefilde des Schreckens, aber auch des Skurrilen, Seltsamen und Wunderbaren. ›Im Tal der Spinnen‹ oder ›Im Reich der Ameisen‹ sollte sich niemand aufhalten, dem sein Leben lieb ist, und auch der Dämon, der Mr. Pollock zu Tode jagt, ist zu meiden. ›Das unerfahrene Gespenst‹ dagegen erweckt eher unser Mitleid, und ›Der Zauberladen‹ ist zwar unheimlich, aber nicht tödlich. Einen Blick in die Zukunft gewährt ›Die Tür in der Mauer‹, doch die Geschichte vom gestohlenen Körper entpuppt sich als Schreckensvision. Und wie ein Nachtfalter einen Forscher in die Gummizelle bringt, ist immerhin äußerst merkwürdig.

Wer also der Angstlust frönt, das Leseabenteuer sucht oder einfach einmal den berühmten H. G. Wells kennenlernen möchte, darf sich auf die Lektüre freuen.

H(erbert) G(eorge) Wells wurde am 21. 9. 1866 in Bromley/Kent geboren und starb am 13. 8. 1946 in London. Nach einer Kaufmannslehre absolvierte er ein naturwissenschaftliches Studium mit Prädikatsexamen; nach nur wenigen Jahren als Dozent lebte er als freier Schriftsteller. Sein Gesamtwerk umfaßt etwa hundert Bände. Zu Weltruhm gelangte er mit seinen Romanen und Erzählungen, die ihn als Begründer der modernen Science-fiction, als genialen phantastischen Utopisten und als kritisch-humorvollen Gesellschaftssatiriker ausweisen.

H. G. Wells

Das Tal der Spinnen

Erzählungen

Aus dem Englischen von
Gertrud J. Klett, Lena Neumann, Reinhild Böhnke,
Käthe Recheis, Liesl Nürenberger-Körbler
und Andreas Ch. Körbler

Deutscher Taschenbuch Verlag

Die Verwendung der Übersetzungen
von Reinhild Böhnke und Käthe Recheis erfolgt
mit freundlicher Genehmigung
des Verlages Philipp Reclam jun., Leipzig,
und des Hoch-Verlages, Düsseldorf.

August 1997
Deutscher Taschenbuch Verlag GmbH & Co. KG, München
© 1980 by The Executors of the Estate of H. G. Wells
und Paul Zsolnay Verlag Ges.m.b.H., Wien
Umschlagkonzept: Balk & Brumshagen
Umschlagbild: ›No. 418, Biomechanoid Landscape III‹
(1979) von H. R. Giger (© VG Bild-Kunst, Bonn 1996)
Gesetzt aus der Bembo 10,5/12˙ (WinWord 6.0)
Gesamtherstellung: C. H. Beck'sche Buchdruckerei,
Nördlingen
Gedruckt auf säurefreiem, chlorfrei gebleichtem Papier
Printed in Germany · ISBN 3-423-12346-X

Das Tal der Spinnen

Gegen Mittag erblickten die drei Verfolger plötzlich an einer Biegung des Strombetts ein sehr breites, weites Tal. Der schwierige, gewundene Kiespfad, auf dem sie nun schon so lange die Flüchtlinge verfolgt hatten, öffnete sich plötzlich zu einem breiten Hang, und wie auf Verabredung hin verließen die drei Männer den Pfad, ritten auf eine kleine, von dunkelgrünen Bäumen besetzte Anhöhe zu und hielten dort. Zwei von ihnen, wie es sich gebührte, ein bißchen hinter dem Mann mit dem silberbeschlagenen Zaum.

Eine Weile durchspähten sie die große Fläche unter ihnen mit begierigen Augen. Ferner, immer ferner erstreckte sie sich: Nur einige Gruppen dürrer Dornsträucher da und dort und ein ferner Streifen wie von einer wasserlosen Schlucht, der die Öde des gelben Grases durchschnitt. Die purpurnen Ausläufer schmolzen dahin in die blauen Hänge ferner Hügel – grünerer Hügel, so schien es. Und darüber, auf unsichtbaren Trägern – schwebend im Blau –, erhoben sich schneebekleidete Gipfel von Bergen, die immer kühner und größer wurden, je mehr sich das Tal gegen Nordwesten verengte. Gegen Westen öffnete es sich auch, und ein fernes Dunkeln unter dem Horizont deutete beginnende Wälder an. Aber die drei Männer schauten weder nach Osten noch nach Westen, sondern stetig vorwärts, geradeaus über das Tal hin.

Der Hagere mit der narbigen Lippe sprach zuerst.

»Ich kann sie nirgends sehen!« sagte er, mit einem Seufzer der Enttäuschung. »Aber freilich – sie haben ja bereits einen ganzen Tag Vorsprung vor uns gewonnen.«

»Sie wissen ja nicht, daß wir hinter ihnen her sind«, sagte der Kleine auf dem Schimmel.

»*Sie* weiß es wohl!« sagte der Anführer bitter, als spreche er zu sich selbst.

»Aber sie kommen auch so nicht schnell weiter. Sie haben nichts bei sich als ein Maultier, und heute, den ganzen Tag, hat der Fuß des Mädchens geblutet ...«

Der Mann mit dem Silberzaum ließ einen wütenden Blick nach dem Sprecher aufblitzen. »Glaubst du, ich hab es nicht gesehen?« zischte er.

»Immerhin ... es hilft uns weiter«, flüsterte der Kleine vor sich hin.

Der Hagere mit der narbigen Lippe starrte gleichmütig geradeaus. »Sie können das Tal noch nicht durchquert haben«, sagte er. »Wenn wir tüchtig reiten ...«

Er blickte nach dem Schimmel und verstummte.

»Der Teufel hol alle Schimmel!« sagte der Mann mit dem Silberzaum und drehte sich um, um das Tier, dem seine Verwünschung galt, näher zu betrachten.

Der Kleine richtete den Blick zwischen die melancholischen Ohren seiner Stute.

»Ich hab mein Bestes gegeben!« sagte er.

Wieder starrten die beiden anderen eine ganze Weile über das Tal. Der Hagere fuhr sich mit dem Handrücken über die narbige Lippe.

»Vorwärts!« sagte der Mann mit dem Silberzaum plötzlich. Der Kleine fuhr zusammen und zog krampfhaft die Zügel an, und die Hufe der drei Pferde trappelten rasch und kaum hörbar über das dürre Gras, während sie nach der Fährte zurücktrabten ...

Vorsichtig ritten sie den langen Hang hinab und kamen so durch eine Wirrnis von dornigen, ineinander verwachsenen Sträuchern und seltsamen, trockenen Ästen, die zwischen den Felsen wuchsen, hinunter in das Flachland. Da wurde die Spur immer schwächer, denn der Boden wurde immer trockener, und das einzige Kraut war das versengte, dürre Gras, das überall die Erde bedeckte. Trotzdem – durch unablässiges Suchen und Wittern, durch stetiges Anhalten – gelang es auch diesen Weißen, ihre Beute im Auge zu behalten.

Zertrampelte Grasplätze sahen sie – niedergetretene, geknickte Halme – und immer wieder eine verräterische Fußspur. Einmal entdeckte der Anführer einen braunen Blutfleck, dort, wo die Mestizendirne möglicherweise gegangen war ... und leise ... unhörbar fluchte er ...

Der Hagere ritt dicht hinter dem Anführer; ihm folgte der Kleine auf dem Schimmel, traumverloren. So ritten sie, einer hinter dem andern. Der Mann mit dem Silberzaum voraus. Keiner sprach ein Wort. Nach einer Weile fiel es dem Kleinen auf dem Schimmel auf, daß es so merkwürdig still war. Er fuhr auf aus seinem Traum. Mit Ausnahme der kleinen Geräusche, die die Pferde verursachten, lag über dem ganzen Tal die brütende Stille eines Genrebildes ...

Vor ihm ritten sein Gebieter und sein Genosse; jeder leidenschaftlich nach links strebend; jeder unwillkürlich im Tritt seines Pferdes sich bewegend. Und vor ihnen wanderten ihre Schatten ... stumme, lautlose, schwankende Begleiter. Und näher – dicht neben ihm – ein zusammengekauertes, kaltes Etwas ... das war sein eigener. Er blickte sich um. Was war denn auf einmal weg? Der Widerhall von den Schluchträndern – das unablässige Geräusch der aufspritzenden, knirschenden Kiesel fiel ihm ein. Na ... und was noch? Das war es. Es regte sich kein Windhauch. Was für eine endlose, stille Gegend das war! Was für ein schweigender Nachmittagsschlummer: und der Himmel so leer und weit ... mit Ausnahme eines düsteren Dunstschleiers, der sich über das obere Tal gezogen hatte.

Er richtete sich straff auf ... zog die Zügel an ... spitzte die Lippen zum Pfeifen ... und seufzte. Dann wandte er sich im Sattel und starrte eine Weile nach dem Schlund der Bergschlucht zurück, aus dem sie gekommen waren. Kahl! Kahle Hänge zu beiden Seiten. Nirgends die Spur eines freundlichen Tieres, eines Baumes, geschweige denn eines Menschen! So ein Land! So eine Wildnis! ... Und er sank wieder zurück in seine vorige Stellung.

Mit einer plötzlichen Freude erfüllte es ihn, als er – schlangengleich – einen purpurnen Blitz aufflammen und wieder im Braun verschwinden sah. Also war dieses höllische Tal *doch* nicht ganz tot! Dann – zu seiner noch größeren Freude – strich plötzlich ein leiser Hauch über sein Gesicht, ein Flüstern, das kam und wieder schwand – das leise Wehen eines starren, dunkelknospenden Strauches auf einer kleinen Anhöhe –, die ersten Anzeichen einer etwaigen Brise … Und langsam netzte er seinen Finger und reckte ihn in die Luft …

Ganz plötzlich hielt er an, um einen Zusammenstoß mit dem Hageren zu vermeiden, der mit einem Mal die Spur verloren hatte. Aber just in diesem schulderfüllten Moment begegnete er dem Blick seines Gebieters, der auf ihn gerichtet war …

Eine Zeitlang zwang er sich zu einem Interesse an der Verfolgung. Dann – während sie immer weiter ritten – vertiefte er sich in das Studium des Schattens seines Gebieters, seines Hutes und seiner Schultern, wie sie hinter der Silhouette des Hageren auftauchten und wieder verschwanden. Seit vier Tagen ritten sie so – jenseits der Grenzen der Welt – in diese Einöde hinein, ohne Wasser, nichts als ein bißchen Rauchfleisch unter dem Sattel, über Felsen und Berge, die sicherlich noch kein Fuß betreten hatte, außer dem der Flüchtlinge … Und all das deshalb?

Wegen einer Dirne … eines eigensinnigen Kindes! Und der Mann hatte ganze Städte voll von Leuten, die jeden, aber auch jeden seiner Wünsche erfüllen konnten! Mädchen … Weiber! Weshalb … im Namen des leidenschaftlichen Wahnsinns … gerade die, fragte sich der Kleine, verwünschte die ganze Welt und leckte sich mit ausgedörrter Zunge die trockenen Lippen. Der Gebieter wollte es so … das war alles, was er wußte. Einzig und allein, weil sie sich ihm entziehen wollte …

Ein Streifen dichtgefiederten Schilfs tauchte vor ihm auf; seine seidigen Wedel neigten sich, beugten sich … sanken … Der Wind wurde stärker. Er nahm den Dingen ihre starre Stummheit – und das war gut so.

»Hallo!« sagte der Hagere.

Alle drei hielten plötzlich an.

»Was denn?« fragte der Herr. »Was?«

»Dort drüben!« erwiderte der Hagere und deutete das Tal hinauf.

»Was?«

»Etwas kommt auf uns zu.«

Und während er sprach, hob sich auf einer Anhöhe ein gelbes Tier ab, das gleich darauf auf sie zukam. Es war ein großer wilder Hund, der vor dem Wind lief, mit heraushängender Zunge, und so stetig und zielbewußt, daß er die Reiter, denen er sich näherte, gar nicht zu sehen schien. Er hielt die Nase hoch, und es war klar, daß er weder Fährte noch Beute verfolgte. Als er näher kam, griff der Kleine nach seinem Säbel. »Er ist toll!« sagte der Hagere.

»Schreien!« sagte der Kleine und stieß einen Schrei aus.

Der Hund kam heran. Dann, als der Kleine schon die bloße Klinge bereit hielt, bog er ab und lief keuchend an ihnen vorüber und weiter. Die Augen des Kleinen folgten ihm. »Er hatte keinen Schaum!« sagte er. Eine Weile starrte der Mann mit dem silberbeschlagenen Zaum das Tal hinauf. »Ach was, vorwärts!« rief er schließlich. »Was macht das schon?« Und spornte sein Pferd wieder an.

Der Kleine ließ das unerklärliche Rätsel eines Hundes, der vor nichts floh als vor dem Wind, ungelöst und versank in tiefes Sinnen über den menschlichen Charakter. »Vorwärts!« flüsterte er vor sich hin. »Wieso hat ein Mensch die Macht, mit solch wunderbarer und plötzlicher Wirkung ›Vorwärts!‹ zu sagen. Immer, sein ganzes Leben lang, hat der mit dem silbernen Zaum das gesagt. Wenn ich es sagte ...«, dachte der Kleine. Aber alle wunderten sich, wenn einmal jemand dem Herrn nicht gehorchte – und wäre es in den unsinnigsten Dingen. Diese junge Mestizendirne kam ihm und jedermann geradezu verrückt – beinahe gotteslästerlich vor! Dann – wie zum Vergleich – dachte der Kleine über den Hageren mit der narbigen Lippe nach: der war so kraftvoll wie sein Gebieter, ebenso tapfer, ja tapferer vielleicht; und doch gab es für ihn nur Gehorsam, fraglosen, selbstverständlichen Gehorsam ...

Gewisse Empfindungen in Händen und Knien riefen den Kleinen zu näherliegenden Dingen zurück. Etwas fiel ihm auf. Er ritt an die Seite seines hageren Genossen. »Merkst du es? Die Pferde ...!« sagte er leise.

Das hagere Gesicht sah ihn fragend an.

»Sie mögen den Wind nicht«, sagte der Kleine und fiel dann, als der Mann mit dem Silberzaum sich nach ihm umwandte, wieder zurück.

»Schon recht!« sagte der Hagere.

Eine Zeitlang ritten sie schweigend weiter. Die beiden Vordermänner hielten den Blick auf den Weg gesenkt, der Hintermann beobachtete den Dunst, der die Weite des Tals herunterkroch, immer näher und näher, und merkte, wie der Wind von einem Moment zum andern an Stärke zunahm. Ganz fern zur Linken sah er eine Reihe dunkler Klumpen – wilde Schafe vielleicht – das Tal heruntergaloppieren; aber er sagte nichts; er machte auch keine weitere Bemerkung mehr über die Unruhe der Pferde.

Und dann sah er zuerst eine, darauf eine zweite große, weiße Kugel – eine große, glänzende, weiße

Kugel, wie der Riesenkopf einer Wolldistel – vor dem Wind her über den Pfad treiben. Die Kugeln flogen hoch in der Luft, fielen und stiegen wieder, fingen einander für einen Augenblick und flogen dann weiter, vorüber; aber die Unruhe der Pferde nahm zu bei ihrem Anblick.

Dann, gleich darauf, sah er noch mehr von diesen treibenden Bällen – und bald darauf noch viele, viele, die das Tal herab auf ihn zuwehten.

Ein Gequieke tönte an ihr Ohr. Über den Pfad stürzte ein riesiges Wildschwein, das nur einmal hastig den Kopf nach ihnen wandte und dann weiter das Tal hinabsauste. Jetzt hielten alle drei an und saßen ganz still und starrten in den immer dichter werdenden Nebel, der auf sie zukam.

»Wenn nicht dieses Wolldistelzeug wäre ...«, begann der Anführer.

Eben trieb eine große Kugel kaum ein paar Ellen weit von ihnen vorüber. Es war in Wirklichkeit gar kein gleichmäßig runder Ball, sondern ein ungeheures, weiches, zerfetztes, halb durchsichtiges Etwas, wie ein an den Ecken zusammengefaßtes Tuch, eine Art Luftquelle, die sich aber, während sie näherkam, unaufhörlich um sich selber drehte und lange, spinnenartige, schwimmende Fäden und Fühler hinter sich her schleifte.

»Das ist keine Distelwolle!« sagte der Kleine.

»Das Zeug gefällt mir nicht!« sagte der Hagere.

Und sie blickten einander an.

»Zum Henker!« rief der Anführer. »Die Luft ist ganz voll davon da droben. Wenn das noch lange so weitergeht, wird's uns ganz und gar den Weg abschneiden!«

In einem instinktiven Gefühl, wie es das Wild beim Nahen von etwas Unbestimmtem zeigt, wandten sie ihre Pferde gegen den Wind, ritten ein paar Schritte vorwärts und starrten die herantreibende Menge der schwebenden Massen an. Mit einer Art geschmeidiger Schnelligkeit flogen sie vor dem Wind daher, lautlos steigend und fallend, zur Erde sinkend, wieder hoch in die Lüfte schnellend, schwebend – alle in einer einzigen großen Geschlossenheit, in einem stummen, sicheren Zielbewußtsein ... Schon kamen die Pioniere dieser seltsamen Armee rechts und links an den Reitern vorbei. Vor einem, der am Boden entlangrollte und zu einer formlosen Masse auseinanderbrach, die sich widerstrebend in lange, zuckende Fasern und Bänder auflöste, fingen alle drei Pferde an zu scheuen und zu steigen. Den Anführer überfiel plötzlich eine ganz unvernünftige Ungeduld. Er stieß heftige Verwünschungen gegen die um ihn herum treibenden Kugeln aus. »Weiter!« rief er. »Weiter! Was macht das schon? Was *kann* das schon ausmachen? Zurück auf den Weg!« Und fluchend sägte er seinem Gaul das Gebiß durchs Maul. Er brüllte vor Wut. »Und ich *werde* die Fährte verfolgen!« schrie er. »Wo ist sie, die Fährte?«

Er packte den Zügel seines sich bäumenden Pferdes und suchte im Gras nach. Ein langer, klammernder Faden fiel ihm über das Gesicht, ein grauer Fühler legte sich um den Arm, der den Zügel hielt, etwas Großes, Bewegliches, mit vielen Beinen, lief ihm über den Hinterkopf. Er blickte auf und entdeckte eins von den grauen Dingern, das sich sozusagen auf diese Weise über ihm verankert hatte und dessen Außenränder sich fortwährend wellig bewegten, wie ein Segel, wenn das Boot zum Stillstand kommt – bloß lautlos.

Er hatte einen Eindruck wie von vielen Augen, von einer dichtgedrängten Mannschaft von plattgedrückten Körpern, von langen, vielgliedrigen Armen und Beinen, die an der Vertäuung zerrten, um das Ding auf ihn herabzusenken. Eine Weile starrte er in die Höhe, sein sich bäumendes Pferd mit dem Instinkt jahrelangen Reitertums zügelnd. Dann fühlte er an seinem Rücken die flache Klinge eines Säbels, Stahl blitzte auf über ihm und durchschnitt den schwebenden Spinnwebballon, und die ganze Masse stieg sachte in die Höhe und schwebte und trieb davon.

»Spinnen!« rief die Stimme des Hageren. »Die Dinger sind voll von großen Spinnen! Da seht, Herr!« Der Mann mit dem Silberzaum blickte noch immer der Masse nach, die da davontrieb.

»Seht, Herr!«

Der Anführer starrte auf ein rotes, zerquetschtes Etwas auf der Erde, an dem, trotz teilweiser Vernichtung, noch einzelne Glieder zappelten und sich wanden. Dann, als der Hagere auf eine zweite Masse deutete, die sich ihnen näherte, zog er hastig seinen Säbel. Das ganze Tal aufwärts war jetzt eine einzige, in Fetzen gerissene Nebelbank. Er versuchte, sich die Situation klarzumachen.

»Zurück!« schrie der Kleine. »Zurück! Das Tal hinunter!«

Was dann geschah, entsprach einem Schlachtengetümmel. Der Mann mit dem Silberzaum sah den Kleinen an sich vorüberstürmen, wild nach unsichtbaren Spinnweben schlagen, sah ihn in das Pferd des Hageren hineinrennen und es samt seinem Reiter über den Haufen reiten. Sein eigenes Pferd stürmte ein Dutzend Schritte vorwärts, bevor er es wieder im Griff hatte. Darauf blickte er hinauf, nach unsichtbaren Gefahren aus – und wieder rückwärts. Er sah ein Pferd, das sich auf der Erde wälzte, und den Hageren, der danebenstand und in eine zerrissene, zuckende, graue Masse einhieb, die über die beiden hereinflutete und sich um sie beide schloß. Und dicht und rasch wie Distelflaum über ödem Land an einem windigen Julitag wehten die Spinnweben heran.

Der Kleine war vom Pferd gestiegen; aber er wagte es nicht loszulassen. Er versuchte, das widerstrebende Tier mit einem Arm rückwärts zu zerren, während er mit dem andern blindlings zuhieb. Die Fühler einer zweiten grauen Masse hatten sich in diesen Kampf verschlungen, sich verankert, und sie ließ sich langsam herab.

Der Anführer biß die Zähne zusammen, griff in die Zügel, senkte den Kopf und gab seinem Gaul die Sporen. Das Pferd, das dort am Boden lag, wälzte sich auf den Rücken; Blut und bewegliche Schatten auf seinen Flanken ... Und plötzlich drehte der Hagere ihm den Rücken zu und rannte zu seinem Gebieter ... vielleicht zehn Schritt weit. Seine Beine waren ganz von Grau umsponnen und beschwert; ziellos fuchtelte er mit seinem Säbel hin und her. Graue Fäden hingen überall an ihm herum. Ein dünner, grauer Schleier lag über seinem Gesicht. Er schlug mit der Linken nach etwas, das an seinem Körper klebte; und auf einmal stolperte er und fiel. Er versuchte krampfhaft aufzustehen, fiel wieder nieder, und plötzlich begann er grauenvoll zu heulen: »Oh! O – oh! O – o – o – oh!«

Sein Herr sah deutlich die großen Spinnen auf ihm und andere am Boden.

Während er versuchte, sein Pferd zu dieser wild gestikulierenden, schreienden, grauen Gestalt, die wie wild kämpfte, hinzulenken, näherte sich Hufgeklapper, und der Kleine, halb wieder auf sein Pferd gesprungen, ohne Säbel, auf dem Bauch schräg am Schimmel hängend und an die Mähne geklammert, wirbelte vorüber. Und wieder streiften klammernde graue Fäden das Gesicht des Anführers. Rings um ihn her, über ihm, überall schien dieses treibende, lautlose Spinnennetz sich zusammenzuziehen, ihn einzuschließen … Noch auf seinem Sterbebett hätte er nicht sagen können, was in jenem Augenblick eigentlich geschah. Wandte er selber sein Pferd? Oder galoppierte es wirklich von selbst hinter seinem Gefährten her? Jedenfalls – im nächsten Augenblick raste er Hals über Kopf, mit wütend über dem Haupt geschwungenem Säbel, das Tal hinab. Und um ihn – bei kräftiger Brise – schien alles, die Spinnenluftschiffe, die Luftballen und Luftfetzen in bewußter Verfolgung hinter ihm herzustürmen.

Kling-klang, bumm-bumm-bumm … der Mann mit dem Silberzügel ritt ohne auf die Richtung zu achten, das erschreckte Gesicht bald nach rechts, bald nach links gewandt, der Schwertarm immer bereit zuzuhauen … Und ein paar hundert Schritte vor ihm, mit einem Schweif zerfetzter Spinnweben, der hinter ihm herschleifte, ritt der Kleine auf seinem Schimmel – immer noch halb im Sattel hängend. Das Schilf neigte sich vor ihnen … der Wind blies frisch und stark. Über seine Schulter weg sah der Anführer die Spinnweben, die hinter ihm herhasteten …

So ganz und gar waren seine Gedanken darauf gerichtet, den Spinnweben zu entgehen, daß er erst, als sein Pferd zum Sprung ansetzte, die Schlucht vor sich bemerkte. Und als er es merkte, war es zu spät zum Einhalten. Zu spät beugte er sich vor auf den Hals des Pferdes, zu spät strammte er sich zurück.

Aber wenn in der Erregung auch der Sprung mißlang, wie ein Reiter fallen muß, das hatte er nicht vergessen. Er flog gekonnt durch die Luft. Er selber trug weiter nichts davon als eine Schramme an der Schulter, sein Pferd aber überschlug sich, hieb krampfartig aus und blieb still liegen. Der Säbel fuhr in den harten Erdboden und brach ab, als ob das Glück ihn endgültig aus seinen Reihen gestoßen hätte. Kaum einen Zollbreit fuhr die abgesplitterte Spitze an seinem Gesicht vorbei.

Es währte keine Sekunde, und er stand wieder auf den Füßen, atemlos den einherwirbelnden Spinnweben entgegenblickend. Einen Augenblick lang dachte er an Flucht. Aber dann fiel ihm die Schlucht ein. Und er wandte sich um. Einmal lief er zur Seite, um einem der treibenden Greuel zu entgehen. Dann kletterte er die Felsen hinab, aus dem Bereich des Sturms.

Im Schutz der steilen Ufer des ausgetrockneten Stromes konnte er sich hinkauern und in Sicherheit die seltsamen grauen Erscheinungen vorüberziehen sehen, bis der Sturm sich legte und er fliehen konnte. So hockte er da, lange, und sah zu, wie die unheimlichen, grauen, zerfetzten Massen ihre Fäden über seinen engen Horizont zogen.

Einmal fiel eine aus der Reihe verirrte Spinne dicht neben ihn in die Schlucht – einen Fuß lang war sie von Bein zu Bein, und der Rumpf halb so

groß wie eine Manneshand. Nachdem er eine Zeitlang ihr leidenschaftliches Angreifen und Flüchten,
und ihre Versuche, in seinen zerschmetterten Säbel
zu beißen, beobachtet hatte, hob er einen seiner nä-
gelbeschlagenen Stiefel auf und zertrat sie. Er fluchte
dabei, und eine ganze Weile blickte er das Tal auf
und ab, nach einer zweiten.

Bald darauf, als er sicher war, daß die Spinnen-
schwärme nicht in die Schlucht fallen konnten,
suchte er sich einen Platz, wo er sich setzen konnte.
Da saß er nun und überlegte und nagte, wie das so
seine Gewohnheit war, an seinen Fingerknöcheln
und biß an den Nägeln. Die Ankunft des Schimmel-
reiters rüttelte ihn auf.

Er hörte ihn, lang ehe er ihn sah, Hufgeklapper,
stolpernde Schritte, eine beschwichtigende Stimme.
Dann tauchte der Kleine auf, ein Ritter von der
traurigen Gestalt, mit einem Schwanz weißer Spinnweben hinter sich. Ohne zu reden, ohne Gruß starrten sie einander an. Der Kleine war müde und be-
schämt, in hoffnungsloser Bitterkeit hielt er an, Aug
in Aug mit seinem sitzenden Herrn. Dieser duckte
sich unmerkbar unter dem Blick seines Untergebenen. »Na?« sagte er er endlich. Es lag nichts Gebie-
terisches mehr in seiner Stimme.

»Ihr habt ihn zurückgelassen?«

»Mein Pferd ging durch.«

»Ich weiß. Meines auch.«

Er lachte seinen Herrn freudlos an.

»Ich sage ja, mein Pferd ging mit mir durch!« sagte
der Mann, der einst einen silbernen Zaum geführt
hatte.

»Feiglinge sind wir beide!« sagte der Kleine.

Der andere knabberte ein paar Augenblicke lang nachdenklich an seinen Knöcheln, während er seinen Untergebenen starr anblickte.

»Nenn mich nicht Feigling!«

»Ein Feigling seid Ihr, wie ich.«

»Vielleicht ein Feigling. Aber es gibt eine Grenze, über die kein Mensch hinauskann. Das hab ich endlich gelernt. Aber nicht wie du! Darin liegt der Unterschied ...«

»Das hätt ich mir nie träumen lassen, daß Ihr ihn im Stich lassen würdet! Keine zwei Minuten vorher hat er Euch das Leben gerettet ... Wieso seid Ihr unser Gebieter?«

Wieder nagte der Anführer an seinen Knöcheln, und sein Antlitz war düster.

»Noch nie hat mich einer einen Feigling genannt!« sagte er. »Noch nie ... Ein zerbrochener Säbel ist immer noch besser als keiner ... Ein lahmer Schimmel kann nicht zwei Männer vier Tage lang tragen! Ich hasse Schimmel! Aber diesmal hilft es nichts! Du verstehst mich! Ich weiß schon, du möchtest mich nur zu gern mit dem, was du gesehen hast ... und mit dem, was du dir einbildest anschwärzen! Männer deines Schlags entthronten Könige! Außerdem – ich hab dich nie leiden können!«

»Herr!« sagte der Kleine.

»Nein!« erwiderte der Anführer. »*Nein!*«

Straff richtete er sich auf, während der Kleine eine Bewegung machte. Eine Minute lang etwa standen sie sich gegenüber. Über ihnen trieben die Spinnenkugeln ... Ein plötzliches Knirschen der Kiesel ... hastende Füße ... ein Schrei der Verzweiflung ... ein Aufstöhnen und ein Hieb ...

Als die Nacht einbrach, legte sich der Wind. In ruhiger Heiterkeit sank die Sonne.

Der Mann, der einst mit silbernem Zaum geritten war, kam vorsichtig über einen leichten Hang aus der Schlucht empor. An der Hand führte er jetzt den Schimmel, der dem Kleinen gehört hatte. Er wäre gern wieder zurückgegangen und hätte sich von seinem Pferd den Silberzaum geholt; aber er fürchtete, die Nacht und neuer Wind könnten ihn hier, im Tal, noch einholen. Und außerdem ... der Gedanke, daß er etwa sein Pferd ganz in Spinnweben eingesponnen, halb aufgefressen vielleicht, vorfinden würde, war ihm widerlich ...

Als er so an die Spinnweben dachte und an all die Gefahren, denen er entgangen war, und wie er heute wieder vor dem Schlimmsten bewahrt worden war, tastete seine Hand nach einem kleinen Reliquiar, das ihm am Hals hing; einen Augenblick lang ergriffen seine Finger es in aufrichtiger Dankbarkeit. Und dabei schweiften seine Augen über das Tal.

»Die Leidenschaft hat mich verblendet«, sagte er. »Auch *sie* ist ihrem Schicksal nicht entgangen. Auch sie sind zweifellos ...«

Und siehe da! Fern, aus den waldigen Hängen jenseits des Tals und doch in der Klarheit des Sonnenuntergangs deutlich und unverkennbar, sah er eine kleine Rauchsäule ...

Der Ausdruck ruhiger Resignation wandelte sich in Staunen und Grimm. Rauch? Er warf den Kopf des Schimmels herum und zögerte. Währenddessen strich eine leichte Brise durch das Gras. Dort hinten, auf ein paar Schilfrohren, zitterte ein undeutlicher

Fetzen Grau. Er blickte nach den Spinnweben; er blickte nach dem Rauch.

»Na ja ... wer weiß ... vielleicht sind sie es gar nicht!« sagte er schließlich.

Aber *er* wußte es besser ...

Nachdem er eine Zeitlang nach dem Rauch hinübergestarrt hatte, stieg er auf den Schimmel.

Vorwärtsreitend bahnte er sich seinen Weg durch Massen von gestrandeten Spinnweben. Viele tote Spinnen lagen herum, und die überlebenden saugten blutschänderisch ihre Gefährten aus. Beim Stampfen der Hufe flohen sie ...

Ihre Zeit war um. Vom Erdboden aus, ohne einen Lufthauch, der sie trug, konnten ihm diese Dinger trotz ihrem Gift nichts anhaben.

Er schlug mit seinem Gürtel nach einzelnen, die ihm seiner Meinung nach allzu nahe kamen. Einmal, als eine ganze Anzahl dicht aneinandergedrängt über eine flache Wegstelle huschte, war er drauf und dran, abzusteigen und sie zu zertreten; aber er unterdrückte sein Verlangen ... Von Zeit zu Zeit wandte er sich um und blickte zurück nach dem Rauch.

»Spinnen!« murmelte er immer wieder. »Spinnen! Na ja! Na ja! ... Nächstes Mal spinne *ich* ein Netz.«

Der Zauberladen

Von weitem hatte ich den Zauberladen schon öfter gesehen; ein- oder zweimal war ich auch daran vorbeigekommen – ein Schaufenster voll von verführerischen kleinen Gegenständen – Zauberbällen, Zauberhennen, wundervollen Kegeln, bauchredenden Puppen, sämtlichem Zubehör zum Korbtrick, Kartenspielen, die *aussahen,* als wären sie ganz harmlos, und all solchem Zeug. Aber nie war mir der Gedanke gekommen hineinzugehen, bis mich eines Tages Gip ganz unversehens am Finger zu dem Fenster hinlotste und sich derartig aufführte, daß ich ihn einfach hineinführen *mußte.* Ich hatte, aufrichtig gesagt, gar nicht daran gedacht, daß der Laden hier sein könnte – eine bescheidene Front in der Regent Street, zwischen einer Kunsthandlung und einem Geschäft, wo Küken, die eben aus ihren Patent-Brutapparaten gekrochen sind, herumlaufen; aber es half nichts – er *war* da. Ich hatte immer geglaubt, er wäre weiter unten in der Nähe des Zirkus oder um die Ecke in der Oxford Street oder gar in Holborn; jedenfalls hatte er mir immer ein bißchen aus dem Weg und nicht leicht zu erreichen geschienen – so eine Art von Fata-Morgana-Lage. Aber er war nun einmal hier, ganz unbestreitbar, und das dicke Ende von Gips Zeigefinger hämmerte gegen das Glas.

»Wenn ich reich wäre«, sagte Gip, mit dem Finger auf das »Unsichtbare Ei« deutend, »so würde ich mir *das* kaufen. Und das da« – nämlich »Das schreiende

Wickelkind, völlig menschlich« – »und das da« – ein geheimnisvolles Etwas, namens (wie ein sauberes kleines Schild besagte) »Kaufe mich und überrasche deine Freunde!«

»Und da«, sagte Gip, »unter den Rollen da verschwindet alles, einfach alles. Ich hab es einmal in einem Buch gelesen. Und dort, Daddy, ist der ›Unsichtbare Groschen‹ – bloß daß sie es so rum hingelegt haben und man nicht sieht, wie's gemacht wird.«

Gip, der liebe Junge, hat ganz die Wohlerzogenheit seiner Mutter geerbt; er machte nicht etwa den Vorschlag, den Laden zu betreten, indem er quälte und quengelte; er lotste mich bloß ganz instinktiv zu der Tür und zeigte sein Interesse recht deutlich.

»Das da«, sagte er und deutete auf die Zauberflasche.

»Wenn du das hättest …?« sagte ich, auf welche vielversprechende Frage hin er mit einem plötzlichen Aufstrahlen aufschaute.

»Dann könnte ich es Jessie zeigen!« sagte er, wie immer auch an andere denkend.

»Es sind nicht einmal mehr ganze hundert Tage bis zu deinem Geburtstag, Gibbles«, sagte ich und legte meine Hand auf die Türklinke.

Gip antwortete nicht; aber er packte meinen Finger fester, und wir betraten den Laden.

Es war wirklich kein gewöhnlicher Laden; es war ein Zauberladen. Und all die großartige Überlegenheit, die Gip sonst, wo es sich einfach um Spielsachen handelt, zeigte, ließ ihn hier gänzlich im Stich. Er überließ die ganze Last der Konversation mir.

Es war ein kleiner, enger, nicht besonders hell erleuchteter Laden; die Glocke an der Tür gab einen

jämmerlichen Ton von sich, als wir hinter uns zu-
machten. Einen Augenblick waren wir beide allein
und konnten uns umsehen. Auf dem Glasdeckel, der
den niederen Ladentisch bedeckte, stand ein Tiger
aus Papiermaché – ein ernsthafter, gutmütig ausse-
hender Tiger, der unentwegt mit dem Kopf nickte;
daneben ein paar Kristallkugeln, eine Porzellanhand,
die Zauberkarten hielt, ein Satz Zauberfischgläser in
verschiedenen Größen und ein recht aufdringlicher
Zauberhut, der seine Federn schamlos preisgab. Auf
dem Fußboden standen Zauberspiegel; einer, der lang
und dünn machte, einer, in dem der Kopf aufquoll
und die Beine gänzlich verschwanden, und wiederum einer, der einen ganz kurz und dick machte, wie
eine Null. Und während wir uns noch daran belu-
stigten, kam – so vermutete ich wenigstens – der La-
deninhaber herein.

Jedenfalls stand er auf einmal hinter seinem Tisch.
Ein merkwürdiger, brünetter, fahler Mensch – ein
Ohr länger als das andere und ein Kinn wie die Spit-
ze eines Stiefels.

»Womit kann ich dienen?« sagte er, seine langen
Zauberfinger auf der Glasplatte ausspreizend. Worauf
wir zusammenfuhren. Wir merkten erst jetzt, daß er
da war.

»Ich möchte«, sagte ich, »ein paar einfache Tricks
für meinen Kleinen.«

»Handgeschicklichkeit?« fragte er. »Oder Mecha-
nik? Für den Salon?«

»Irgendwas Lustiges«, sagte ich.

»Hm!« bemerkte der Verkäufer und kratzte sich
den Kopf, als überlegte er. Dann zog er – ganz
deutlich sichtbar – eine gläserne Kugel aus seinem

Kopf. »Etwas von der Art?« sagte er und hielt sie uns hin.

Es kam mir ganz unerwartet. Ich hatte ja das Kunststück oft genug bei Vorstellungen ausführen sehen – es gehört einmal zum allgemeinen Programm der Zauberkünstler. – Aber hier war ich nicht darauf gefaßt gewesen. »Bravo!« sagte ich lachend.

»Nicht?« sagte der Ladenmensch.

Gip streckte seine freie Hand aus, um den Gegenstand an sich zu nehmen, fand aber nichts als eine leere Handfläche.

»Es ist in deiner Tasche!« sagte der Mann. Wo es auch wirklich war!

»Wieviel kostet das?« fragte ich.

»Glaskugeln berechnen wir nicht«, sagte der Mann höflich. »Wir beziehen sie« – er zog sich, während er sprach, eine aus dem Ellbogen – »gratis.« Darauf förderte er eine dritte aus seinem Nacken zutage und legte sie neben ihre Vorgängerin auf den Ladentisch. Gip besah sich seine Glaskugel aufmerksam, warf dann einen fragenden Blick auf die beiden andern auf dem Ladentisch und richtete hierauf seine rundäugige Aufmerksamkeit auf den Mann, der lächelte. »Du darfst die da auch nehmen«, sagte er, »und wenn du magst, noch eine dazu aus meinem Mund. *Da!*«

Gip befragte mich einen Augenblick stumm um Rat, schob dann unter tiefem Stillschweigen die vier Bälle weg, kehrte zu meinem rettenden Finger zurück und bereitete seine Kräfte auf das nächste Ereignis vor.

»Unsere kleineren Tricks beziehen wir alle nur auf die Weise«, bemerkte der Mann.

Ich lachte, wie man über einen alten Witz lacht. »Statt zu einer Großhandelsfirma zu gehen«, sagte ich. »Selbstverständlich. Es kommt billiger.«

»Auf eine Art«, sagte der Mann. »Obschon wir schließlich doch bezahlen. Aber nicht so viel, wie die Leute meinen … Unsere größeren Tricks und unsere Tagesbedürfnisse und was wir sonst brauchen, beziehen wir hier aus dem Hut … Sie müssen wissen, Sir – entschuldigen Sie die Freiheit! – es *gibt keine* Großhandelsfirma – nicht für echte Zauberartikel, Sir! Ich weiß nicht, ob Sie unser Firmenschild gesehen haben – ›Der echte Zauberladen‹.« Er zog eine Geschäftskarte aus seiner Backe und händigte sie mir aus. »Der echte!« wiederholte er, mit dem Finger auf das Wort deutend, und fügte hinzu: »Kein Betrug – in keiner Weise, Herr!«

Der scheint den Scherz ja recht ernsthaft durchzuführen, dachte ich.

Darauf wandte er sich mit einem Lächeln von auffallender Beflissenheit an Gip. »Junge, weißt du, *du* bist von der rechten Sorte!«

Ich war überrascht ob seiner Sachkenntnis. Denn im Interesse der Disziplin halten wir das sogar bei uns zu Hause ziemlich geheim.

Gip dagegen nahm es mit unerschütterlichem Stillschweigen auf und sah ihn nur unentwegt fest an.

»Bloß Jungens von der rechten Sorte kommen überhaupt durch die Tür da!«

Und als eine Art Illustration zu diesem Ausspruch vernahmen wir im selben Augenblick ein Rütteln an der Tür und hörten eine schwächliche, piepsende, kleine Stimme: »Rein! Ich *will* aber rein, Daddy, ich *will* rein, rein!« und darauf Töne eines mißhandelten Vaters, der tröstete und beschwichtigte.

»Es ist geschlossen, Edward!«

»Aber nein«, sagte ich.

»Doch, Sir!« entgegnete der Verkäufer, »immer – für *die* Sorte von Kindern; und während er das sagte, tauchte draußen flüchtig ein kleines, weißes, von Süßigkeiten und Überfütterung aufgedunsenes und von schlechten Neigungen verzogenes, fahles Gesichtchen auf – der andere Junge, ein trotziger, kleiner Egoist, der gegen die verzauberte Ladenfensterscheibe hämmerte. »Hilft nichts, Sir!« sagte der Mann, als ich, von meiner angeborenen Menschenfreundlichkeit getrieben, auf die Tür zuging. Gleich darauf hörten wir, wie das verzogene Kind heulend abgeführt wurde.

»Wie bringen Sie denn das zuwege?« fragte ich aufatmend.

»Zauberei!« sagte der Mann mit einer gleichmütigen Handbewegung; und siehe da! Funken farbigen Feuers sprühten aus seinen Fingern und entschwanden im Dunkel des Ladens.

»Hast du nicht gesagt«, wandte er sich darauf an Gip, »bevor du hereinkamst, du möchtest gern eine Schachtel ›Kaufe mich und überrasche deine Freunde‹?«

Gip, nach einer tüchtigen Kraftanstrengung, sagte: »Ja.«

»Es ist in deiner Tasche.«

Und sich über den Ladentisch beugend – der Kerl hatte wirklich einen ganz außergewöhnlich langen Körper – förderte der erstaunliche Mensch den genannten Gegenstand zutage, ganz auf die Art des üblichen Zauberkünstlers. »Papier!« sagte er dann und holte einen Bogen aus dem leeren Hut mit den Federn. »Bindfaden!« Und siehe da, sein Mund war ein Bindfadenbeutel, aus dem er ein endloses Stück Schnur zog, das er schließlich, nachdem er das Paket zugebunden hatte, abbiß und worauf er – so wenigstens erschien es mir – den Bindefadenknäuel verschluckte. Darauf steckte er an der Nase einer Bauchrednerpuppe eine Kerze an, streckte den einen Finger (der rot wie Siegellack aussah) in die Flamme und versiegelte damit das Paket. »Dann war da noch das ›Unsichtbare Ei‹«, fuhr er fort, zog eins aus meiner Brusttasche und packte es ein; ebenso »Das schreiende Wickelkind, völlig menschlich«. Und ich reichte jedes Paket, sobald es fertig war, Gip, der es innig an sich drückte.

Gesprochen hat er nur wenig; aber um so beredter waren seine Augen. Auch die Art, wie er mich anfaßte, war recht beredt. Er war der Spielball unaussprechlichster Erregungen. Man bedenke: *echte* Zauberei!

Gleich darauf machte ich einen Luftsprung: Ich entdeckte, daß sich in meinem Hut etwas bewegte – etwas Weiches, Flatterndes. Ich riß ihn vom Kopf, und eine zerzauste Taube – zweifellos eine Mitverschworene – fiel heraus und lief über den Ladentisch, um – wie ich glaube – in einer Pappschachtel hinter dem Papiermachétiger zu verschwinden.

»Ei, ei!« sagte der Ladenbesitzer und nahm mir gewandt meinen Hut aus der Hand. »Leichtsinniger Vogel! Und hat – so wahr ich lebe – gebrütet!«

Er schüttelte meinen Hut und schüttete in seine ausgestreckte Hand zwei oder drei Eier, eine große

Murmel, eine Uhr, ungefähr ein halbes Dutzend der unvermeidlichen Glaskugeln und zuletzt zerknittertes, zusammengeknülltes Papier, immer mehr und mehr und mehr, wobei er die ganze Zeit darüber redete, wie nachlässig die Menschen ihre Hüte *innen* und außen ausbürsteten – höflich natürlich, aber doch mit einer gewissen persönlichen Anzüglichkeit. »Alle möglichen Dinge sammeln sich an, Sir … Ich meine nicht *Sie* im besondern … aber fast bei jedem Kunden … Ganz erstaunlich, *was* sie alles mit sich herumschleppen …« Das zerknitterte Papier wogte und stieg auf dem Ladentisch, immer höher und höher, bis der Mann fast ganz verschwunden war, bis es ihn ganz und gar verdeckte; und immer noch ertönte die Stimme – fort und fort: »Keiner von uns weiß, was der äußere Schein eines menschlichen Wesens verbergen kann, Sir! Sind wir nicht alle nur glattgebürstete Außenseiten, weiße Grabmäler …« Seine Stimme verstummte – genau wie wenn man mit einem wohlgezielten Backstein nach dem Grammophon seines Nachbarn wirft – dasselbe plötzliche Verstummen; das Rascheln des Papiers hörte auf, und alles war still …

»Sind Sie fertig mit meinem Hut?« sagte ich nach einer Pause.

Es kam keine Antwort.

Ich starrte Gip an, und Gip starrte mich an; und in den Zauberspiegeln standen unsere Zerrbilder und sahen ganz sonderbar und ernsthaft und still aus …

»Ich denke, wir gehen jetzt«, sagte ich. »Wollen Sie mir sagen, was ich schuldig bin?«

»Hören Sie?« sagte ich in etwas stärkerem Ton. »Ich möchte die Rechnung; und meinen Hut, bitte!«

Hinter dem Papier hervor kam etwas wie ein Schnuppern ...

»Wir wollen hinter dem Ladentisch nachsehen, Gip«, sagte ich. »Er hält uns zum Narren.«

Ich führte Gip um den kopfnickenden Tiger herum. Und was glauben Sie, das hinter dem Ladentisch war? Überhaupt niemand! Nichts als mein Hut auf dem Boden und ein gewöhnliches, stutzohriges, weißes Zauberkaninchen, das in tiefe Betrachtung versunken dasaß, und so dumm und zerzaust aussah, wie bloß ein Zauberkaninchen aussehen kann. Ich hob meinen Hut auf, und das Kaninchen setzte mit einem kleinen, trägen Satz mir aus dem Weg.

»Daddy!« sagte Gip in schuldbewußtem Flüsterton.

»Was gibt's, Gip?« sagte ich.

»Der Laden *gefällt* mir, Daddy!«

»Mir auch«, sagte ich zu mir selbst, »wenn bloß nicht der Ladentisch auf einmal so lang würde, daß er einen von der Tür absperrt.« Aber darauf machte ich Gip nicht weiter aufmerksam.

»Pussy!« sagte er und streckte eine Hand nach dem Kaninchen aus, das an uns vorüberhopste. »Pussy, mach uns ein Zauberkunststückchen vor!« Und er verfolgte es mit den Blicken, während es sich durch eine Tür zwängte, die ich einen Augenblick zuvor noch gar nicht bemerkt hatte.

Die Tür öffnete sich weiter, und der Mann mit dem einen Ohr größer als dem andern erschien wieder. Er lächelte noch immer, aber sein Auge begegnete dem meinen mit einem Ausdruck, der zwischen Belustigung und Herausforderung schwankte. »Vielleicht würde es Ihnen Spaß machen, unser Magazin zu sehen, Sir!« sagte er mit einer Art harmloser Beflissenheit.

Gip zerrte meinen Finger vorwärts. Ich sah nach dem Ladentisch und begegnete wieder dem Auge des Mannes. Ich fing an, den Zauber ein bißchen zu echt zu finden! »Sehr viel Zeit haben wir nicht«, sagte ich. Aber noch ehe ich das ausgesprochen hatte, waren wir schon irgendwie im Magazin drin.

»All unsere Ware ist von derselben Qualität«, sagte der Mann, seine geschmeidigen Hände reibend, »nämlich von der besten. Wir haben in diesem ganzen Raum nichts, was nicht echte Zauberei ist und für dessen Originalität wir nicht garantieren. Bitte um Entschuldigung, Sir!«

Ich fühlte, wie er an etwas zog, das an meinem Rockärmel hing; und dann sah ich ihn einen kleinen, sich krümmenden, roten Dämon am Schwanz halten – das kleine Wesen fauchte und schlug um sich und versuchte ihn in die Hand zu beißen – im nächsten Augenblick schleuderte er es gleichmütig hinter einen Tisch. Ohne Zweifel war das Ding ja nichts weiter als eine kleine Gummipuppe; aber so im Augenblick …! Und das ganze Gebaren des Mannes war genau so, als ob er ein ekles, bissiges, kleines Stück Ungeziefer in der Hand hielte. Ich blickte nach Gip, aber Gip besah sich eben ein Zauberschaukelpferd. Ich war froh, daß er das Ding nicht gesehen hatte. »Hören Sie mal«, sagte ich leise, mit meinen Augen auf Gip und den kleinen roten Teufel weisend, »Sie haben wohl nicht viel Derartiges hier, was?«

»Das war keiner von den unsern! Wahrscheinlich haben Sie ihn mitgebracht!« sagte der Mann, ebenfalls leise und mit strahlenderem Lächeln als je. »Ganz

erstaunlich, was die Leute immer mit sich herumschleppen, ohne daß sie's merken!« Dann zu Gip:
»Siehst du hier irgendwas, was dir gefällt?«

Es waren recht viele Dinge da, die Gip gefielen.

Er wandte sich mit einem Gemisch von Zutrau-
lichkeit und Respekt zu dem erstaunlichen Verkäufer. »Ist das ein Zauberschwert?« fragte er.

»Ein hölzernes Zauberschwert. Biegt sich nicht,
bricht nicht, schneidet einen nicht in den Finger.
Macht seinen Träger unbesiegbar in jedem Kampf
gegen alle Menschen unter achtzehn Jahren. Von einer halben Krone bis zu sieben Schilling und Six-
pence – je nach Größe. Die Pappendeckelrüstungen
hier sind für jugendliche fahrende Ritter – äußerst
praktisch – ein Sicherheitsschild – Siebenmeilen-
stiefel – ein Tarnhelm.«

»Oh, Daddy!« stieß Gip atemlos heraus.

Ich versuchte ausfindig zu machen, was diese Gegenstände kosteten; aber der Mann beachtete mich
gar nicht. Er hatte jetzt Gip glücklich erwischt; hatte
ihn von meinem Finger weggelotst und hatte sich
Hals über Kopf in die Vorführung all seiner ver-
wünschten Herrlichkeiten gestürzt; ich konnte ihn
nicht aufhalten. Bald bemerkte ich mit einem angst-
vollen Gefühl des Mißtrauens und mit etwas, was
ganz verteufelt wie Eifersucht aussah, daß Gip den
Finger dieses Menschen gepackt hatte, so wie er sonst
meinen packt. Na ja, interessant war der Kerl ja,
dachte ich, und er hatte auch einen ganz interessant
aufgemachten Haufen von Waren, wirklich *gut* auf-
gemachte Ware; immerhin …

Ich wanderte hinter den beiden drein, sagte fast
gar nichts, behielt aber den gauklerischen Kerl im-

mer im Auge. Schließlich – Gip hatte sein Vergnügen daran. Und wenn es Zeit war zu gehen, so konnten wir zweifellos auch ohne Schwierigkeit fort.

Es war ein langer, unregelmäßig gebauter Raum, dieses Magazin – eine Art von Galerie, die voll von Tischen und Schränken und Buden und Pfeilern war, mit schmalen Gängen, die wieder in andere Abteilungen führten, in denen sehr seltsam aussehende Gehilfen herumlungerten und einen anstarrten, und mit einer verwirrenden Menge von Spiegeln und Vorhängen. So verwirrend, daß ich in der Tat bald nicht mehr imstande war, die Tür zu erkennen, durch die wir hereingekommen waren.

Der Mann zeigte Gip Zauber-Eisenbahnzüge, die ohne Dampf oder Federmechanismus hierhin und dahin fuhren, je nachdem die Signale aufgezogen wurden, und dann ein paar ganz außerordentlich wertvolle Schachteln und Bleisoldaten, die, sobald man den Deckel abhob, alle lebendig wurden und sagten ... Ich selber habe kein so besonders scharfes Gehör, und es klang geradezu zungenbrecherisch, was sie sagten, aber Gip (der das Gehör seiner Mutter hat) verstand es augenblicklich.

»Bravo!« sagte der Verkäufer, indem er die Soldaten ohne weiteres in ihre Schachtel zurückpackte und diese Gip überreichte. »Na also?« Und im Nu hatte Gip sie sämtlich wieder lebendig gemacht.

»Sie nehmen die Schachtel?« fragte der Mann.

»Wir nehmen sie«, sagte ich, »aber nur, wenn Sie nicht den vollen Preis berechnen. Man müßte ja ein Magnat sein.«

»Du liebe Zeit! Bitte!« Und der Mann warf die kleinen Männchen wieder in ihre Schachtel, klappte den Deckel zu, schwenkte das Ganze einmal durch die Luft – und siehe da! Er überreichte es uns, in braunes Papier gewickelt, verschnürt und *mit Gips vollem Namen und voller Adresse auf dem Papier!*

Der Mann lachte über mein Erstaunen.

»Das ist echte Zauberei«, sagte er. »Das Wahre!«

»Ein bißchen *zu* echt für meinen Geschmack!« sagte ich.

Darauf begann er Gip allerhand Kunststücke vorzuführen – seltsame Kunststücke, die noch seltsamer wurden durch die Art, wie er sie vorführte. Er erklärte sie – er zeigte ihren ganzen Mechanismus – und mein lieber, kleiner Kerl stand daneben und nickte wer weiß wie weise und verständnisinnig mit seinem kleinen, eifrigen Köpfchen dazu.

Ich kann nicht sagen, daß ich so besonders gut aufgepaßt hätte. »Hei! Presto!« sagte der Zaubermann – und gleich darauf kam dann das kleine, helle »Hei! Presto!« des Jungen. Aber meine Aufmerksamkeit wurde durch andere Dinge abgelenkt. Immer mehr kam es mir zum Bewußtsein, wie ganz ungewöhnlich seltsam der ganze Raum doch war. Geradezu durchtränkt von einem Gefühl der Seltsamkeit. Sogar über der Architektur – der Decke, dem Fußboden –, über den wie zufällig verteilten Stühlen lag etwas Seltsames. Ich hatte eine sonderbare Empfindung – als ob sie, sobald ich sie nicht fest ansah, umtaumelten und sich bewegten und hinter meinem Rücken ein lautloses Blindekuhspiel trieben. Und die Wandbekleidung wies ein Schlangenmuster mit Larven auf, die bei weitem ausdrucksvoller waren, als es für Gip gut war.

Plötzlich wurde meine Aufmerksamkeit von einem der sonderbar aussehenden Gehilfen gefesselt. Er stand ein Stück weit von mir und wußte augenscheinlich nichts von meiner Gegenwart – ich erblickte so ungefähr drei Viertel seiner Länge durch einen Säulenbogen über einem Stapel von Spielsachen, er lehnte augenscheinlich an einem Pfeiler und schnitt die scheußlichsten Grimassen. Ganz besonders scheußlich war, was er mit seiner Nase trieb. Und er machte es so ganz einfach, als hätte er eben nichts anderes zu tun und amüsiere sich bloß ein bißchen. Zuerst war es eine ganz kurze Kartoffelnase; dann plötzlich schoß sie heraus wie ein Teleskop, schoß und schoß und wurde dünner und dünner, bis sie aussah wie eine lange, rote, biegsame Gerte. Wie ein Alpdrücken war es! Und er fuhr mit ihr herum und schwang sie, wie ein Angler seine Rute.

Mein erster Gedanke war, daß Gip das nicht sehen dürfte. Ich wandte mich um; Gip war völlig in Anspruch genommen von dem Verkäufer und ahnte nichts Böses. Sie redeten leise miteinander und blickten dabei auf mich. Gip stand auf einem kleinen Sessel, und der Mann hielt eine Art großer Trommel in der Hand.

»Versteckspielen, Daddy!« rief Gip. »Du bist dran!«

Und ehe ich es hindern konnte, hatte der Mann seine große Trommel über ihn gestülpt.

Ich sah sofort, was los war. »Weg mit dem Ding!« rief ich. »Aber sofort! Sie erschrecken den Jungen ja! Weg damit, sage ich!«

Der Mann mit den ungleichen Ohren gehorchte, ohne ein Wort zu sagen, und hielt mir den großen Zylinder entgegen, um mir zu zeigen, daß er leer war. Und auch der kleine Sessel war leer. War wirklich in diesem einzigen Augenblick mein Junge ganz und gar verschwunden?...

Fast jedermann kennt wohl das unheimliche Etwas, das manchmal wie eine Hand aus dem Unsichtbaren kommt und einem das Herz packt. Es löscht das eigentliche, gewöhnliche Ich aus und macht einen durch und durch gespannt und zielbewußt. Weder schwerfällig noch überrascht, weder zornig noch furchtsam. So war es mit mir.

Ich ging zu dem grinsenden Kerl hin und stieß mit dem Fuß seinen Stuhl beiseite.

»Hören Sie auf mit Ihrem Unsinn!« sagte ich. »Wo ist mein Junge?«

»Sie sehen«, sagte er, mir noch immer das Innere der Trommel hinhaltend, »es ist kein Betrug dabei ...«

Ich streckte die Hand aus, um ihn zu packen; aber mit einer geschickten Bewegung wich er meinem Griff aus. Ich faßte wieder nach ihm, er wandte sich ab und stieß eine Tür auf, um zu entwischen.

»Halt!« sagte ich, und er lachte und verschwand. Ich machte einen Satz – hinter ihm drein – in die schwarze Finsternis ... Bumm!

»Donnerwetter! Ich hab Sie gar nicht kommen sehen, Sir!«

Ich war in der Regent Street und war eben mit einem anständig aussehenden Arbeiter zusammengeprallt. Einen Schritt davon – ein bißchen verwirrt und unsicher aussehend, stand Gip. Ich stammelte irgendeine Entschuldigung, und gleich darauf hatte Gip sich umgedreht und kam auf mich zu, mit einem sonnigen kleinen Lächeln, als ob er mich einen Augenblick lang verloren hätte.

Und er trug vier Pakete im Arm!

Er bemächtigte sich sofort meines Fingers.

Einen Moment lang fand ich mich nicht zurecht. Ich starrte um mich – auf der Suche nach der Zauberladentür. Sie war nirgends zu sehen. Keine Tür, kein Laden, nichts, bloß der gewohnte Pfeiler zwischen dem Laden, wo sie Kunstgegenstände verkaufen, und dem Fenster mit den Küken! ...

Ich tat das einzige, was in diesem innerlichen Aufruhr zu tun war: Ich stellte mich an den Rand des Gehsteigs und hielt den Schirm in die Höhe, um eine Droschke herbeizuwinken.

»Droschken!« sagte Gip im Tone höchsten Frohlockens.

Ich setzte ihn in die Droschke, rief mit einer gewissen Anstrengung mir meine eigene Adresse ins Gedächtnis zurück und stieg ebenfalls ein. Etwas Ungewohntes wurde plötzlich in meiner Rocktasche fühlbar. Ich sah nach und entdeckte eine Glaskugel. Übellaunig warf ich sie auf die Straße.

Gip sagte nichts.

Eine ganze Weile sprach keiner von uns ein Wort.

»Daddy«, sagte schließlich Gip, »das *war* ein famoser Laden!«

Damit brachte er mich zu der Frage, was er eigentlich von der Sache halte. Er sah einstweilen gänzlich unversehrt aus. Er war weder bestürzt noch verwirrt; er war ganz einfach ungeheuer befriedigt von seinem Nachmittagsausflug; und in seinen Armen hielt er die vier Pakete.

Zum Donnerwetter! Was mochte drin sein?

»Hm!« bemerkte ich. »Kleine Jungens können

wirklich nicht jeden Tag in solche Läden mitgenommen werden!«

Er nahm meine Worte mit gewohntem Gleichmut auf, und einen Augenblick tat es mir wahrhaftig leid, daß ich sein Vater war und nicht seine Mutter; sonst hätte ich ihn, hier in der Droschke, *coram publico,* abgeküßt. Na, jedenfalls, dachte ich, so schlimm ist die Geschichte nicht.

Aber ganz beruhigt war ich doch erst, als wir die Pakete aufgemacht hatten. Drei davon enthielten Schachteln mit Soldaten, ganz gewöhnlichen Bleisoldaten, aber so gut gemacht, daß Gip darüber gänzlich vergaß, daß eigentlich in den Paketen Zauberkunststücke, echte Zauberkunststücke sein sollten; und im vierten war ein Kätzchen, ein kleines, lebendiges weißes Kätzchen von ausgezeichnetem Wohlbefinden und Temperament ...

Ich sah diesem Auspacken mit einer Art provisorischer Erleichterung zu ... Ich trieb mich wer weiß wie lang immer wieder in der Nähe des Kinderzimmers herum ...

Das war vor sechs Monaten. Und jetzt fange ich wirklich an zu glauben, daß alles in Ordnung ist. Das Kätzchen hat lediglich den Zauber, der allen jungen Katzen eigen ist, und die Soldaten bilden eine so zuverlässige Truppe, wie nur je ein Oberst sie sich wünschen kann. Und Gip?

Der erfahrene Vater wird begreifen, daß ich mit Gip sehr vorsichtig sein muß.

Aber *so weit* hab ich mich eines Tages doch einmal verstiegen. Ich sagte: »Was würdest du dazu sagen, Gip, wenn deine Soldaten auf einmal lebendig würden und von selber marschierten?«

»Das tun meine!« sagte Gip. »Ich brauche nur ein einziges Wörtchen zu sagen, bevor ich die Schachtel aufmache.«

»Dann marschieren sie von selber?«

»Aber natürlich, Daddy! Wenn sie *das* nicht könnten, *möcht* ich sie gar nicht!«

Ich bezeugte keinerlei unziemliches Erstaunen und habe mir seither angewöhnt, so hie und da ganz plötzlich im Kinderzimmer zu erscheinen, wenn er mit seinen Soldaten spielt. Aber einstweilen habe ich sie noch nie bei irgendeiner auch nur im entferntesten an Zauberei erinnernden Vorführung ertappt ...

Es läßt sich da schwer was sagen ...

Dann ist da auch noch die finanzielle Frage. Ich habe die unheilvolle Angewohnheit, meine Schulden zu bezahlen. Ich bin wer weiß wie oft durch die Regent Street gegangen, auf und ab, und habe nach dem Laden gesucht. Und ich bin nun geneigt zu denken, daß der Ehre in dieser Angelegenheit Genüge getan ist, und daß ich, da Gips Name und Adresse den Leuten bekannt sind, es ruhig ihnen überlassen kann – wer sie auch sein mögen! – mir die Rechnung zu schicken – wenn es ihnen paßt!

Der gestohlene Körper

Mr. Bessel war der ältere Teilhaber der Firma Bessel, Hart und Brown, St. Pauls Churchyard, und war unter den Freunden und Förderern der psychologischen Beobachtungsversuche seit vielen Jahren als vorurteilsloser und gewissenhafter Forscher bekannt. Er war Junggeselle und bewohnte, anstatt wie die meisten seines Standes in einem Vorort zu leben, einige Zimmer im Albany Club bei Piccadilly. Besonders interessierte er sich für die Frage der Gedankenübertragung und der Erscheinung Lebender, und im November 1896 begann er – zusammen mit Mr. Vincey, Staple Inn – eine Reihe von Experimenten, um die Behauptung, ein Mensch vermöge sich durch die Kraft seines Willens als Erscheinung im Raum zu bewegen, auf ihre Stichhaltigkeit hin zu prüfen.

Diese Experimente wurden auf folgende Weise unternommen: Zu einer vereinbarten Stunde schloß sich Mr. Bessel in eines seiner Zimmer in Albany und Mr. Vincey in sein Wohnzimmer in Staple Inn ein, und jeder richtete sein ganzes Denkvermögen so intensiv wie nur möglich auf den andern. Mr. Bessel hatte sich die Kunst des Selbsthypnotisierens angeeignet, und er versuchte, soweit er konnte, sich erst selbst zu hypnotisieren und sich darauf als »Phantom des Lebenden« über den dazwischenliegenden Raum von beinahe zwei Meilen in Mr. Vinceys Wohnung sichtbar zu machen. Verschiedene Abende hindurch blieben die Versuche ohne befriedigendes Resultat;

aber beim fünften oder sechsten Male sah – oder glaubte Mr. Vincey tatsächlich eine Erscheinung Mr. Bessels in seinem Zimmer stehen zu sehen. Er erklärte, daß die Erscheinung, wenn auch nur flüchtig, doch durchaus deutlich und lebendig gewesen sei. Er bemerkte, daß Mr. Bessels Gesicht blaß und der Ausdruck seiner Züge angstvoll war und daß außerdem seine Haare zerzaust aussahen. Einen Moment lang war Mr. Vincey, obwohl er die Erscheinung ja erwartet hatte, zu überrascht, um reden oder sich bewegen zu können; und im selben Moment schien es ihm auch schon, als ob die Gestalt über ihre Schulter zurückblickte und plötzlich verschwand.

Es war vereinbart gewesen, daß der Versuch gemacht werden sollte, jede etwaig auftauchende phantastische Erscheinung zu fotografieren; aber Mr. Vincey besaß nicht gleich die Geistesgegenwart, mit dem Apparat, der fertiggestellt neben ihm auf dem Tisch lag, zu knipsen, und als er es schließlich tat, war es zu spät. Immerhin notierte er sich, hocherfreut schon über diesen teilweisen Erfolg, genau die Zeit und fuhr sofort in einer Droschke zum Albany Club, um Mr. Bessel von dem Resultat zu benachrichtigen.

Er war erstaunt, als er bemerkte, daß Mr. Bessels äußere Tür zur Nachtzeit offenstand und daß die Wohnung erleuchtet und in ganz außergewöhnlicher Unordnung war. Auf dem Boden lag eine zerbrochene Kognakflasche; der Hals war ihr augenscheinlich am Tintenfaß auf dem Pult abgeschlagen worden und lag daneben. Ein achteckiger, kleiner Tisch, auf dem eine Bronzestatuette und eine Anzahl wertvoller Bücher gelegen hatten, war umgestoßen, und an der

zartgelben Tapete waren tintige Finger herunter-
gefahren, augenscheinlich aus bloßem Vergnügen an
der Sache. Einer der feinen Musselinvorhänge war
mit Gewalt von den Ringen gerissen und ins Kaminfeuer geworfen worden, und sein Glosen erfüllte das
Zimmer mit Brandgeruch. Überall herrschte die
seltsamste Verwüstung. Ein paar Minuten lang traute
Mr. Vincey, der in der sicheren Überzeugung eingetreten war, Mr. Bessel würde in seinem Lehnsessel sitzen und ihn erwarten, seinen Augen kaum und
starrte hilflos dieses ungeahnte Schauspiel an.

Dann suchte er, in dem unbestimmten Gefühl, es
müsse irgend etwas Schlimmes geschehen sein, den
Portier in seiner Loge am Hauseingang auf. »Wo ist
Mr. Bessel?« fragte er. »Wissen Sie, daß alles in Mr.
Bessels Zimmer zertrümmert ist?« Der Mann sagte
gar nichts, kam aber auf Mr. Vinceys Wink sofort mit
zu Mr. Bessels Wohnung, um sich selbst vom Stand
der Dinge zu überzeugen. »Das erklärt alles!« sagte er,
das tolle Durcheinander betrachtend. »Davon habe
ich nichts gewußt. Mr. Bessel ist übergeschnappt.
Verrückt geworden.«

Er erzählte darauf Mr. Vincey, vor etwa einer
halben Stunde, das heißt ungefähr um die Zeit, als
Mr. Bessel Mr. Vincey erschienen war, sei der Ver-
mißte, ohne Hut, mit wirrem Haar, zu der auf
die Vigo Street gehenden Haustür hinausgestürzt
und in Richtung Bond Street verschwunden. »Und
während er an mir vorbeikam«, sagte der Portier,
»lachte er – wie in einer Art Krampf – mit offenem
Mund und aufgerissenen Augen – ich sag Ihnen,
Sir, er hat mir ordentlich einen Schreck eingejagt! –
etwa so.«

Wenn der Mann das Lachen wirklich getreu wiedergab, war es allerdings alles, nur nicht heiter gewesen. »Und mit der Hand fuchtelte er herum – alle fünf Finger gekrümmt und eingekrallt – so! Und dazu sagte er in einem grimmigen Flüsterton: *Leben!* Bloß das eine Wort: *Leben!*«

»Ach Gott!« sagte Mr. Vincey. »Ei, ei, ei! Ach Gott!« Etwas anderes fiel ihm nicht ein. Er war natürlich ungeheuer erstaunt. In tiefster Bestürzung wandte er sich vom Zimmer zu dem Portier und vom Portier wieder zum Zimmer zurück. Er meinte, wahrscheinlich würde Mr. Bessel bald zurückkommen und das Vorgefallene erklären; aber weiter gedieh die Konversation nicht.

»Vielleicht waren es plötzliche Zahnschmerzen!« sagte der Portier. »Ganz plötzliche und ganz heftige, die ihn ganz plötzlich gepackt und wild gemacht haben. Dabei hab ich auch schon einmal allerhand zusammengeschlagen …« Er dachte nach. »Aber wenn es das war, wieso hat er dann *Leben!* zu mir gesagt im Vorbeigehen?«

Mr. Vincey wußte es nicht. Mr. Bessel kam nicht wieder, und schließlich, nachdem Mr. Vincey noch eine Weile hilflos um sich gestarrt, ein paar Worte geschrieben und sie an einem Platz auf dem Pult deponiert hatte, wo sie ins Auge fallen mußten, kehrte er in höchst verworrenem Gemütszustand in seine eigene Behausung in Staple Inn zurück. Er war ganz bestürzt über die Angelegenheit. Vermittels keiner auch nur halbwegs vernunftgemäßen Hypothese vermochte er sich Mr. Bessels Benehmen zu erklären. Er versuchte zu lesen, aber es ging nicht. Er machte einen kurzen Spaziergang, aber er war so in

Gedanken, daß er mit knapper Not noch vor einer Droschke zur Seite springen konnte, die auf der Höhe der Chancery Lane ihn fast überfahren hätte; schließlich ging er – eine volle Stunde früher als sonst – zu Bett. Lange Zeit ließ ihn die Erinnerung an die stumme Verwirrung in Mr. Bessels Zimmer nicht einschlafen, und als er endlich in einen unruhigen Schlummer fiel, wurde dieser durch einen außerordentlich lebhaften und unruhigen Traum von Mr. Bessel gestört.

Er sah Mr. Bessel, wild gestikulierend, mit weißem, verzerrtem Gesicht. Und auf verworrene Weise mit seiner Erscheinung verkettet, vielleicht durch seine Gesten hervorgerufen, war ein tiefes Angstgefühl, ein heftiger Drang zu handeln. Er glaubte sogar, er habe die Stimme seines Experimentierkollegen gehört, die angstvoll und verzweifelt nach ihm rief, obgleich er dies damals für Einbildung hielt. Der lebhafte Eindruck hielt an, auch als Mr. Vincey aufwachte. Eine Weile lag er so, wach und zitternd, im Dunkeln, ganz im Bann der unbestimmten, unerklärlichen Furcht vor unbekannten Möglichkeiten, die auch im Unerschrockensten oft nach einem Traum zurückbleiben kann. Aber schließlich raffte er sich auf, drehte sich auf die andere Seite und schlief wieder ein – bloß um dasselbe mit verstärkter Lebhaftigkeit wieder zu träumen.

Er erwachte mit einer so unerschütterlichen Überzeugung, daß Mr. Bessel ein überwältigendes Unheil zugestoßen sein müsse und daß er schleunigst Hilfe brauche, daß er unmöglich mehr an Schlaf denken konnte. Er war ganz sicher, daß sein Freund irgendeinem schrecklichen Schicksal in die Arme gelaufen sein mußte. Eine Zeitlang lag er noch da und kämpfte vergebens gegen diese seine Überzeugung an; aber endlich hielt er es nicht mehr aus. Er erhob sich – gegen alle Vernunft –, machte Licht, zog sich an und wanderte durch die menschenleeren Straßen – tatsächlich menschenleer bis auf einen stummen Schutzmann oder zwei und die ersten Morgenfuhrwerke – in die Vigo Street, um nachzufragen, ob Mr. Bessel nach Hause gekommen sei.

Aber er kam überhaupt nicht so weit. Als er den Long Acre hinabging, veranlaßte ein unerklärlicher Impuls ihn, aus dieser Straße abzubiegen – Covent Garden zu, der eben zu seinem nächtlichen Treiben erwachte. Er erblickte vor sich den Platz – ein seltsamer Farbeffekt von gelbglühenden Lichtern und emsigen schwarzen Gestalten. Er hörte ein Geschrei und sah eine schwarze Gestalt um die Ecke des Hotels biegen und rasch auf sich zulaufen. Er wußte sofort, daß das Mr. Bessel war. Aber es war ein verwandelter Mr. Bessel. Ohne Hut, zerzaust, mit aufgerissenem Kragen, einen Spazierstock mit bleiernem Griff am unteren Ende in der Hand schwingend und verzerrtem Mund ... Er kam gerannt, eilig, mit hastigen Schritten. Das Zusammentreffen währte nur eine Sekunde.

»Bessel!« rief Vincey.

Aber der Einherstürmende schien weder Mr. Vincey noch seinen eigenen Namen zu erkennen. Statt dessen schlug er mit dem Stock wild nach seinem Freund und hieb ihm, dicht neben dem Auge, mitten ins Gesicht. Mr. Vincey taumelte, betäubt, überrascht, nach rückwärts, glitt aus und fiel schwer zu Boden. Er hatte das Gefühl, als ob Mr. Bessel, während er fiel, über ihn weggesprungen wäre. Als er wieder aufblickte, war Mr. Bessel verschwunden, und ein Schutzmann und ein Haufen Markthallenarbeiter und -verkäufer hasteten in wilder Verfolgung in Richtung Long Acre an ihm vorüber.

Mit Hilfe von ein paar Vorübergehenden – denn die ganze Straße war bald voll von hastenden Menschen – richtete Mr. Vincey sich wieder auf. Sofort war er auch der Mittelpunkt einer Menge, die darauf brannte, zu hören, was ihm eigentlich geschehen war. Ein Durcheinander von Stimmen versicherte ihm in allen Tönen, daß er nicht in Gefahr sei und berichtete dann, was es von dem Verrückten – als das betrachtete es Mr. Bessel – wußte. Er war plötzlich mitten auf dem Platz aufgetaucht – hatte – immer unter dem Ruf: »*Leben! Leben!*« – mit einem blutbespritzten Stock nach rechts und links um sich geschlagen und bei jedem Hieb, der saß, vor Entzücken getanzt und gebrüllt. Einem jungen Burschen und zwei Frauen hatte er den Kopf grün und blau geschlagen und einem Mann das Handgelenk zerschmettert; ein kleines Kind war unter seinen Schlägen bewußtlos zusammengebrochen, und eine ganze Zeitlang hatte er den ganzen Haufen vor sich hergetrieben, so wild und so entschlossen war sein Gebaren gewesen. Dann brach er in eine Kaffeebude ein, schleuderte die brennenden Kerzen, die er dort fand, durch das Fenster des Postamts und entfloh lachend, nachdem er den vorderen der zwei Schutzleute, die den Mut fanden, sich ihm in den Weg zu stellen, durch einen Hieb betäubt hatte.

Mr. Vinceys erster Impuls war natürlich, sich an der Verfolgung seines Freundes zu beteiligen, um ihn womöglich vor der Wut des empörten Pöbels zu schützen. Aber er vermochte sich nur langsam zu bewegen, der Hieb hatte ihn halb betäubt, und noch ehe er zu einem Entschluß kam, schrien die Leute sich gegenseitig zu, Mr. Bessel sei seinen Verfolgern entkommen. Zuerst vermochte Mr. Vincey das kaum zu glauben. Aber die Einstimmigkeit, mit der die Nachricht sich wiederholte, und zwei Schutzleute, die würdevoll und mit leeren Händen zurückkamen, überzeugten ihn. Nach ein paar ziemlich zwecklosen Fragen kehrte er, das Taschentuch gegen seine jetzt doch recht schmerzhafte Nase pressend, nach Staple Inn zurück.

Er war zornig und erstaunt und verwirrt. Daß Mr. Bessel mitten in seinem Experiment mit der Gedankenübertragung tobsüchtig geworden war, das stand für ihn außer allem Zweifel. Weshalb er aber dann in Mr. Vinceys Träumen mit einem so traurigen, blassen Gesicht auftauchte – das schien ein ganz unlösbares Problem. Vergebens quälte sich Mr. Vincey auf jede nur erdenkliche Weise ab, um eine Erklärung zu finden. Am Ende kam es ihm so vor, als ob nicht bloß Mr. Bessel, sondern die ganze Welt überhaupt verrückt geworden sei. Aber was sich da tun ließ, war ihm völlig unklar. Er schloß sich sorgfältig in sein Zimmer ein, zündete sich ein Feuer an – er hatte einen Gasofen aus Asbest –, und weil er fürchtete, er würde wieder träumen, wenn er zu Bett ginge, blieb er auf, machte kalte Umschläge auf sein Gesicht und versuchte – vergeblich – zu lesen, bis der Tag graute. Während dieser ganzen durchwachten Nacht hatte er immer die sonderbare Überzeugung, daß Mr. Bessel den Versuch mache, ihm etwas zu sagen; aber er wollte diesen Eindruck mit Absicht nicht in sich aufkommen lassen.

Gegen Morgen meldete sich die körperliche Übermüdung doch so stark, daß er zu Bett ging und trotz aller Träume endlich schlief. Er stand spät auf – müde, sorgenvoll und mit heftig schmerzendem Gesicht. Die Morgenzeitungen brachten noch keinen Bericht über Mr. Bessels Verschwinden und Umherirren ... es war zu spät in der Nacht gewesen. Mr. Vinceys Ängste, die ein leichtes Wundfieber noch mehr aufreizte, wurden zuletzt unerträglich, und nach einer ergebnislosen Pilgerfahrt zum Albany Club suchte er Mr. Hart, Mr. Bessels Kompagnon und, soviel er wußte, intimsten Freund, auf.

Zu seiner Überraschung hörte er, daß auch Mr. Hart, obgleich er noch nichts von der Sache wußte, von einem Traumgesicht heimgesucht worden war – demselben Traumgesicht, das Mr. Vincey gehabt hatte –, Mr. Bessel, blaß, verstört, mit stummen Gebärden angstvoll um Hilfe flehend. Diesen Eindruck wenigstens hatte auch er von Mr. Bessels Gebaren. »Ich wollte eben in den Albany und nach ihm sehen«, sagte Mr. Hart. »Ich bin fest überzeugt, daß irgendwas mit ihm nicht stimmt.«

Das Resultat der Beratung war, daß die beiden Herren beschlossen, sich bei Scotland Yard nach dem vermißten Freund zu erkundigen. »Ganz sicher haben sie ihn jetzt!« sagte Mr. Hart. »So kann er's ja nicht lange treiben.« Aber die Polizei hatte Mr. Bessel nicht. Sie bestätigten Mr. Vinceys Erlebnisse von der verflossenen Nacht und fügten noch allerhand neue Belastungsmomente hinzu – schwerere noch zum Teil als die, die er kannte –, eine lange Reihe von zertrümmerten Schaufenstern, ein Angriff auf einen Schutzmann, ein scheußlicher Vergewaltigungsversuch an einer Frau ... All diese Missetaten hatte er zwischen halb eins und dreiviertel zwei Uhr morgens begangen, und in der dazwischenliegenden Zeit – oder schon vom Augenblick an, als Mr. Bessel abends um halb neun Uhr aus seiner Wohnung weggestürmt war – konnte man die Spuren seiner immer wilder und unbändiger werdenden phantastischen Irrfahrt verfolgen ... Die letzte Stunde – oder schon etwa von ein Uhr an bis viertel vor zwei – war er einfach wie ein Tollhäusler durch ganz London gestürmt, wobei er mit erstaunlicher Behendigkeit jeden Versuch, ihn aufzuhalten oder festzunehmen, vereitelt hatte.

Aber nach dreiviertel zwei war er plötzlich verschwunden. Bis dahin gab es eine Menge von Zeugen. Dutzende von Menschen hatten ihn gesehen, waren vor ihm geflohen oder hinter ihm hergelaufen. Dann auf einmal hörte es auf. Viertel vor zwei hatte man ihn noch die Euston Road in Richtung Baker Street entlangstürmen sehen, mit einer brennenden Ölkanne in der Hand, aus der er rechts und links Flammen nach den Fenstern der Häuser schleuderte, an denen er vorüberkam. Aber weder die Schutzleute in der Euston Road jenseits des Panoptikums noch die in den Nebenstraßen, durch die er hätte kommen müssen, wenn er aus der Euston Road abgebogen wäre, hatten ihn gesehen. Ganz plötzlich war er verschwunden. Nichts von seinen ferneren Schicksalen kam zutage – trotz eifrigsten Nachforschens.

Neue Bestürzung Mr. Vinceys. Mr. Harts Versicherung: »Sie werden ihn schon bald haben!« war ihm ein großer Trost gewesen; und er hatte damit seine Angst und Verwirrung besänftigt. Aber bei jeder Wendung, die die Sache nahm, schienen sich neue Unmöglichkeiten aufzuhäufen zu den alten, die schon an sich jegliche Glaubhaftigkeit überschritten. Er fing an zu grübeln, ob ihm nicht sein Gedächtnis etwa doch einen bösen Streich gespielt haben könnte, fing an, sich zu fragen, ob all das überhaupt in Wirklichkeit geschehen sein könnte. Und am Nachmittag suchte er wiederum Mr. Hart auf, weil er die Sorge, die auf seinem Gemüt lastete, einfach nicht mehr aushalten konnte. Mr. Hart verhandelte eben mit einem bekannten Privatdetektiv. Aber da dieser im vorliegenden Fall doch nichts auszurichten vermochte, braucht unsere Erzählung sich weiter nicht mit ihm zu befassen.

Den ganzen Tag und die ganze Nacht wurden unermüdliche Nachforschungen angestellt nach Mr. Bessels Verbleib. Und den ganzen Tag über hatte Mr. Vincey irgendwie immer den unbestimmten Eindruck, daß Mr. Bessel den Versuch mache, sich mit ihm zu verständigen; die ganze Nacht verfolgte Mr. Bessels angstvolles, tränenüberströmtes Gesicht ihn im Traum. Und sooft er Mr. Bessel im Traum sah, sah er daneben eine ganze Menge von anderen Gesichtern – unbestimmt … aber drohend … die Mr. Bessel zu verfolgen schienen.

Am folgenden Tag – es war ein Sonntag – fielen Mr. Vincey ganz plötzlich ganz besonders seltsame Berichte ein, die er von Mrs. Bullock gehört hatte – einem Medium, das zum erstenmal die Aufmerksamkeit von London auf sich zog. Er beschloß, zu ihr zu gehen. Sie wohnte damals bei dem bekannten Forscher Dr. Wilson Paget, und Mr. Vincey wandte sich, trotzdem er ihn nicht kannte, sofort an diesen Herrn mit der Bitte, man möchte ihm eine Sitzung mit dem Medium gewähren. Aber kaum hatte er den Namen »Bessel« ausgesprochen, als Dr. Paget ihn auch schon unterbrach. »Gestern nacht«, sagte er ... »ganz zuletzt noch, hatten wir eine Verbindung ...«

Er verließ das Zimmer und kam mit einer Schiefertafel zurück, auf der ein paar Worte geschrieben waren ... unsicher zwar ... und doch ohne Frage die Handschrift Mr. Bessels.

»Wie kommen Sie denn dazu?« fragte Mr. Vincey. »Heißt das wirklich ...?«

»Gestern nacht ist es gekommen!« erwiderte Dr. Paget. Und unter häufigen Unterbrechungen von seiten Mr. Vinceys erzählte er, wie er zu der Schrift gekommen war. Mrs. Bullock verfällt − so erklärt er es − in den *séances* in eine Trance ... verdreht die Augen ... wird ganz starr. Darauf fängt sie an, sehr hastig zu reden ... meist in andern Stimmen als in ihrer eigenen. Gleichzeitig fangen ihre Hände an, sich zu bewegen; und wenn Tafel und Griffel bereitliegen, schreibt sie Worte nieder, die so rasch kommen wie ihre gesprochenen und doch gänzlich unabhängig davon sind. Viele halten sie für ein weit stärkeres Medium als die berühmte Mrs. Piper. Und eine dieser Aufzeichnungen − eine, die sie mit der linken Hand geschrieben hatte − lag jetzt vor Mr. Vincey. Sie bestand aus acht zusammenhanglos geschriebenen Worten: »George Bessel ... Versuchsschacht ... Baker Street ... Hilfe ... verhungern ...« Sonderbarerweise hatten weder Dr. Paget noch die beiden anwesenden Klienten von Mr. Bessels Verschwinden gehört – die Nachricht erschien erst im Abendblatt der Samstagzeitung – und so hatten sie die Aufzeichnung beiseite geschoben wie so viele andere zweifelhafte und unenträtselbare, die Mrs. Bullock von Zeit zu Zeit lieferte.

Als Dr. Paget Mr. Vinceys Bericht gehört hatte, machte er sich sofort voller Energie daran, Mr. Bessel aufzufinden. Es hätte keinen Sinn, all die Nachfragen einzeln aufzuzählen, die er und Mr. Vincey anstellten. Hauptsache ist, daß die Spur, auf die die Aufzeichnungen des Mediums hinwiesen, die richtige war und daß Mr. Bessel schließlich wirklich aufgefunden wurde.

Man fand ihn in der Tiefe eines verlassenen Schachts, der versuchsweise gebohrt und dann wieder aufgelassen worden war, als die Arbeiten für die neue elektrische Bahn bei der Baker Street Station begannen. Ein Arm und ein Bein und zwei Rippen waren gebrochen. Um den Schacht geht ein fast 20 Fuß hohes Geländer, und über dies Geländer muß – so unglaublich es auch klingen mag – Mr. Bessel, ein ziemlich korpulenter Herr in mittleren Jahren, geklettert sein ... bloß um in den Schacht fallen zu können! Er war ganz durchtränkt von Petroleum; neben ihm lag die flachgequetschte Kanne. Die Flammen waren – vermutlich bei seinem Fall – zum Glück ausgegangen. Er zeigte auch keine Spur von Verrücktheit mehr. Bloß war er natürlicherweise furchtbar erschöpft und brach, als er seine Retter sah, in ein hysterisches Schluchzen aus ...

In Anbetracht des kläglichen Zustandes seiner eigenen Wohnung schaffte man ihn zu Dr. Hattons Haus in der Oberen Baker Street. Dort unterzog man ihn einer Ruhekur; alles, was ihn auch nur im entferntesten an die heftige Krise erinnern konnte, die er durchgemacht hatte, wurde sorgfältigst vermieden. Aber am zweiten Tag versuchte er selber, eine Art Erklärung abzugeben.

Seitdem hat Mr. Bessel diese Erklärung schon öfters wiederholt, so z.B. – neben anderen – auch mir gegenüber. Die Einzelheiten waren, wie bei jedem Tatsachenbericht, nicht immer ganz übereinstimmend; aber in den Hauptpunkten widersprach er sich niemals. Und dieser Bericht läuft etwa auf Folgendes hinaus.

Um die Sache ganz zu verstehen, muß man auf die Experimente zurückgreifen, die er – vor jenem merkwürdigen Anfall – in Gemeinschaft mit Mr. Vincey vornahm. Mr. Bessels erste Versuche, sich Mr. Vincey als »Geist« sichtbar zu machen, waren, wie der Leser sich erinnern wird, erfolglos. Aber durch all seine Experimente hindurch konzentrierte er seine ganze Kraft, seine ganze Willensstärke auf den Versuch, aus seinem leiblichen Körper herauszudringen. »Mit all meiner Macht«, das sind seine eigenen Worte. Und Mr. Bessel behauptet also, daß er, bei lebendigem Leib, durch einen Willensakt tatsächlich sich von seinem Körper losgelöst und auf diese Weise sich an einen Ort oder in ein Sein außerhalb unserer Welt begeben hat ... »Die Sache ging«, so sagt er, »in einem Nu vor sich. Eine Sekunde lang saß ich noch in meinem Stuhl ... mit fest zugekniffenen Augen, die Hände um die Stuhllehne gekrampft ... und versuchte nach Kräften meine Gedanken auf Vincey zu konzentrieren ... Und in der nächsten sah ich mich selber ... außerhalb meines leiblichen Körpers ... sah wohl diesen Körper ... ganz in der Nähe ... aber leer ... ohne mich ... mit schlaffen Händen und auf die Brust niederhängendem Kopf ...«

Nichts vermag ihn in seiner Überzeugung von diesem Losgelöstsein zu erschüttern. Ganz ruhig und nüchtern beschreibt er die neue Empfindung, die er dabei verspürte. Er fühlte, daß er körperlos geworden war – was er ja auch erwartet hatte; was er nicht erwartet hatte, war, daß er sich in riesenhafter Ausdehnung vorfand. Aber das war er augenscheinlich geworden. »Ich war – wenn ich mich so ausdrücken darf – eine große, an meinem Körper verankerte Wolke. Es kam mir zuerst so vor, als hätte ich ein größeres Ich entdeckt, von dem das bewußte Sein in meinem Gehirn bloß ein kleiner Teil war. Ich sah den Albany Club und den Piccadilly und die Regent Street und alle die Zimmer und Räume in den Häusern ganz klar und deutlich und genau unter mir liegen, wie eine kleine Stadt von einem Ballon aus gesehen. Ab und zu machten undeutliche Gebilde, ähnlich treibenden Rauchwolken, das Bild etwas verwischt; aber darauf achtete ich anfänglich wenig. Was mich am meisten wunderte und was mich noch jetzt wundert, ist, daß ich ganz deutlich nicht nur die Straßen, sondern auch das Innere der Häuser sah – kleine Menschen, die in ihren eigenen Wohnungen aßen und plauderten, Männer und Frauen, die in Restaurants und Hotels aßen und tranken und Billard spielten, mehrere von Menschen wimmelnde große Vergnügungslokale. Es war, als beobachte man das Treiben in einem gläsernen Bienenkorb.«

Genau so lauteten Mr. Bessels Worte. Ich schrieb sie nach, während er mir seine Geschichte erzählte.

Er hatte in jenem Moment Mr. Vincey vollständig vergessen und beobachtete eine ganze Weile nur alles. Schließlich, so erzählte er weiter, trieb ihn die Neugier, sich zu bücken und zu versuchen, mit seinem schattenhaften Arm einen Mann anzurühren, der durch die Vigo Street ging. Aber er konnte nicht, obgleich sein Finger durch den Mann hindurchzugehen schien. Irgend etwas hinderte ihn daran, aber was, das vermag er nicht recht zu beschreiben. Er vergleicht das Hindernis mit einer Glasscheibe.

»Ich hatte ein Gefühl, wie es etwa eine junge Katze haben mag«, sagte er, »wenn sie zum erstenmal ihr eigenes Bild im Spiegel betastet.«

Immer wieder kam Mr. Bessel, als ich ihn seine Geschichte erzählen hörte, auf das Bild von der Glasscheibe zurück. Ein ganz richtiger Vergleich war es übrigens nicht, denn – wie der Leser sogleich sehen wird – es gab auch Unterbrechungen in diesem sonst so undurchdringlichen Widerstand, Mittel und Wege, durch die Schranke hindurch wieder zur körperlichen Welt zurückzukehren. Aber natürlich ist es äußerst schwierig, solche noch nie dagewesenen Eindrücke in der Sprache des Alltags auszudrücken.

Etwas, was ihm sogleich auffiel und ihn während des ganzen Erlebnisses bedrückte, war die Stille, die um ihn her herrschte. Er war in einer Welt ohne Laut.

Anfänglich empfand Mr. Bessel nichts als eine Art unbewegten Staunens. Seine Gedanken beschäftigten sich vor allem mit der Frage, wo er wohl sein mochte. Er war außerhalb seines Körpers – wenigstens seines materiellen Körpers. Aber das war nicht alles. Er glaubt – und ich meinerseits glaube es auch –, daß er irgendwo außerhalb des Raums – so wie wir diesen Begriff verstehen – war. Durch eine gewaltige Willensanstrengung hatte er sich aus seinem Körper in eine Welt jenseits dieser Welt entrückt – in eine Welt, von der wir uns nichts träumen lassen und die doch so dicht neben unserer und so wunderbar um uns her gelagert ist, daß sämtliche Dinge dieser Erde von jener Welt aus von außen und innen deutlich sichtbar sind. Lange Zeit – wenigstens kam es ihm so vor – beschäftigten sich seine Gedanken ganz ausschließlich damit, dies zu erfassen und sich klarzumachen. Dann auf einmal fiel ihm seine Abmachung mit Mr. Vincey ein, für die diese erste erstaunliche Erfahrung ja schließlich nur ein Vorspiel war.

Er wandte seine Gedanken also der Frage zu, wie es – in diesem neuen Körper, in dem er steckte – um die Fortbewegung stehen mochte. Eine Weile war er ganz außerstande, sich von seinem irdischen Leichnam loszulösen. Eine ganze Weile schwankte und schaukelte sein neuer Wolkenkörper bloß – zog sich zusammen – dehnte sich wieder aus – drehte sich um sich selber und wand sich in seiner Anstrengung, sich freizumachen; dann – ganz plötzlich – schnappte die Fessel, die ihn band. Einen Augenblick lang verschwand alles hinter etwas, das ihm wie wirbelnde Ballen dunklen Nebels vorkam; dann – durch eine momentane Lücke – sah er, wie sein vornüberfallender Körper schlaff zusammensank, wie sein lebloser Kopf auf die Seite fiel – und fühlte gleich darauf, wie er einer riesenhaften Wolke gleich in einer seltsamen Welt schattenhafter Wolken dahintrieb, unter der in lichterfunkelndem Wirrwarr London ausgebreitet lag – wie ein Modell.

Aber nun merkte er auch, daß der fließende Nebel um ihn her mehr war als bloß Nebel; und in die tollkühne Erregung über seinen ersten Versuch mischte sich etwas wie Furcht. Denn er bemerkte – anfänglich undeutlich, dann immer deutlicher –, daß er umgeben war von *Gesichtern!* Daß jedes Rollen und Drehen der scheinbaren Wolkenmaterie ein Gesicht war. Und was für Gesichter! Gesichter gleich verfließenden Schatten – Gesichter wie durchsichtiges Gas, Gesichter – ähnlich denen, die seltsam, fremdartig und unerträglich den Schläfer anstarren in den bösen Stunden seiner Träume. Böse, hungrige Augen, Augen voll einer zehrenden Neugier … Gesichter mit finsteren Brauen und höhnisch grinsenden, lächelnden Lippen! Und die Schattenhände krallten nach Mr. Bessel, als er vorübertrieb, während die übrigen Körper nichts waren als unbestimmbare Streifen, die sich im Dunkel verloren … Stumm zogen sie vorüber; kein Wort kam von den Lippen, die doch unablässig zu höhnen schienen. So umdrängten sie ihn ringsum – in traumhaftem Schweigen – fluteten ungehindert durch das dunstige Etwas, das seinen Körper bildete – sammelten sich immer zahlreicher um ihn an. Und der schattenhafte Mr. Bessel trieb – plötzlich von Furcht gepackt – mitten durch diese schweigende und bewegte Menge von Augen und klammernden Händen.

So menschenunähnlich waren diese Gesichter, so voll böser Absicht ihre starrenden Augen und klammernden, schattenhaften Gebärden, daß Mr. Bessel überhaupt nicht auf den Gedanken kam, sich diesen treibenden Geschöpfen irgendwie zu nähern. Narrenphantome schienen sie – Kinder eitler Begierde, ungeborene Wesen, denen der Quell des Seins verschlossen war, deren Daseinsäußerungen und Gebärden von nichts sprachen als von der Gier und der Sehnsucht nach Leben, die einzig sie an eine tatsächliche Existenz fesselten ...

Es spricht für Mr. Bessels Entschlossenheit, daß er mitten in der schwärmenden Wolke dieser lautlosen Geister doch noch immer an Mr. Vincey denken konnte. Er strengte seinen Willen aufs äußerste an und sah sich plötzlich – er weiß selber nicht wie – in Staple Inn, Vincey gegenüber, der wachsam, voller Eifer, in seinem Lehnsessel vor dem Kamin saß.

Und rings um ihn her drängten sich – so wie sie sich um alles, was da lebt und atmet, drängen – Mengen jener leeren, lautlosen Geister des Bösen und suchten und tasteten und sehnten sich voller Gier nach einem kleinen Schlupfloch ins Leben ...

Eine Weile versuchte Mr. Bessel vergebens, die Aufmerksamkeit seines Freundes auf sich zu lenken. Er versuchte, sich direkt vor seinen Blick zu bringen, die Gegenstände in seinem Zimmer zu ergreifen, ihn anzurühren. Aber Mr. Vincey blieb unbeeindruckt und ahnte nichts von dem Wesen, das sich so dicht neben ihm befand. Das seltsame Etwas, das Mr. Bessel mit einer Glasscheibe vergleicht, trennte sie undurchdringbar.

Endlich griff Mr. Bessel zu einem verzweifelten Mittel. Ich habe schon erzählt, daß er auf irgendeine seltsame Weise nicht nur das Äußere eines Menschen, so wie wir es sehen, zu sehen vermochte, sondern auch das Innere. Er streckte seine schattenhafte Hand aus und griff mit seinen schwarzen Schattenfingern, wie es scheint, mitten in das ahnungslose Gehirn des andern.

Daraufhin fuhr Mr. Vincey plötzlich auf, wie ein Mensch, der seine schweifenden Gedanken wieder zur Aufmerksamkeit zurückzwingt, und Mr. Bessel schien es, als ob ein kleiner, dunkelroter Körper im Mittelpunkt von Mr. Vinceys Gehirn dabei anfange zu schwellen und zu glühen. Er hat sich seitdem anatomische Abbildungen des Gehirns zeigen lassen und weiß jetzt, daß der kleine Körper das – wie die Ärzte behaupten, überflüssige – sogenannte Zirbeldrüsenauge war. Denn – so seltsam das auch vielen erscheinen mag – wir haben in unserem Gehirn – wo es niemals und unter keinen Umständen das irdische Licht zu erblicken vermag – ein Auge! Damals aber war dies – so wie überhaupt die ganze innere Anatomie des Gehirns – Mr. Bessel ganz neu. Aber als er bemerkte, wie sich der kleine Punkt veränderte, streckte er den Finger aus und berührte ihn – nicht ohne Bangen vor den möglichen Folgen. Sofort fuhr Mr. Vincey auf –, und Mr. Bessel wußte, daß er ihn sah!

Im selben Augenblick aber hatte Mr. Bessel das Gefühl, als ob seinem Körper etwas Schlimmes zugestoßen sei. Und siehe! Ein großer Wind wehte durch jene ganze Welt der Schatten und riß ihn hinweg. So stark war diese Überzeugung, daß er gar nicht mehr an Mr. Vincey dachte, sondern sich unverzüglich umwandte; und mit ihm trieben all die unzähligen Gesichter von dannen, gleich Blättern vor einem Sturm. Aber er kam zu spät. In einer Sekunde sah er, daß der Körper, den er leblos, zusammengesunken, vollständig mit dem Aussehen eines eben

Gestorbenen verlassen hatte, auferstanden war – auferstanden kraft einer Macht und eines Willens, die nicht die seinen waren … Da stand er – mit starr blickenden Augen – und reckte zögernd und halb zweifelnd die Glieder.

Eine Sekunde lang blickte Mr. Bessel in wilder Angst auf ihn hinunter; dann bückte er sich … aber die Glasfläche hatte sich wieder vor ihm geschlossen, und er war machtlos. Verzweifelt warf er sich dagegen, und rings um ihn her grinsten und höhnten die Geister des Bösen und deuteten mit Fingern auf ihn. Ein wütender Ingrimm packte ihn. Er vergleicht sich selber mit einem Vogel, der unbesonnenerweise in ein Zimmer geflattert ist und sich an einer Fensterscheibe, die ihn von der Freiheit trennt, die Flügel zerschlägt.

Und siehe da! Der kleine Körper, der einst der seine gewesen war, tanzte jetzt vor Entzücken! Er sah ihn schreien – obgleich er die Schreie nicht zu hören vermochte. Er sah, wie seine Bewegungen immer wilder und wilder wurden. Er sah, wie er – in tollem Lebensentzücken – seine ganze zärtlich geliebte Einrichtung über den Haufen schmiß, Flaschen zerschmetterte, in wilden Zügen aus den Scherben trank, in einem leidenschaftlichen Lebensbewußtsein herumwütete und um sich schlug. In einer Art halb gelähmter Verwunderung sah er das alles mit an … Dann stürzte er sich noch einmal gegen die unerbittliche Schranke und eilte darauf, verfolgt von der Menge höhnender Geister, angstvoll, verwirrt, zu Vincey zurück, um ihm von dem Schimpf zu erzählen, der ihm angetan wurde … Aber Vinceys Gehirn war jetzt wieder verschlossen gegen Erscheinungen, und der entkörperte Mr. Bessel verfolgte ihn vergebens, während er auf der Suche nach einer Droschke in Holborn umherlief. Ohnmächtig, von Entsetzen überwältigt, eilte Mr. Bessel wieder zurück, um seinen entweihten Körper in glorreichster Raserei die Burlington-Arkaden hinabstürmen zu sehen ...

Der aufmerksame Leser wird vielleicht jetzt nach und nach anfangen, Mr. Bessels Darstellung des ersten Teils dieser seltsamen Geschichte zu begreifen. Das Lebewesen, dessen wahnwitziger Sturmlauf durch London so viel Unheil und Verletzungen angerichtet hatte, war zwar Mr. Bessels Körper gewesen, aber nicht Mr. Bessel. Es war ein böser Geist aus jener seltsamen Welt des Jenseits, in die sich Mr. Bessel so tollkühn gewagt hatte. Zwanzig volle Stunden hielt er ihn in seinen Klauen; und zwanzig volle Stunden lang irrte der ausgetriebene Geistkörper Mr. Bessels in jener unbekannten Zwischenwelt der Schatten umher und suchte vergebens Hilfe ...

Stundenlang versuchte er, sich Mr. Vincey oder seinem Freund, Mr. Hart, zu offenbaren. Und wie wir wissen, gelang es seinen Bemühungen auch, alle beide aufzurütteln. Aber er kannte keine Sprache, die jenen Helfern seine Lage über den Abgrund hin hätte erklären können; seine schwachen Finger tasteten machtlos und vergeblich in ihren Gehirnen herum. Einmal allerdings, wie gesagt, gelang es ihm, Mr. Vincey so weit zu bringen, daß er dem gestohlenen Körper in seinem Dahinstürmen begegnete; aber was eigentlich geschehen war, das konnte er ihm nicht klarmachen; und so half ihm jenes Zusammentreffen auch nichts.

Und während all jener Stunden empfand Mr. Bessel immer fester und fester die Überzeugung, daß sein Körper in kürzester Frist von dem jetzigen, rasenden Besitzer getötet werden würde und daß er für immer in seinem gegenwärtigen Schattenland werde bleiben müssen. So daß also die langen Stunden für ihn mehr und mehr zu einer Hölle der Angst wurden ... Und während er so hin und her hastete, in seiner sinnlosen und nutzlosen Erregung, umdrängten ihn die zahllosen Geister der Welt, in der er jetzt lebte, und verwirrten seine Sinne. Und unten folgte ein neidischer und beifallklatschender Haufen dem glücklichen Genossen auf seiner erfolgreichen und ruhmvollen Laufbahn ...

Denn das – so scheint es – ist das Leben der körperlosen Geschöpfe jener Welt, die ein Schatten unserer Welt ist. Ewig liegen sie auf der Lauer nach einem Weg in einen sterblichen Körper, um sich in ihn zu stürzen – als Furien, als Wahnwitzgebilde, als leidenschaftliche Begierden und tolle, seltsame Lüste –, selig in dem Körper, den sie erwischt haben ... Denn Mr. Bessel war nicht etwa die einzige menschliche Seele in jener Welt. Das bezeugt die Tatsache, daß er erst auf einen und dann auf noch mehrere Schatten von Menschen stieß, von Menschen – von seinesgleichen, die ihre Körper verloren hatten, vielleicht just in derselben Weise wie er ... und die nun – verzweiflungsvoll – umherirrten in jener verlorenen Welt, die weder Tod noch Leben ist. Sprechen konnten sie nicht – denn jene Welt ist stumm; aber er wußte doch, daß es Menschen waren, sah es an ihren undeutlichen menschlichen Gestalten und an der Traurigkeit ihrer Gesichter ...

Aber wie sie in diese Welt gekommen waren oder wo die Körper, die sie verloren hatten, sein mochten, das wußte er nicht – ob sie noch auf Erden umherirrten oder ob sie auf immer und unwiederbringlich dem Tod verfallen waren. Daß es Geister von Toten waren, das glaubt er so wenig, wie ich es glaube. Dr. Wilson Paget meint, es seien die vernunftbegabten Seelen von Menschen, die auf Erden dem Wahnsinn anheimgefallen sind ...

Schließlich gelangte Mr. Bessel ganz zufällig an eine Stelle, wo eine kleine Menge solch entkörperter, stummer Kreaturen versammelt war; er zwängte sich durch sie durch und erblickte unter sich ein hellerleuchtetes Zimmer und vier bis fünf Herren und eine Frau – eine ziemlich starke, in schwarzen Tüll gekleidete Frau, die in einer etwas seltsamen Stellung, mit zurückgelehntem Kopf, in einem Sessel saß. Er wußte auch gleich – den Fotografien nach –, daß es Mrs. Bullock, das Medium, war. Und er bemerkte, daß allerhand Fäden und Linien und Punkte in ihrem Gehirn glühten – genau so, wie das Zirbeldrüsenauge in Mr. Vinceys Gehirn geglüht hatte. Die Beleuchtung war ziemlich mangelhaft. Manchmal war es ein helles Flammen ... und dann wieder ein blasses Zwielicht; und immer wechselte es langsam durch ihr Gehirn ... Sie redete fortwährend und schrieb dabei mit einer Hand. Und Mr. Bessel sah, daß die Menschenschatten um ihn her und die ganze Menge der Schattengesichter jenes Schattenlandes alle danach drängten und strebten, die erleuchteten Teile ihres Gehirns zu berühren. Sooft es einem neuen gelang oder einer beiseite gedrängt wurde, wechselte ihre Stimme und ihre Handschrift, so daß alles, was sie sprach, in der Hauptsache zusammenhanglos und verworren war – ein Bruchstück von der Botschaft *einer* Seele, dann wieder eines von der Botschaft einer anderen; dann wieder stammelte sie die verrückten Launen der Geister des eitlen Verlangens hervor. Schließlich begriff Mr. Bessel, daß sie immer für den Geist sprach, der sie eben berührte, und er fing an, toll und blind nach ihr hinzustreben. Aber er befand sich im äußeren Ring der Menge, und es gelang ihm nicht, sie zu erreichen; so daß er schließlich ängstlich wurde und ging, um nachzusehen, was mittlerweile mit seinem Körper geschehen war.

Lange Zeit suchte er überall umsonst und fürchtete schon, er könnte getötet worden sein. Endlich fand er ihn in der Tiefe des Versuchsschachtes in der Baker Street, in wütenden Verrenkungen und fluchend vor Schmerzen. Ein Bein und ein Arm und zwei Rippen waren gebrochen. Dazu war der böse Geist höchst übler Laune, weil seine Zeit so kurz gewesen war und der Schmerzen wegen, und warf seinen Körper in den heftigsten Bewegungen herum ...

Bei diesem Anblick kehrte Mr. Bessel mit verdoppelter Entschlossenheit zu dem Raum zurück, wo die *séance* abgehalten wurde. Kaum hatte er den Ort erblickt, als er auch schon bemerkte, wie einer der Herren, die das Medium umgaben, nach der Uhr sah, als halte er es für geboten, die *séance* bald aufzuheben. Eine ganze Anzahl von Schatten, die zu dem Medium hingestrebt waren, wandten sich in diesem Augenblick mit Gebärden der Verzweiflung ab. Aber der Gedanke, daß die *séance* gleich zu Ende sein würde, bestärkte Mr. Bessel nur in seiner Entschlossenheit, und er kämpfte mit seiner ganzen Willenskraft so unverzagt gegen die anderen an, daß es ihm wirklich gelang, bis zum Gehirn der Frau vorzudringen. Das glühte zufällig in diesem Moment ganz besonders hell auf, und in diesem Augenblick schrieb sie denn auch die Botschaft nieder, die Dr. Wilson Paget noch aufbewahrt. Gleich darauf hatten die anderen Schatten und die Wolke von bösen Geistern um ihn her Mr. Bessel weggedrängt, und für den Rest der *séance* vermochte er nicht mehr, sich der Frau zu bemächtigen.

Er kehrte darum zu dem Schacht zurück und hielt Wache neben seinem gestohlenen Körper, den der böse Geist zerschmettert hatte und in dem er fluchend und sich windend gefangen saß und weinend und stöhnend die bittere Lektion des Schmerzes lernte. Und gegen Morgen geschah, worauf er gewartet hatte: Das Gehirn glühte hell auf, und der böse Geist fuhr aus, und Mr. Bessel schlüpfte wieder in seinen Körper, den je wieder sein eigen zu nennen er schon die Hoffnung aufgegeben hatte. Und mit einem Male hörte das Schweigen – das brütende Schweigen – auf. Er hörte den Lärm des Verkehrs, hörte die Stimmen der Menschen über sich; und die rätselhafte Welt, die der Schatten unserer Welt ist, und die dunklen, stummen Schatten eitlen Verlangens, die Schatten der Verlorenen schwanden – ganz und gar ...

Etwa drei Stunden lag er noch dort, ehe man ihn fand. Und trotz der Schmerzen und Qual seiner Wunden und des düstern, feuchten Orts, an dem er lag – trotz der Tränen, die sein physischer Zustand ihm auspreßte, war sein Herz voller Freude in dem Bewußtsein, daß er doch noch einmal wieder in unserer Welt war – in der vertrauten Welt der Menschen.

Der Apfel
vom Baum der Erkenntnis

»Ich muß ihn loswerden«, sagte der Mann in der Ekke des Abteils, ganz unerwartet die Stille unterbrechend.

Mr. Hinchcliff blickte auf, er hatte nur ungenau gehört, was der andere gesagt hatte. Er war in verzückte Betrachtung seiner Studentenmütze versunken, die mit einem Bindfaden am Griff seiner Reisetasche befestigt war – das äußerliche und sichtbare Zeichen seiner neuerworbenen akademischen und pädagogischen Stellung –, versunken in verzückte Würdigung der Studentenmütze und in die erfreulichen Vorgefühle, die ihr Anblick erweckte. Denn Mr. Hinchcliff hatte gerade an der Londoner Universität immatrikuliert und sollte Hilfslehrer am Holmwood-Gymnasium werden – eine höchst beneidenswerte Stellung. Er starrte hinüber auf seinen Reisegefährten.

»Warum soll ich ihn nicht weggeben?« sagte dieser. »Warum eigentlich nicht?«

Er war ein großer, dunkler, sonnengebräunter Mann mit blutleerem Gesicht. Die Arme hielt er über der Brust gekreuzt, die Füße lagen auf dem Sitz gegenüber. Er zerrte an seinem dünnen schwarzen Schnurrbart und blickte angestrengt auf seine Zehen.

»Warum nicht?« wiederholte er.

Mr. Hinchcliff hustete.

Der Fremde schaute auf – er hatte seltsame, dunkelgraue Augen – und fixierte Mr. Hinchcliff vielleicht eine Minute lang. Dann zeigte sich in seinem Gesicht wachsendes Interesse.

»Ja«, sagte er langsam, »warum nicht? Und Schluß machen.«

»Ich fürchte, ich verstehe Sie nicht ganz«, sagte Mr. Hinchcliff und hustete wieder.

»Sie verstehen mich nicht ganz?« fragte der Fremde mechanisch, und seine merkwürdigen Augen wanderten von Mr. Hinchcliff zu dessen Koffer mit der so auffällig zur Schau gestellten Mütze und zurück zu Mr. Hinchcliffs flaumigem Gesicht.

»Sie sprechen so abgerissen«, meinte Mr. Hinchcliff entschuldigend.

»Warum sollte ich auch nicht«, antwortete der Fremde, seine Gedanken verfolgend. »Sie sind Student?« fragte er dann.

»Jawohl, korrespondierendes Mitglied der Universität London«, sagte Mr. Hinchcliff mit nicht zu unterdrückendem Stolz und griff nervös nach seiner Krawatte.

»Auf der Suche nach Erkenntnis«, sagte der Fremde, zog plötzlich seine Füße vom Sitz, stützte die Faust aufs Knie und starrte Mr. Hinchcliff an, als hätte er noch nie einen Studenten gesehen. »Ja«, sagte er und streckte den Zeigefinger aus. Dann stand er auf, hob einen Handkoffer aus dem Gepäcknetz und öffnete ihn. Ganz ruhig entnahm er ihm ein rundes Ding, das in eine Menge Silberpapier gewickelt war, und schälte es sorgfältig heraus. Er hielt das Ding Mr. Hinchcliff hin: Es war eine kleine, sehr glatte, goldgelbe Frucht.

Mr. Hinchcliff sperrte Mund und Augen auf. Er traf keine Anstalten, das Ding zu nehmen; hatte der Fremde das von ihm erwartet?

»Das hier«, sagte der wunderliche Fremde, und er sprach ganz langsam, »ist der Apfel vom Baum der Erkenntnis. Schauen Sie ihn nur an – klein und glänzend und wunderbar – Erkenntnis! – und ich werde ihn Ihnen geben.«

Mr. Hinchcliffs Verstand arbeitete eine Minute lang fieberhaft, dann blitzte als ausreichende Erklärung auf: verrückt! Das erhellte die ganze Situation. Verrückte soll man bei guter Laune erhalten. Er legte den Kopf ein wenig auf die Seite.

»Der Apfel vom Baum der Erkenntnis, so?« sagte Mr. Hinchcliff, schaute die Frucht mit geschickt gespieltem Interesse an und sah dann auf seinen Reisegefährten. »Aber wollen Sie ihn nicht selbst essen? Und außerdem – wie sind Sie denn dazu gekommen?«

»Er trocknet nie ein. Ich habe ihn jetzt drei Monate. Und er ist immer gleich glänzend und glatt und reif und begehrenswert, wie Sie ihn da sehen.« Er legte die Hand aufs Knie und betrachtete sinnend die Frucht. Dann begann er sie wieder in die Papiere zu hüllen, als hätte er die Idee, sie wegzugeben, fallengelassen.

»Aber wie sind Sie dazu gekommen?« fragte Mr. Hinchcliff, der sehr gründlich war. »Und woher wissen Sie, daß es wirklich eine Frucht von diesem Baum ist?«

»Ich habe die Frucht vor drei Monaten gekauft«, sagte der Fremde, »für einen Schluck Wasser und ein Stück Brot. Der Mann, der sie mir gab, weil ich ihm das Leben rettete, war ein Armenier. Armenien! Armenien, dieses wunderbare Land, die Königin aller Länder! Dort ist die Arche Noah bis heute erhalten, begraben unter den Gletschern des Berges Ararat. Dieser Mann, von dem ich spreche, kam mit einigen anderen auf der Flucht vor den Kurden, die sie überfallen hatten, hinauf in verlassene Berggegenden, Gegenden, die den gewöhnlichen Sterblichen unbekannt sind. Vor der drohenden Verfolgung flüchtend, kamen sie zu einem Abhang hoch oben zwischen den Bergspitzen, dessen grünes Gras scharf wie Messerklingen war und jeden erbarmungslos schnitt und verletzte, der es betrat. Die Kurden waren dicht hinter ihnen, und es gab keinen anderen Ausweg, als sich hineinzuwagen; das Ärgste war, daß die Wege, die sie sich um den Preis ihres Blutes gebahnt hatten, den Kurden zur Verfolgung dienten. Alle Flüchtlinge wurden getötet, bis auf diesen Armenier und noch einen. Er hörte die Hilferufe und das Geschrei seiner Freunde und das Rauschen des Grases um die Verfolger – es war hohes Gras, mehr als mannshoch. Er hörte noch rufen und antworten, er blieb stehen – alles war ruhig. Er konnte das nicht verstehen. Zerschnitten und blutend eilte er weiter, bis er eine steile Felsenböschung über einem Abgrund erreichte. Da sah er, daß das Gras in Flammen stand: Der Rauch legte sich wie ein Schleier zwischen ihn und seine Feinde.«

Der Fremde schwieg. »Und«, sagte Mr. Hinchcliff, »und?«

»Da stand er nun, blutend und zerrissen von dem messerscharfen Gras, die Felsen glühten in der Nachmittagssonne, der Himmel war wie geschmolzenes Erz, und der Rauch kam näher und näher. Der Flüchtling traute sich nicht, dort zu bleiben. Er fürchtete nicht den Tod, aber die Folter. Von weit her, von jenseits des Rauchs, hörte er Rufe und

Schreien, hörte Frauen kreischen. Er ging also weiter, kletterte in einer Rinne zwischen den Felsen hinauf – überall stand Gebüsch mit trockenen Zweigen, die wie Dornen stachen – bis er einen Grat überquert hatte und geborgen war. Dann traf er seinen Gefährten, einen Hirten, der auch entkommen war. Kälte, Hunger und Durst schienen ihnen erträglicher als eine Begegnung mit den Kurden, sie stiegen also noch höher, zwischen Eis und Schnee. Drei ganze Tage wanderten sie.

Am dritten Tage hatten sie die Vision. Hungrige Menschen haben wohl oft Visionen, aber da ist noch diese Frucht!« Er hob die eingehüllte Kugel in seiner Hand. »Ich habe es auch von anderen Bergbewohnern gehört, die etwas von der Legende wußten. Es war gegen Abend, als die Sterne aufgingen, da kamen sie über einen rutschigen Felsabhang in ein riesengroßes, dunkles Tal. Seltsame, verkrüppelte Bäume wuchsen überall, und auf ihnen hingen kleine Kugeln, wie Glühwürmchen, wunderliche, runde, gelbe Lichter.

Plötzlich wurde das Tal in weiter Ferne erleuchtet, viele, viele Meilen weit weg, und eine goldene Flamme bewegte sich langsam auf sie zu. Die verkümmerten Bäume hoben sich nachtschwarz von ihr ab, die Abhänge in ihrer Nähe und die Männer selbst waren in feuriges Gold getaucht. Da sie die Berglegenden kannten, wußten sie sofort, daß sie den Garten Eden sahen oder die Wache vor Edens Tor, und sie fielen auf ihr Angesicht, wie tot.

Als sie endlich aufzublicken wagten, war das Tal wieder dunkel, aber nur für kurze Zeit, dann erschien das Licht wieder – brennender Bernstein.

Da sprang der Hirte auf; mit einem Schrei lief er hinunter, dem Licht entgegen, der andere Mann aber fürchtete sich zu sehr, um ihm zu folgen. Er stand bestürzt, erschreckt und verwirrt da und sah, wie sein Genosse dem herannahenden Glanz entgegenging. Kaum hatte der Hirte ein paar Schritte gemacht, da ertönte ein donnerähnliches Geräusch, das Schlagen unsichtbarer Flügel brauste durch das Tal und brachte atemraubende, entsetzliche Angst mit sich. Da wandte sich der Mann, der mir später die Frucht gegeben hat, und versuchte, ob er noch entkommen könne. Hals über Kopf rannte er den Abhang wieder hinauf, hinter ihm war alles in Aufruhr; er stolperte gegen einen dieser verkrüppelten Bäume, und eine reife Frucht fiel ihm in die Hand: diese Frucht. Und schon tobten Donner und Flügel über ihn hinweg. Er fiel nieder, die Sinne schwanden ihm, und als er wieder zu sich kam, befand er sich zwischen den brandgeschwärzten Ruinen seines Dorfes, ich und die anderen bemühten uns um die Verwundeten. Eine Vision? Aber seine Hand hielt noch immer die goldene Frucht von jenem Baum. Auch andere Leute dort kannten die Legende und wußten um das Wesen der seltsamen Frucht.« Der Fremde schwieg. »Und das hier ist sie«, sagte er dann.

Das war wohl eine außergewöhnliche Geschichte für die dritte Klasse einer Bahnlinie in Sussex. Als wäre die Wirklichkeit nur wie ein Schleier über die Scheinwelt geworfen und als guckte die Scheinwelt hier gerade durch. »Wirklich?« war alles, was Mr. Hinchcliff sagen konnte.

»Die Legende erzählt«, sagte der Fremde, »daß dieses Dickicht von Zwergbäumen aus dem Apfel entsprossen ist, den Adam in der Hand trug, als er und Eva aus dem Garten Eden vertrieben wurden. Er fühlte etwas in seiner Hand, sah den halbverzehrten Apfel und schleuderte ihn ärgerlich fort. Dort, in dem einsamen Tal, eingeschlossen von ewigem Schnee, wachsen nun diese Früchte, und dort halten die feurigen Schwerter Wache, bis zum Jüngsten Gericht.«

»Aber ich habe doch geglaubt, daß diese Dinge Fabeln sind, oder eher Parabeln«, sagte Mr. Hinchcliff zögernd. »Sie wollen mir doch nicht im Ernst erzählen, daß dort in Armenien –«

Der Fremde beantwortete die unvollendete Frage mit einem Blick auf die Frucht in seiner geöffneten Hand.

»Aber Sie wissen doch nicht«, sagte Mr. Hinchcliff, »ob das wirklich eine Frucht vom Baum der Erkenntnis ist. Der Mann kann doch eine Art Fata Morgana gesehen haben. Angenommen –«

»Schauen Sie sie nur an«, sagte der Fremde.

Gewiß, es war eine sonderbar aussehende Kugel, kein richtiger Apfel, das mußte Mr. Hinchcliff zugeben; seltsam goldglühend war die Farbe, als wäre das Licht selbst in seine Materie verwoben. Wie er die Frucht näher betrachtete, sah er das einsame Gebirgstal deutlich vor sich und die schützenden, feurigen Schwerter und die altertümlichen Wunder, von denen er soeben gehört hatte. Er rieb sich die Augen mit dem Handrücken. »Aber«, sagte er.

»Sie ist unverändert geblieben, glatt und prall, durch drei Monate, sogar einige Tage länger. Sie trocknet und schrumpft nicht ein, sie verdirbt nicht.«

»Und Sie selbst«, sagte Mr. Hinchcliff, »glauben wirklich ...«

»Daß das die verbotene Frucht ist.«

Man konnte an der Ernsthaftigkeit dieses Mannes und an seiner vollkommenen Zurechnungsfähigkeit nicht zweifeln. »Der Apfel der Erkenntnis«, sagte er.

»Nehmen wir es einmal an«, sagte Mr. Hinchcliff nach einer Pause und starrte noch immer auf die Frucht. »Schließlich ist es nicht das, was ich unter Erkenntnis verstehe, nicht die richtige Erkenntnis. Ich meine, Adam und Eva haben schon davon gegessen.«

»Wir haben ihre Sünden geerbt, nicht ihre Erkenntnis«, sagte der Fremde. »Das hier würde alles wieder klar und deutlich machen. Wir könnten in alles hinein, durch alles hindurch sehen, bis zur tiefsten Bedeutung aller Dinge —«

»Warum essen Sie sie dann nicht?« sagte Mr. Hinchcliff, einer Eingebung folgend.

»Ich habe sie genommen, in der Absicht, sie zu essen«, sagte der Fremde. »Die Menschen sind gefallen. Das Wiederessen könnte kaum ...«

»Erkenntnis ist Macht«, sagte Mr. Hinchcliff.

»Bedeutet das Glück? Ich bin älter als Sie, mehr als doppelt so alt. Oft und oft habe ich die Frucht in der Hand gehalten, und das Herz ist mir stehengeblieben bei dem Gedanken an alles, was man wissen könnte, an diese fürchterliche Klarheit ... Stellen Sie sich nur vor, daß alles auf der Welt erbarmungslos klar würde.«

»Ich glaube, das wäre ein großer Vorteil«, sagte Mr. Hinchcliff, »alles in allem.«

»Stellen Sie sich vor, daß Sie allen Menschen bis ins Herz schauen könnten, in ihre geheimsten

Schlupfwinkel, Menschen, die Sie lieben und deren Liebe Sie schätzen.«

»Man könnte gleich jeden Schwindel erkennen«, sagte Mr. Hinchcliff. Dieser Gedanke machte großen Eindruck auf ihn.

»Und noch schlimmer – sich selbst erkennen, von jeder letzten Illusion entblößt! Sich selbst richtig schauen, erkennen, was man aus Schwäche, aus Begierden aller Art nicht getan hat. Keine erfreulichen Aussichten!«

»Das kann auch eine ausgezeichnete Sache sein. ›Erkenne dich selbst‹, wissen Sie nicht?«

»Sie sind jung«, sagte der Fremde.

»Wenn Sie die Frucht nicht essen wollen und wenn es Sie belästigt, warum werfen Sie sie dann nicht weg?«

»Da werden Sie mich vielleicht wieder nicht verstehen. Mir scheint, daß man so ein glühendes, wunderbares Ding nicht wegwerfen kann. Wenn man es einmal hat, ist man ihm verfallen. Aber es wegschenken! Es einem Menschen schenken, der nach Erkenntnis dürstet, der nicht zurückschreckt vor dem Gedanken an jenes klare Durchdringen ...«

»Es kann natürlich auch irgendeine giftige Frucht sein«, sagte Mr. Hinchcliff nachdenklich.

Da fiel sein Auge auf etwas Unbewegliches, das Ende einer weißen Tafel mit schwarzen Buchstaben vor dem Waggonfenster. »–mwood« sah er. Er fuhr erschrocken in die Höhe. »Mein Gott, Holmwood!« Und die praktische Gegenwart verdrängte die mystischen Einflüsse, die sich seiner hatten bemächtigen wollen.

Im nächsten Augenblick öffnete er die Waggontür, seine Reisetasche in der Hand. Der Beamte winkte schon mit seiner grünen Fahne. Mr. Hinchcliff sprang hinunter. »Hier!« sagte eine Stimme hinter ihm. Er sah die dunklen Augen des Fremden leuchten, und die goldene Frucht, glänzend und unverhüllt, wurde durch die offene Waggontür hinausgehalten. Unwillkürlich nahm er sie, der Zug setzte sich schon in Bewegung.

»*Nein!*« schrie der Fremde und griff hastig nach der Frucht, als wollte er sie zurücknehmen.

»Weg von der Tür«, rief der Schaffner und stürzte vor, um die Tür zu schließen. Der Fremde schrie noch etwas, was Mr. Hinchcliff nicht verstehen konnte, er streckte Kopf und Arme aufgeregt aus dem Fenster, dann fiel der Schatten der Brücke auf ihn und verbarg ihn im Nu. Mr. Hinchcliff blieb verblüfft stehen, starrte auf die Rückwand des letzten Waggons, der eben hinter der Biegung verschwand, und hielt die wunderbare Frucht in der Hand. Den Bruchteil einer Minute lang war er ganz verwirrt, dann wurde es ihm bewußt, daß zwei oder drei Leute ihn vom Bahnsteig aus voll Interesse betrachteten. War das nicht der neue Gymnasiallehrer, der eintreffen sollte? Es fiel ihm ein, daß sie die Frucht für eine ganz gewöhnliche Orange halten könnten, an der er sich in kindlicher Weise erfrischen wollte. Er errötete bei dem Gedanken und steckte die Frucht in die Seitentasche seines Rocks, in der aber eine ganz unerwünschte Ausbauschung entstand. Doch da war nichts zu machen. Er ging auf die Leute zu, verbarg linkisch seine Verlegenheit und fragte nach dem Weg zum Gymnasium und nach einer Möglichkeit, seine Handtasche und zwei Koffer, die auf dem Bahnsteig lagen, hinzubefördern. Was einem doch für wunderliche und phantastische Geschichten erzählt werden! Er erfuhr, daß sein Gepäck ihm für einen kleinen Betrag auf einem Handwagen zugestellt würde, er selbst solle nur zu Fuß vorausgehen. Er bildete sich ein, einen ironischen Unterton in den Stimmen zu hören. Er war sich des deformierten Zustandes seines Äußeren schmerzlich bewußt.

Der seltsame Ernst des Mannes im Zug und der Zauber seiner Geschichte hatten eine Zeitlang Mr. Hinchcliffs Gedanken abgelenkt. Wie Nebel hatte es sich vor seine dringendsten Angelegenheiten gelegt. Flammen, die hin und her zogen! Aber die Gedanken an seine neue Stellung und an den Eindruck, den er auf Holmwood im allgemeinen, auf die Leute in der Schule im besonderen machen würde, kehrten in verstärktem Maße zurück, bevor er die Station verlassen und seinen geistigen Habitus in Ordnung gebracht hatte. Aber es ist ganz merkwürdig, wie lästig der Besitz einer glatten, golden leuchtenden Frucht, kaum drei Zoll im Durchmesser, sich einem empfindsamen jungen Mann erweisen kann, wenn er einen guten Eindruck machen will. In der Tasche seines schwarzen Rockes wurde sie zu einer gräßlichen Geschwulst und verdarb die ganze Linie. Er ging an einer kleinen alten Dame in Schwarz vorüber, und er fühlte, wie ihr Auge sofort auf den Auswuchs fiel. Er hatte einen Handschuh angezogen und trug den anderen zusammen mit seinem Stock in der Hand, so daß es unmöglich war, die Frucht offen zu tragen. An einer Stelle, wo der Weg zur Stadt ziemlich einsam schien, holte er das Hindernis aus der Tasche und versuchte sie unter den Hut zu stecken. Sie war ein bißchen zu groß, der Hut wakkelte lustig, und gerade als er sie wieder herausnahm, fuhr ein Fleischerjunge mit seinem Wagen um die Ecke.

»Verdammt!« sagte Mr. Hinchcliff.

Am liebsten hätte er das Ding gegessen und wäre an Ort und Stelle allwissend geworden, aber es erschien ihm so lächerlich, in die Stadt zu gehen und an einer saftigen Frucht zu saugen; und saftig war sie gewiß. Käme ein Schüler vorbei – es würde den Respekt ernstlich untergraben, wenn er ihn so sähe. Und der Saft würde sein Gesicht klebrig machen und auf seine Manschetten tropfen – vielleicht war es noch dazu ein saurer Saft, der, wie Zitronensaft, die Farbe aus seinen Kleidern fressen würde.

Da kamen um eine Wegbiegung zwei hübsche, sonnige Mädchengestalten. Sie gingen langsam gegen die Stadt und plauderten. Jeden Augenblick konnten sie sich umdrehen und dann hinter sich einen jungen Mann mit glühenden Wangen sehen, der irgendeine phosphoreszierende, gelbe Tomate in der Hand trug. Sicherlich würden sie lachen.

»*Zum Teufel!*« sagte Mr. Hinchcliff, und mit einem raschen Wurf ließ er die Last über die Steinmauer eines Obstgartens fliegen, der an die Straße grenzte. Als die Frucht verschwand, fühlte er einen leichten Schmerz über den Verlust, aber das dauerte kaum einen Augenblick. Er brachte Stock und Handschuh in seiner Hand in Ordnung und ging weiter. Aufrecht und selbstbewußt ließ er die Mädchen hinter sich.

Aber in der Dunkelheit der Nacht hatte Mr. Hinchcliff einen Traum. Er sah das Tal und die flammenden Schwerter und die verkrümmten Bäume, und er wußte, daß es wirklich der Apfel vom

Baum der Erkenntnis gewesen war, den er achtlos weggeworfen hatte. Und er erwachte sehr unglücklich.

Am Morgen war seine Reue vergessen, aber späterhin kam sie wieder und quälte ihn; jedoch niemals, wenn er glücklich war oder stark beschäftigt. Endlich, in einer Mondnacht, gegen elf Uhr, als ganz Holmwood still war, kam die Reue mit doppelter Kraft wieder, und gleichzeitig erwachte in Mr. Hinchcliff die Lust zum Abenteuer. Er schlich sich aus dem Haus, stieg über die Mauer des Spielplatzes, ging durch die schweigende Stadt zum Bahnhofsweg und kletterte in den Obstgarten, in den er die Frucht geworfen hatte. Aber dort konnte er sie nicht mehr finden, im taufeuchten Gras, zwischen den gespenstigen, flaumigen Kugeln von verblühtem Löwenzahn.

Der schöne Anzug

Es war einmal ein kleiner Junge, dem machte seine Mutter einen wunderschönen Anzug. Dieser war grün und golden und so fein gewebt, daß ich gar nicht beschreiben kann, wie köstlich und schön er war, und eine hauchzarte orangefarbene Masche war unter dem Kinn gebunden. Und die Knöpfe glänzten vor Neuheit wie Sterne. Der Junge war über alle Maßen glücklich und stolz auf seinen Anzug, und als er ihn das erstemal trug, stand er so erstaunt und entzückt vor dem großen Spiegel, daß er kaum den Blick abwenden konnte.

Er wollte den Anzug immer tragen und ihn allen möglichen Leuten zeigen. Er dachte an alle Plätze, wo er je gewesen war, an alle Gegenden, die man ihm je beschrieben hatte, und er versuchte sich vorzustellen, was das für ein Gefühl sein würde, wenn er jetzt alle diese Plätze und Gegenden aufsuchen könnte, in seinem leuchtenden Anzug. Er wollte sofort damit in das hohe Gras, in den heißen Sonnenschein der Wiese gehen. Nur um den Anzug zu tragen! Aber seine Mutter sagte: »Nein.« Sie sagte ihm, daß er auf seinen Anzug sehr achtgeben müßte, denn nie wieder würde er einen annähernd so schönen bekommen; er müßte ihn schonen und schonen und nur bei seltenen, großen Anlässen tragen. Es sollte sein Hochzeitsanzug sein, sagte sie. Und sie nahm die Knöpfe und wickelte sie in Seidenpapier, aus Angst, daß ihre strahlende Neuheit matt werden könnte, und sie heftete kleine Schützer über Manschetten und Ellbogen und überall dort hin, wo der Anzug am ehesten hätte beschädigt werden können. Er wehrte und sträubte sich dagegen, aber was konnte er machen? Und endlich wirkten die Warnungen und Überredungskünste der Mutter, und er willigte ein, seinen schönen Anzug auszuziehen, er faltete ihn sorglich zusammen und räumte ihn fort. Es war fast so, als hätte er auf ihn verzichtet. Aber er dachte an die erhabenen Anlässe, bei denen er ihn ganz unbekümmert würde tragen dürfen, ohne Schützer, ohne Seidenpapier an den Knöpfen, in vollem Glanze und schön über alle Maßen.

Einmal in der Nacht, als er wie gewöhnlich vom Anzug träumte, träumte er, daß er das Seidenpapier von einem Knopf entfernt hatte; dessen Glanz war ein wenig verblaßt. Das bedrückte ihn tief in seinem Traum. Er putzte den armen, verblaßten Knopf mit großem Eifer. Der wurde aber immer nur matter. Er wachte auf und dachte an den Glanz, der ein wenig getrübt war. »Wie werde ich mich wohl fühlen«, dachte er, »wenn die große Gelegenheit kommt und ein Knopf nicht mehr so schön und neu glitzert wie früher?« Viele Tage lang quälte ihn dieser Gedanke, und als seine Mutter ihn das nächste Mal den Anzug tragen ließ, wäre er fast der Versuchung erlegen, ein ganz kleines Stückchen Seidenpapier wegzureißen, um zu sehen, ob die Knöpfe wirklich noch so glänzend waren, wie sie gewesen.

Er ging brav seinen Weg zur Kirche, aber das unbändige Verlangen, das Papier wegzureißen, erfüllte ihn. Seine Mutter ließ ihn nämlich von Zeit zu Zeit den Anzug tragen, wenn sie ihn erst wiederholt und eindringlich zur Vorsicht ermahnt hatte; er durfte dann zum Beispiel am Sonntag damit in die Kirche gehen, wenn kein Regen drohte, wenn es nicht zu staubig war, wenn nichts den Anzug beschädigen konnte. Die Knöpfe waren eingewickelt, die Schützer aufgeheftet, und der Junge trug einen Sonnenschirm in der Hand, um die leuchtenden Farben gegen das Sonnenlicht zu schützen, sollte es zu stark werden. Und jedesmal nach einer solchen Gelegenheit bürstete er den Anzug aus, faltete ihn haargenau, wie es die Mutter ihn gelehrt hatte, und räumte ihn wieder fort.

Er unterwarf sich allen Einschränkungen, die seine Mutter dem Tragen des Anzugs gesetzt hatte, er unterwarf sich immer, bis er in einer seltsamen Nacht erwachte und den Mondschein vor seinem Fenster sah. Das Mondenlicht war heute kein gewöhnliches Mondenlicht, die Nacht keine gewöhnliche Nacht, und eine Weile lag er ganz schlaftrunken da, sein Geist war erfüllt von dieser wunderlichen Überzeugung. Ein Gedanke gesellte sich zum anderen, als würden sie ihm aus den dunklen Ecken zugeflüstert. Dann setzte er sich in seinem Bettchen auf, plötzlich war er ganz munter, sein Herz schlug rasend, und er zitterte vom Kopf bis zu den Zehen. Er hatte einen Entschluß gefaßt. Er wußte, daß er jetzt seinen Anzug tragen würde. Jetzt gab es keinen Zweifel mehr. Er hatte Angst, schreckliche Angst, aber er war so froh.

Er schlüpfte aus dem Bett, stand einen Augenblick am Fenster, blickte in den monddurchfluteten Garten und fürchtete sich vor dem, was er tun wollte. Die Luft war erfüllt von feinem Grillengezirp und leisem

Gemurmel und von den unendlich zarten Geräuschen kleiner Lebewesen. Er ging sehr leise über den knarrenden Fußboden, aus Angst, das schlafende Haus zu wecken, zu dem großen, dunklen Kleiderschrank. Dort lag zusammengefaltet sein schöner Anzug. Er nahm ihn Stück für Stück heraus; sachte und eifrig riß er die Seidenpapierhüllen ab und die aufgehefteten Schützer – da lag er nun, vollkommen und herrlich, wie an dem Tage, da seine Mutter ihn damit beschenkt hatte – wie lange war das wohl her? Nicht ein Knopf war matt geworden, nicht ein Faden verblaßt an seinem geliebten Anzug; der Junge war so glücklich, daß er weinen mußte, als er ihn anzog. Und dann ging er zurück zum Gartenfenster, leise und schnell; im Mondlicht leuchtend, mit Knöpfen, die wie die Sterne funkelten, stand er eine Minute dort, dann stieg er auf das Fenstersims; so leise wie nur möglich kletterte er hinunter auf den Gartenweg. Er stand vor seiner Mutter Haus, es war weiß und fast so deutlich zu sehen wie am Tage. Alle Fenstervorhänge, bis auf seinen eigenen, waren geschlossen, wie schlafende Augen. Die Bäume warfen leise Schatten, die verschlungenen schwarzen Spitzen glichen, an die Mauern.

Der Garten im Mondschein war ganz anders als der Garten am Tage; Mondschein war in den Hecken gefangen und spann Geisterfäden von Ast zu Ast. Jede Blume glühte weiß oder tiefschwarz, die Luft zitterte vom Zirpen der kleinen Grillen, und die Nachtigallen sangen unsichtbar im Innern der Baumkronen.

Es gab keine Finsternis auf der Welt, nur warme, geheimnisvolle Schatten, und jedes Blatt und jeder

Zweig waren eingefaßt und umsäumt von schillernden Tauperlen. Die Nacht war wärmer als je eine Nacht gewesen war, der Himmel wie durch ein Wunder unermeßlicher und doch näher; trotz des elfenbeinfarbenen Mondes, der die Welt beherrschte, funkelten unzählige Sterne.

Der kleine Mann jubelte nicht und sang nicht, trotz seiner unendlichen Glückseligkeit. Er stand eine Weile ruhig, voll Ehrfurcht, dann stieß er einen seltsamen Ruf aus und lief mit erhobenen Armen davon, als wollte er gleich die ganze Unermeßlichkeit der Welt umarmen. Er folgte nicht den gepflegten Wegen, die den Garten regelmäßig durchschnitten, sondern stürzte quer durch die Beete und durch das nasse, hohe, duftende Gras, durch die Nachtschatten und Tabakpflanzen, durch das Gewirr gespenstisch weißer Malven, durch das Dickicht von Edelraute und Lavendel. Bis zum Knie versank er in einem Resedafeld. Er kam zur großen Hecke und bahnte sich einen Weg hindurch; und obwohl die Dornen und das Gestrüpp ihn arg zerkratzten und Fäden aus seinem wunderschönen Anzug rissen, und obwohl Kletten und Disteln und wilder Hafer an ihm hängenblieben, machte er sich nichts daraus. Er machte sich nichts daraus, denn er wußte, daß das alles ein Teil des ›Tragens‹ war, nach dem er sich so gesehnt hatte. »Ich bin froh, daß ich meinen Anzug angezogen habe«, sagte er, »ich bin froh, daß ich meinen Anzug getragen habe.«

Jenseits der Hecke kam er zum Ententeich, das heißt, zu dem, was am Tage der Ententeich war. In der Nacht war es eine große Schale voll silbernen Mondscheins, vom Gesang der Frösche tönend, eine

Schale voll herrlichen, silbernen Mondscheins, mit verschlungenen Mustern verziert. Der kleine Mann lief durch das dünne, schwarze Schilf hinein ins Wasser, bis zum Knie, bis zur Hüfte, bis zur Schulter reichte es ihm. Er schlug das Wasser mit beiden Händen zu schwarzen, schimmernden Wellchen, zu schwankenden, zitternden, kleinen Wellen. In dem Widerschein der träumenden Bäume auf dem Wasser schienen die Bilder der Sterne gefangen wie in Netzen. Erst watete er, dann begann er zu schwimmen, er überquerte den Teich. Als er am anderen Ufer angelangt war, glaubte er, nicht Wasserpflanzen, sondern wirkliches Silber hinge an ihm in langen triefenden Massen. Und er stieg hinauf durch das verzauberte Röhricht und die hohen, blühenden Sumpfgräser. Glücklich und atemlos erreichte er die Landstraße. »Ich bin froh«, sagte er, »unbeschreiblich froh, daß ich Kleider hatte, die dieser Gelegenheit würdig waren.«

Die Landstraße lief gerade wie ein Pfeilschuß in den tiefblauen Himmelsabgrund zu seiten des Mondes, eine weiße, leuchtende Straße zwischen den singenden Nachtigallen. Er ging die Straße entlang, er lief, er hüpfte, er schlenderte dahin und freute sich in den Kleidern, die seine Mutter ihm mit unermüdlicher, liebender Hand genäht hatte. Die Straße lag tief im Staub, aber für ihn war das nur eine weiche Helligkeit, und als er ging, flatterte ein großer, mattgefärbter Nachtfalter um seine nasse, glitzernde, dahineilende Gestalt. Erst beachtete er den Falter nicht, dann winkte er ihm mit der Hand, und als dieser um seinen Kopf kreiste, begann er mit ihm zu tanzen. »Du lieber, weicher Falter«, rief er, »lieber Falter! Schöne Nacht! Schönste Nacht der Welt! Findest du, daß meine Kleider schön sind, lieber Falter? So schön wie deine Flügel und wie das silberne Gewand von Himmel und Erde?«

Und der Falter umkreiste ihn enger und enger, bis endlich die samtenen Flügel seine Lippen streiften ...

Am nächsten Morgen fand man den Jungen tot, mit gebrochenem Hals am Boden des Steinbruchs. Seine Kleider waren blutig, naß und schmutzig von den Wasserpflanzen. Aber sein Gesicht trug den Ausdruck höchsten Glücks. Hättet ihr es nur sehen können, ihr hättet auch verstanden, wie selig er gestorben war, ohne jemals zu erfahren, daß das kühle fließende Silber nichts anderes war als die Wasserpflanzen des Teiches.

Der Diamantenmacher

Meine Geschäfte hatten mich bis neun Uhr abends in der Chancery Lane bei Gericht zurückgehalten, und da ich das Herannahen von Kopfschmerzen fühlte, hatte ich keine Lust, mich zu zerstreuen oder gar weiterzuarbeiten. Das Stückchen Himmel, das man zwischen den hohen Wänden dieser engen Verkehrsschlucht erblicken konnte, verriet eine heitere Nacht, und ich beschloß, hinunter zum Embankment zu gehen, die wechselnden Lichter auf dem Fluß zu beobachten und so meine Augen ausruhen zu lassen und meinen heißen Kopf zu kühlen. Ohne Zweifel ist die Nacht die beste Zeit für diesen Ort; barmherziges Dunkel verhüllt den Schmutz des Wassers, und die Lichter dieser Übergangszeit, rot, grellorange, gasgelb und elektrischweiß, erhalten schattenhafte Umrisse in jeder denkbaren Tönung zwischen Grau und einem tiefen Violett. Durch die Bogen der Waterloo Bridge kann man hundert Lichtpunkte sehen, die den Windungen des Embankment folgen, und über dem Brückengeländer erheben sich die Türme von Westminster warm und grau im Sternenlicht. Der schwarze Fluß zieht ruhig vorüber, wenige Wellen stören plätschernd die Stille und kräuseln den Widerschein der Lichter auf dem Wasser.

»Eine warme Nacht«, sagte eine Stimme dicht neben mir.

Ich wandte den Kopf und sah das Profil eines Mannes, der sich neben mir über das Geländer beugte. Ein vornehmes Gesicht, nicht unhübsch, obwohl es recht hager und blaß war; der Rockkragen war aufgestellt und vorne zusammengesteckt, und dies zeigte seine Stellung im Leben so eindeutig wie nur irgendeine Uniform. Ich fühlte, daß ich mich verpflichten würde, ihm ein Nachtlager und ein Frühstück zu bezahlen, wenn ich antwortete.

Ich sah ihn neugierig an. Würde er mir irgend etwas erzählen, das die Ausgabe lohnte, oder war er nichts Besonderes – unfähig, selbst seine eigene Geschichte zu erzählen? Die Intelligenz, die seine Stirn und seine Augen verrieten, und ein gewisses Zittern seiner Unterlippe gaben den Ausschlag.

»Sehr warm«, sagte ich, »aber nicht zu warm für uns hier.«

»Nein«, sagte er, noch immer übers Wasser blikkend, »es ist ganz angenehm hier, gerade jetzt.«

»Es ist doch gut«, fuhr er nach einer Pause fort, »daß man in London etwas so Friedliches finden kann. Wenn man sich den ganzen Tag die Füße abgelaufen hat, um etwas zu erreichen, um Verpflichtungen zu erfüllen und Gefahren zu vermeiden, weiß ich nicht, was man täte, wenn es nicht solche friedlichen Ecken gäbe.« Er machte lange Pausen zwischen den Sätzen. »Sie müssen einiges von der beschwerlichen Mühsal des Lebens wissen, sonst wären Sie nicht hier. Aber ich zweifle, ob Ihr Hirn so müde ist, Ihre Füße so wund sind wie meine … Bah! Manchmal glaube ich, das ganze ist nicht der Mühe wert. Ich möchte am liebsten alles über Bord werfen – Namen, Reichtum, Stellung – und mir einen bescheideneren Erwerb suchen. Aber ich weiß, wenn ich meinen Ehrgeiz aufgeben wollte – so hart er mir auch zusetzt –, nichts als Reue würde den Rest meiner Tage erfüllen.«

Er wurde still. Ich sah ihn überrascht an. Wenn ich je einen hoffnungslos armen Teufel gesehen habe, so war er es. Er war zerlumpt und schmutzig, unrasiert und ungekämmt; er sah aus, als ob er eine Woche lang in einem Kehrichtkasten gelegen hätte. Und er sprach zu *mir* über die beschwerliche Plackerei im großen Geschäft. Ich hätte ihm fast ins Gesicht gelacht. Er war entweder verrückt, oder er machte traurige Scherze über seine eigene Armut.

»Wenn es ohne harte Arbeit und Sorge kein Erreichen hoher Ziele gibt, so liegt doch eine Entschädigung dafür in dem Einfluß, den man gewinnt, in der Macht, Gutes zu tun und den Ärmeren und Schwächeren beizustehen; es gewährt sogar die Entfaltung eines gewissen Aufwandes eine Art von Befriedigung.«

Meine Ironie war unter den gegebenen Umständen höchst geschmacklos. Der Gegensatz seiner Rede zu seiner Erscheinung hatte mich gereizt. Ich bedauerte meine Worte schon während ich sprach.

Er wandte mir sein abgehärmtes, doch gelassenes Gesicht zu. Er sagte: »Ich vergesse mich. Sie können mich natürlich nicht verstehen.«

Er maß mich rasch mit einem Blick. »Es ist, zweifellos absurd. Da Sie mir ohnedies nicht glauben werden, was ich Ihnen erzähle, kann ich's Ihnen ruhig erzählen. Und es wird mir ein Trost sein, daß ich mit einem Menschen davon gesprochen habe. Ich habe wirklich ein großes Geschäft in der Hand, ein sehr großes Geschäft. Aber gerade jetzt bin ich in Schwierigkeiten. Nämlich – ich stelle Diamanten her.«

»Ich nehme an«, sagte ich, »daß Sie gerade arbeitslos sind.«

»Ich ertrage es nicht mehr, daß man mir nicht glaubt«, sagte er ungeduldig, und plötzlich öffnete er seinen elenden Rock und zog ein kleines Leinensäckchen hervor, das er an einer Schnur um den Hals trug. Er nahm einen braunen Kieselstein heraus. »Ich bin neugierig, ob Sie über genügend Kenntnisse verfügen, um das zu erkennen.« Er gab ihn mir in die Hand.

Nun habe ich vor ungefähr einem Jahr meine Freizeit dazu verwendet, in London Naturwissenschaften zu studieren, und ich habe einige oberflächliche physikalische und mineralogische Kenntnisse. Das Ding war einem ungeschliffenen Diamanten von der dunkleren Spielart nicht unähnlich, es war nur viel zu groß, fast so groß wie das oberste Glied meines Daumens. Ich nahm es und sah, daß es die Form eines regelmäßigen Oktaeders hatte, mit der für das kostbarste aller Minerale charakteristischen Flächenbildung. Ich nahm mein Taschenmesser heraus und versuchte den Stein zu ritzen – vergeblich. Ich näherte mich der Gaslaterne, probierte es an meinem Uhrglas, und sofort erschien ein weißer Strich darauf.

Ich sah mein Gegenüber mit wachsender Neugierde an. »Es ist gewiß einem Diamanten sehr ähnlich. Aber wenn es einer ist, so ist es ein Koloß von einem Diamanten. Woher haben Sie ihn?«

Ich sage Ihnen doch, daß ich ihn gemacht habe«, sagte er. »Geben Sie ihn mir zurück.«

Er legte ihn hastig in das Säckchen zurück und schloß seinen Rock. »Ich verkaufe ihn Ihnen für hundert Pfund«, flüsterte er plötzlich gierig. Da kam mein Verdacht wieder. Schließlich konnte das Ding auch nur ein Klumpen Korund sein, der zufällig die Form eines Diamanten hatte: Korund ist fast ebenso hart wie Diamant. Aber wenn es ein Diamant war, wie kam der Mann dazu und warum bot er ihn mir für hundert Pfund an?

Unsere Blicke kreuzten sich. Er schien wohl geldgierig, aber nicht unehrlich. In diesem Augenblick glaubte ich ihm, daß es ein Diamant war, den er verkaufen wollte. Aber ich bin nicht reich, hundert Pfund hätten eine empfindliche Bresche in mein Vermögen geschlagen, und welcher vernünftige Mensch würde bei Gaslicht von einem zerlumpten Vagabunden und nur auf dessen persönliche Bürgschaft hin einen Diamanten kaufen? Immerhin, ein Diamant von dieser Größe konnte eine Vision von vielen tausend Pfund heraufbeschwören. Dann fiel mir ein, daß so ein Stein auf jeden Fall in jedem Buch über Edelsteine erwähnt sein müßte, und ich rief mir die Geschichten in Erinnerung, die über Schmuggelei und langfingrige Kaffern in Kapland erzählt werden. Ich stellte den Gedanken an einen Kauf einstweilen zurück.

»Woher haben Sie ihn?« fragte ich.

»Ich habe ihn gemacht.«

Ich hatte schon von Moissan gehört, aber ich wußte, daß seine künstlichen Diamanten sehr klein waren. Ich schüttelte den Kopf.

»Sie scheinen etwas von derlei Dingen zu verstehen. Ich will Ihnen einiges über mich erzählen. Vielleicht werden Sie dann eher ans Kaufen denken.« Er drehte sich um, stand jetzt mit dem Rücken zum Fluß und steckte die Hände in die Taschen.

Er seufzte. »Ich weiß, daß Sie mir nicht glauben werden.«

»Diamanten«, begann er, und im Sprechen verlor seine Stimme den schwachen Anklang an den Slang der Vagabunden, und er sprach fließend wie ein gebildeter Mensch – »Diamanten entstehen, wenn man Kohlenstoff in einer geeigneten, geschmolzenen Masse unter entsprechendem Druck zur Lösung bringt; der Kohlenstoff kristallisiert aus, weder als Graphit noch als Kohlenstaub, sondern als kleiner Diamant. Das ist den Chemikern seit Jahren bekannt, aber keiner hat noch genau die richtige Schmelzmasse und den richtigen Druck gefunden, um dadurch das bestmögliche Resultat zu erzielen. Infolgedessen sind die Diamanten, die von Chemikern gemacht werden, klein und dunkel und als Juwelen wertlos. Ich aber, wissen Sie, habe mein Leben diesem Problem geopfert! Mein Leben geopfert!

Ich habe mit siebzehn Jahren begonnen, die Bedingungen für die Herstellung von Diamanten zu studieren, jetzt bin ich zweiunddreißig. Meiner Meinung nach könnte ein Mensch zehn, ja zwanzig Jahre lang alle seine Gedanken und Energien daran wenden, aber selbst das stünde noch dafür. Stellen Sie sich vor, daß man endlich den richtigen Trick gefunden hat. Bevor entdeckt wird, daß es künstliche Steine sind und daß Diamanten nun so gewöhnlich geworden sind wie Kohle, kann man Millionen verdient haben, Millionen!«

Er unterbrach sich und sah mich, um Verständnis werbend, an. Seine Augen leuchteten hungrig. »Bedenken Sie«, sagte er, »daß ich an der Schwelle stehe – und doch ...«

»Als ich einundzwanzig Jahre alt war«, fuhr er fort, »besaß ich ungefähr tausend Pfund, und ich dachte, daß dieses Geld, vermehrt durch ein wenig Stundengeben, mir meine Forschungen ermöglichen würde. Ein oder zwei Jahre studierte ich, hauptsächlich in Berlin, und dann arbeitete ich auf eigene Faust weiter. Die größte Schwierigkeit war das Geheimhalten. Sie verstehen, wenn ich hätte verlauten lassen, was ich machen wollte, wären vielleicht andere Leute durch meinen Glauben an die Ausführbarkeit dieser Idee angeregt worden; und ich bilde mir gar nicht ein, ein solches Genie zu sein, daß ich im Falle eines Wettrennens um die Erfindung als erster ans Ziel gekommen wäre. Nicht wahr, wenn ich wirklich mein Glück machen wollte, so war es wichtig, daß niemand erfuhr, daß die Diamanten künstlich hergestellt wurden, und daß man sie tonnenweise erzeugen konnte. Ich mußte also ganz allein arbeiten. Im Anfang hatte ich ein kleines Laboratorium, als aber meine Geldmittel spärlicher wurden, mußte ich meine Experimente in einem elenden, unmöblierten Zimmer in Kentish Town machen; zum Schluß schlief ich dort auf dem Fußboden auf einem Strohsack zwischen all meinen Apparaten. Das Geld lief mir nur so durch die Finger. Ich versagte mir alles, außer wissenschaftlichen Hilfsmitteln. Ich versuchte durch Stundengeben die Sache flottzuerhalten, aber ich bin kein sehr guter Lehrer, ich bin nicht akademisch gebildet, ich habe nicht viel anderes gelernt als Chemie, und ich fand, daß ich eine Menge Zeit und Mühe opfern mußte, um lächerlich wenig Geld zu verdienen. Aber ich kam der Sache näher und näher. Vor drei Jahren fand ich die richtige Zusammensetzung für die Schmelzmasse und fast auch den richtigen Druck. Ich gab meine Masse und Kohlenstoff in einer bestimmten Form in einen Gewehrlauf, füllte ihn mit Wasser, verschloß ihn ganz fest und erhitzte ihn.«

Er schwieg.

»Ziemlich gewagt«, sagte ich.

»Ja. Der Gewehrlauf zersprang und zertrümmerte alle meine Fenster und einen großen Teil meiner Apparate; aber trotzdem habe ich eine Art Diamantstaub gefunden. Ich verfolgte nun das Problem, einen großen Druck auf die Schmelzmasse auszuüben, aus der die Steine herauskristallisieren sollten, und stieß auf einige Versuche von Daubré im Pariser *Laboratoire des Poudres et Salpêtres.* Daubré brachte Dynamit in einem festverschraubten Stahlzylinder zur Explosion; er war zu stark, um zu zerplatzen, und ich fand, daß er Gestein zu einer amorphen Masse zermalmen konnte, die dem Boden ähnlich war, darin in Südafrika die Diamanten eingebettet sind. Es war ein ungeheurer Angriff auf meine Mittel, aber ich ließ einen Stahlzylinder nach Daubrés Muster für meine Zwecke anfertigen. Ich habe meine Mischung und die Sprengstoffe hineingegeben, habe im Schmelzofen Feuer gemacht, habe die ganze Geschichte hineingesteckt – und bin spazierengegangen.«

Ich mußte über seine sachliche Art lachen. »Haben Sie nicht daran gedacht, daß das Haus in die Luft fliegen könnte? Es haben außer Ihnen doch noch andere Leute dort gewohnt?«

»Es geschah im Dienste der Wissenschaft«, sagte er abweisend. »Einen Stock tiefer hat eine Trödlerfamilie gewohnt, in dem Zimmer hinter meinem ein Bettelbriefschreiber, und oben waren noch zwei Blumenfrauen. Vielleicht war es ein wenig unvorsichtig. Aber vermutlich waren einige von den Leuten gar nicht zu Hause.

Als ich wiederkam, war die Sache genau so, wie ich sie zwischen den hochglühenden Kohlen verlassen hatte. Die Sprengstoffe hatten die Hülle nicht verletzt. Da stand ich vor einem neuen Problem. Sie wissen, daß die Zeit bei der Kristallisation eine wichtige Rolle spielt. Wenn man den Prozeß zu rasch beendet, sind die Kristalle klein, nur durch langes Stehen erreichen sie eine gewisse Größe. Ich entschloß mich, den Apparat zwei Jahre lang auskühlen zu lassen, langsam sollte die Temperatur in dieser Zeit hinuntergehen. Ich war jetzt ganz ohne Geld; ich hatte ein großes Feuer zu unterhalten, die Miete für mein Zimmer zu zahlen, meinen Hunger zu stillen und besaß kaum einen Penny.

Ich kann Ihnen schwerlich erzählen, auf welch verschiedene Arten ich mich durchgebracht habe, während ich die Diamanten machte. Ich habe Zeitungen verkauft, Pferde versorgt, Wagentüren geöffnet. Viele Wochen lang habe ich Adressen geschrieben. Ich hatte eine Stelle als Gehilfe eines Straßenverkäufers, ich arbeitete auf einer Seite der Straße, er auf der anderen. Einmal hatte ich eine ganze Woche nichts zu tun und bettelte. Was war das für eine Woche! Einmal war das Feuer am Erlöschen, und ich hatte den ganzen Tag nichts gegessen, da gab mir ein junger Bursche, der sein Mädel ausführte, ein paar Groschen – um Eindruck zu machen. Gelobt sei die Eitelkeit! Wie gut die Fischgeschäfte rochen! Aber ich ging vorbei und gab das ganze für Kohle aus, der

Schmelzofen wurde wieder glühend rot, und dann −
nun, Hunger kann einen Menschen zum Narren machen.

Endlich vor drei Wochen ließ ich das Feuer ausgehen. Ich nahm meinen Zylinder und schraubte
ihn auseinander, während er noch so heiß war, daß
meine Hände es büßen mußten. Ich kratzte die
zerbröckelnde, lavaartige Masse mit einem Meißel
heraus und zerhämmerte sie auf einer Eisenplatte
zu Pulver. Ich fand drei große Diamanten und fünf
kleine. Als ich am Boden saß und hämmerte, öffnete
sich die Tür, und mein Nachbar, der Bettelbriefschreiber, trat ein. Er war betrunken wie gewöhnlich.
›Anarchist‹, sagte er. ›Sie sind betrunken‹, sagte ich.
›Roter Lump‹, sagte er. ›Scher dich zum Teufel,
Lügner‹, sagte ich. ›Mach dir nichts draus‹, sagte er
und blinzelte mir verschmitzt zu. Er rülpste und
lehnte sich an den einen Türpfosten, starrte auf den
anderen und begann lallend zu erzählen, daß er in
meinem Zimmer herumspioniert hatte, und daß er
heute früh zur Polizei gegangen war, und daß sie
alles aufgeschrieben hatten, was er zu sagen wußte.
›Wie ein wirklicher Herr‹, sagte er. Da erkannte
ich plötzlich, daß ich in einer Falle saß. Entweder
mußte ich der Polizei mein kleines Geheimnis verraten, dann wäre die ganze Sache vereitelt gewesen,
oder ich würde als Anarchist eingesperrt werden. Ich
packte also meinen Nachbarn beim Kragen und
beutelte ihn ordentlich, dann nahm ich meine Diamanten und machte mich davon. Die Abendblätter
nannten meine Bude ›Die Bombenfabrik von Kentish Town‹. Und jetzt kann ich die Dinger da unmöglich anbringen.

Wenn ich zu einem anständigen Juwelier gehe, verlangt er, daß ich warte, dann flüstert er einem Angestellten zu, daß er einen Schutzmann holen soll, da sage ich dann, daß ich nicht warten kann. Einmal kam ich zu einem Hehler, der behielt einfach den einen Stein, den ich ihm gezeigt hatte und forderte mich auf, ihn zu verklagen, wenn ich ihn zurückhaben wollte. So gehe ich jetzt herum, trage einige hunderttausend Pfund in Diamanten um den Hals und habe weder Essen noch Wohnung. Sie sind der erste Mensch, den ich eingeweiht habe. Aber Ihr Gesicht gefällt mir, und das Wasser reicht mir bis zum Hals.«

Er sah mir in die Augen.

»Es wäre Wahnsinn«, sagte ich, »unter diesen Umständen einen Diamanten zu kaufen. Außerdem trage ich nicht ein paar hundert Pfund bei mir herum. Aber fast möchte ich Ihnen Ihre Geschichte glauben. Folgendes kann ich tun, wenn es Ihnen paßt: Kommen Sie morgen zu mir ins Büro.«

»Sie glauben, daß ich ein Dieb bin«, sagte er gereizt. »Sie werden die Polizei verständigen, ich gehe nicht in die Falle.«

»Irgend etwas sagt mir, daß Sie kein Dieb sind. Hier ist meine Karte. Nehmen Sie auf alle Fälle auch das. Sie müssen die Verabredung nicht einhalten, kommen Sie, wann Sie wollen.«

Er nahm die Karte und eine Anzahlung auf meine ehrlichen Absichten.

»Überlegen Sie sich's, und kommen Sie«, sagte ich.

Er schüttelte zweifelnd den Kopf. »Ich werde Ihnen Ihre zweieinhalb Schilling einmal mit Zinsen zurückzahlen, Sie werden staunen, was für Zinsen das sein werden«, sagte er. »Aber nicht wahr, Sie werden doch bestimmt nichts weitererzählen? Gehen Sie mir nicht nach!«

Er überquerte die Straße und verschwand in der Dunkelheit unter dem Torbogen, der zur Essex Street führt. Ich ließ ihn gehen. Seither habe ich ihn nie wieder gesehen.

Nach einiger Zeit bekam ich in kurzen Zwischenräumen zwei Briefe von ihm, er bat mich, ihm Banknoten, nicht Schecks, an bestimmte Adressen zu senden. Ich erwog die Sache und tat, was mir am klügsten schien. Einmal besuchte er mich, als ich gerade nicht im Büro war. Mein Diener beschrieb ihn als einen sehr mageren, schmutzigen und zerlumpten Menschen, der fürchterlich hustete. Er ließ keine Botschaft zurück. Weiter habe ich nichts mehr von ihm gehört. Manchmal möchte ich gerne wissen, was aus ihm geworden ist. War er ein genialer Monomane, ein betrügerischer Kieselsteinhändler, oder hat er wirklich Diamanten hergestellt, wie er behauptete? Das letzte ist gerade glaubwürdig genug, um mich hie und da denken zu lassen, ich hätte die glänzendste Chance meines Lebens verpaßt. Er mag auch schon gestorben sein, seine Diamanten unbeachtet weggeworfen haben – einer, ich wiederhole es, war so groß wie das obere Glied meines Daumens. Vielleicht wandert er auch noch immer herum und versucht, die Dinger zu verkaufen. Es wäre sogar auch möglich, daß er noch einmal plötzlich in der guten Gesellschaft auftaucht, meine niedrigeren Sphären verläßt und aus der heiteren Höhe, die den Reichen vorbehalten ist, mir stillschweigend meinen Mangel an Unternehmungslust vorwirft. Manchmal denke ich, ich hätte wenigstens fünf Pfund riskieren sollen.

Pollock und der Porroh-Neger

In einem sumpfigen Dorf, das an dem sandigen Fluß hinter der Turnerhalbinsel lag, traf Pollock den Porroh-Neger zum erstenmal. Die Frauen jenes Landes sind durch ihre Schönheit bekannt – es sind Gallinas, in deren Adern seit den Tagen Vasco da Gamas und der englischen Sklavenhändler ein Tropfen europäischen Blutes fließt, und die Porroh-Neger sollen auch einen schwachen kaukasischen Einschlag haben. (Ist es nicht ein merkwürdiger Gedanke, daß mancher von uns einen entfernten Verwandten hat, der auf der Sherboro-Insel Menschen frißt oder sich mit den Sofas herumschlägt?) Auf jeden Fall stieß der Porroh-Neger der Frau seinen Dolch ins Herz, wie ein Italiener der unteren Klassen, und hätte um ein Haar auch Pollock getroffen. Der aber hatte zu seinem Revolver gegriffen, um den nach seinem Deltamuskel gerichteten Dolch abzuwehren; er traf den Mann mit seiner Kugel in die Hand, so daß der Dolch zu Boden fiel.

Noch einmal schoß Pollock, verfehlte aber sein Ziel. Der Porroh-Neger trat gebückt aus der niederen Tür der Hütte und schaute unter seinem Arm durch nach Pollock zurück. Pollock erhaschte noch einen Schimmer seines von oben nach unten gedrehten sonnbeschienenen Gesichtes, dann war der Engländer allein in der dämmrigen Hütte. Er fühlte sich elend, zitterte vor Aufregung über dieses Ereignis. Alles war rascher geschehen, als man es lesen kann.

Die Frau war mausetot, und als Pollock dies festgestellt hatte, trat er an den Eingang der Hütte und blickte hinaus. Draußen herrschte blendende Helle, ein halbes Dutzend Träger der Expedition bildete eine Gruppe in der Nähe der grünen Hütten, die sie bewohnten, starrten zu ihm hinüber, neugierig, was die Schüsse bedeutet hatten. Hinter den Männern lag ein breiter Streifen schwarzen übelriechenden Schlamms, ein grüner Teppich von angetriebenen Papyrusstauden und Wasserpflanzen, noch weiter weg blinkte das bleierne Wasser. Jenseits des Flusses ragten undeutlich im blauen Dunst Mangrovenbäume empor. Kein Zeichen von Aufregung in dem zusammengekauerten Dorf, dessen Umzäunung gerade noch über dem Riesenrohrgras sichtbar war.

Pollock trat vorsichtig aus der Hütte und schritt auf den Fluß zu; von Zeit zu Zeit wandte er sich um, aber der Porroh-Neger war verschwunden. Nervös umklammerte Pollock seinen Revolver.

Einer seiner Leute kam ihm entgegen und zeigte auf das Gebüsch hinter der Hütte, wo der Porroh-Neger verschwunden war. Pollock hatte das peinliche Gefühl, sich lächerlich gemacht zu haben; er war außer sich über die Wendung, die diese Geschichte genommen hatte. Es war ihm peinlich, Waterhouse alles erzählen zu müssen, dem moralischen, musterhaften, vorsichtigen Waterhouse, der die Sache ganz bestimmt von der ernsten Seite nehmen würde. Pollock verwünschte sein Geschick, verwünschte Waterhouse und ganz besonders die Westküste von Afrika. Er hatte vollständig genug von dieser Expedition. In seinem Unterbewußtsein dachte er aber ununterbrochen darüber nach, wo eigentlich der Porroh hinge-kommen sein konnte.

Es klingt vielleicht ziemlich unwahrscheinlich, aber Pollock war nicht im mindesten erschüttert über den Mord, den er eben miterlebt hatte. In den letzten drei Monaten, während die Expedition der Spur der Sofas den Kittamfluß aufwärts gefolgt war, hatte er so viel Grausamkeit gesehen, so viele tote Frauen, niedergebrannte Hütten, ausgedörrte Skelette, daß seine Sinne abgestumpft waren. Ihn beunruhigte nur das Gefühl, erst am Anfang einer Reihe von Unannehmlichkeiten zu stehen.

Er schrie den Schwarzen, der sich traute, ihn etwas zu fragen, wütend an und trat in das Zelt unter den Orangenbäumen, wo Waterhouse lag, wie ein Schuljunge, der das Zimmer des Direktors betritt.

Waterhouse schlief unter der Wirkung seiner letzten Dosis Chlorodyn, und Pollock setzte sich neben ihn auf eine Kiste, zündete seine Pfeife an und wartete auf sein Erwachen. Im Zelt zerstreut lagen Gefäße und Waffen, die Waterhouse beim Mendistamm gesammelt hatte und die jetzt für die Kanufahrt nach Sulyma verpackt werden sollten.

Waterhouse erwachte bald, streckte versuchsweise vorsichtig seine Glieder und stellte fest, daß alles wieder in Ordnung war. Pollock kochte Tee, und während sie tranken, berichtete er Waterhouse zögernd die Ereignisse des Nachmittags. Waterhouse nahm die Sache noch ernster, als Pollock erwartet hatte. Er mißbilligte sie nicht bloß, er war wütend und beschimpfte Pollock.

»Sie sind auch so ein verteufelter Narr, der einen Schwarzen nicht für ein menschliches Wesen hält«, sagte er. »Ich kann nicht einen Tag krank sein, ohne daß Sie in eine verdammte Klemme geraten. Zum drittenmal in einem Monat kommen Sie mit einem Eingeborenen übers Kreuz, und diesmal haben Sie sich gar eine Blutrache zugezogen. Und noch dazu von einem Porroh-Neger. Die Leute haben es ohnehin schon scharf genug auf Sie wegen dieses Götzenbildes, auf das Sie Ihren blöden Namen schreiben mußten. Und sie sind die rachsüchtigsten Teufel der Welt! Menschen wie Sie bringen es dazu, daß man sich der Zivilisation schämen muß. Und Sie wollen aus einer anständigen Familie sein! Wenn ich mir je wieder einen so unmöglichen, dummen Lümmel aufhalse, wie Sie ...«

»Nur weiter«, schnarrte Pollock in einem Ton, der Waterhouse immer aufs äußerste erbitterte. Das war zu viel für ihn, er sprang auf.

»Hören Sie mich an, Pollock«, sagte er, sich mit Mühe beherrschend, »Sie müssen nach Hause zurück, ich kann Sie hier nicht länger brauchen, ich bin schon krank genug durch Sie.«

»Regen Sie sich nicht auf, ich gehe, wann Sie wollen.«

Waterhouse wurde wieder ruhiger und setzte sich auf den Klappstuhl. »Sehr gut«, sagte er. »Ich will keine Raufereien haben, Pollock, das wissen Sie, aber es ist verdammt unangenehm, durch solche Geschichten in seinen Plänen gestört zu werden. Ich werde Sie nach Sulyma begleiten und dort sicher an Bord sehen.«

»Das ist nicht nötig, ich kann von hier aus auch allein gehen.«

»Sie werden nicht weit kommen«, meinte Waterhouse. »Sie scheinen diese Porroh-Angelegenheit noch nicht ganz zu erfassen.«

»Woher hätte ich wissen sollen, daß sie einem Porrohmann gehört?« sagte Pollock bitter.

»Sie hat ihm aber nun einmal gehört, und Sie können die Geschichte nicht ungeschehen machen. Gehen sie nur allein nach Sulyma! Ich möchte gern wissen, was sie Ihnen antun würden. Sie scheinen noch immer nicht zu verstehen, daß dieser Porroh-Hokuspokus das Land hier beherrscht, er ist sein Gesetz, seine Religion, seine Verfassung, seine Medizinkunst, seine Magie … Die Porrohs ernennen hier die Häuptlinge. Die Inquisition zu ihren besten Zeiten könnte diesen Kerls nicht das Wasser reichen. Er wird wahrscheinlich den Häuptling des Dorfes, Awajale, hier auf uns hetzen. Zum Glück sind unsere Träger Mendis. Wir werden unser Lager verlegen müssen … der Teufel soll Sie holen, Pollock! Und Ihre Kugel hat ihn noch dazu nur verwundet!«

Waterhouse überlegte, und seine Gedanken schienen unangenehmer Art zu sein. Dann stand er auf und ergriff sein Gewehr. »Ich an Ihrer Stelle würde jetzt schön ruhig hier bleiben«, rief er zurück, als er das Zelt verließ. »Ich will einmal schauen, was es Neues gibt.«

Pollock blieb nachdenklich im Zelt sitzen. »Ich bin für ein zivilisiertes Leben geschaffen«, sagte er mitleidig zu sich selbst und stopfte seine Pfeife. »Je eher ich nach London oder Paris zurückkomme, desto besser.«

Sein Blick fiel auf das versiegelte Kästchen, in dem Waterhouse die ungefiederten vergifteten Pfeile aufbewahrte, die sie im Mendiland gekauft hatten. »Ich wollte, ich hätte den Kerl tödlich getroffen«, sagte Pollock böse.

Waterhouse kam erst nach langer Zeit zurück. Er war nicht mitteilsam, obwohl Pollock ihm eine Menge Fragen stellte. Dieser Porroh schien ein prominentes Mitglied der mystischen Gemeinschaft zu sein. Das Dorf war in Bewegung, aber nicht feindselig. Zweifellos war der Medizinmann im Dickicht verborgen. Er war ein großer Medizinmann. »Er hat bestimmt irgend etwas vor«, sagte Waterhouse.

»Aber was kann er machen?« fragte Pollock sorglos.

»Ich muß Sie von hier fortbringen. Es bereitet sich etwas vor, sonst wäre nicht alles so ruhig«, sagte Waterhouse nach einigem Stillschweigen. Pollock wollte wissen, was sich denn zusammenbrauen könnte. »Tanzen in einem Kreis von Totenköpfen, einen stinkenden Trank in einem Kupfergefäß brauen«, sagte Waterhouse. Aber Pollock wollte Näheres wissen. Waterhouse wich aus, Pollock wurde immer dringlicher. Endlich verlor Waterhouse die Geduld. »Wie soll ich das denn wissen, zum Teufel?« rief er, als Pollock zum zwanzigsten Male fragte, was der Porroh-Neger tun würde. »Er hat versucht, Sie auf der Stelle in der Hütte zu töten. Da das mißlungen ist, wird er sich etwas Raffinierteres ausdenken. Aber das werden Sie bald genug merken. Ich will Sie nicht nervös machen, vielleicht ist alles nur Unsinn.«

Als sie an diesem Abend am Feuer saßen, versuchte Pollock noch einmal Waterhouse über die Methoden der Porrohs auszuhorchen. »Gehen wir lieber schlafen«, sagte Waterhouse, als er bemerkte, wie gespannt Pollock war. »Morgen brechen wir zeitig auf.

Kann sein, daß Sie Ihre fünf Sinne ordentlich beisammen haben müssen.«

»Aber was kann er denn vorhaben?«

»Das kann ich Ihnen nicht sagen. Die Leute sind sehr vielseitig, sie kennen eine Menge prächtiger Tricks. Aber Shakespear, der Kupferteufel, wird Ihnen das viel besser erzählen können.«

Da – ein Blitz, ein Knall aus der Finsternis hinter den Hütten, und eine Kugel pfiff dicht an Pollocks Kopf vorbei. Das war wenigstens deutlich. Die Schwarzen und die Mischlinge, die plaudernd um ihr eigenes Feuer saßen, sprangen auf, und einer schoß ins Dunkel. »Es wird wohl klüger sein, wenn Sie in eine der Hütten hineingehen«, sagte Waterhouse ruhig und blieb unbeweglich sitzen.

Pollock stand auf und zog seinen Revolver. Vor einem Kampf hatte er keine Angst, aber ein Mann im Finstern ist zu gut geschützt. Waterhouse hatte recht, er ging ins Zelt und legte sich dort nieder.

Er fand nur wenig Schlaf und hatte wirre Träume; zumeist sah er das Gesicht des Porroh-Negers; es war auf den Kopf gestellt, so wie er ihn durch seinen Arm durch angesehen hatte, als er die Hütte verließ. Merkwürdig, daß dieser flüchtige Eindruck in Pollocks Gedächtnis so tiefe Wurzeln geschlagen hatte. Eigentümliche Schmerzen in den Gliedern quälten ihn die ganze Nacht.

In der fahlen Morgendämmerung, als gerade die Kanus beladen wurden, schwirrte plötzlich ein Pfeil daher und bohrte sich zitternd in die Erde, dicht neben Pollocks Fuß. Die Schwarzen gaben sich den Anschein, das Dickicht zu durchsuchen, aber sie konnten keinen Menschen entdecken.

Nach diesen beiden Vorfällen zeigte sich unter den Teilnehmern an der Expedition eine starke Neigung, Pollock allein zu lassen, der aber hatte das erstemal in seinem Leben den dringenden Wunsch, sich mit Schwarzen zu umgeben. Waterhouse fuhr in einem Kanu, und Pollock mußte das andere nehmen, obwohl er sich gern mit Waterhouse unterhalten hätte. Man ließ ihn ganz allein im vorderen Teil des Kanus, und es kostete ihn große Mühe, die Männer, die ihn nicht liebten, dazu zu bewegen, das Boot in der Mitte des Stromes zu halten, gute hundert Meter von jedem Ufer entfernt. Dann befahl er Shakespear, einem Mischling aus Freetown, sich zu ihm zu setzen und ihm von den Porrohs zu erzählen. Shakespear, dem alle Versuche, sich von Pollock fernzuhalten, mißlungen waren, tat dies mit viel Lust und Liebe.

Der Tag verging. Das Kanu glitt rasch dahin, zwischen treibenden Papyrusstauden, Palmenblättern und Baumstämmen. Zur Linken lag der dunkle Mangrovensumpf, durch den ab und zu das Brüllen der atlantischen Brandung drang. Shakespear erzählte in seinem weichen undeutlichen Englisch von den Porrohs; daß sie Menschen verhexen konnten, so daß diese langsam dahinsiechen mußten; daß sie Herren über Träume und Teufel waren; daß sie die Söhne der Ijibu zu Tode quälten; daß sie einen weißen Händler aus Sulyma geraubt hatten, weil er einen Angehörigen ihrer Sekte schlecht behandelt hatte, und daß man dessen Leichnam in einem unbeschreiblichen Zustand aufgefunden hatte. Pollock verwünschte die Unzulänglichkeit der Missionare, die nicht genügend Einfluß hatten, derlei Unfug zu bekämpfen, und die Untätigkeit der britischen Regierung, die über das finstere Heidentum der Sierra Leone herrschte. Am Abend kam die Expedition an den Kasisee und mußte die Insel, auf der sie die Nacht verbringen wollte, erst von einer Menge herumlungernder Krokodile säubern.

Am nächsten Tage erreichten sie Sulyma und fühlten die frische Meeresbrise. Pollock erfuhr, daß er fünf Tage dort warten müsse, ehe er sich nach Freetown einschiffen könne. Waterhouse, der annahm, daß Pollocks Sicherheit hier im Bereich von Freetown doch einigermaßen gewährleistet sei, verließ ihn und kehrte mit der Expedition nach Ghemma zurück. Pollock schloß Freundschaft mit Perera, dem einzigen in Sulyma ansässigen weißen Kaufmann, so gute Freundschaft, daß er ihn auf Schritt und Tritt begleitete. Perera war ein kleiner portugiesischer Jude, der lange in England gelebt hatte und die Freundlichkeit des Engländers wie eine große Auszeichnung empfand.

Zwei Tage ereignete sich nichts Außergewöhnliches; fast den ganzen Tag spielten Pollock und Perera miteinander Karten. Pollock verlor ununterbrochen. Da wurde am zweiten Abend Pollock in recht unangenehmer Weise die Ankunft des Porroh-Negers in Sulyma zur Kenntnis gebracht – er wurde an der Schulter von einem zurechtgefeilten Eisenklumpen verwundet. Das Geschoß mußte von sehr weit hergekommen sein, denn es war schon ganz kraftlos, als es ihn traf. Immerhin aber überbrachte es seine Botschaft deutlich genug. In dieser Nacht lag Pollock wach in seiner Hängematte, den Revolver in der Hand, und am nächsten Morgen erzählte er, mit Einschränkungen, dem Anglo-Portugiesen seine Geschichte.

Perera nahm die Sache ernst. Er kannte die Sitten der Einheimischen ziemlich genau. »Das ist eine ganz persönliche Angelegenheit, diese Rache. Und er hat es jetzt natürlich sehr eilig, weil er weiß, daß Sie das Land verlassen. Kein Eingeborener oder Mischling wird sich gegen ihn stellen, außer wenn Sie ihn sehr hoch belohnen. Wenn Sie selbst ihm begegnen, können Sie ihn erschießen – aber ebensogut er Sie. Und dann kommt noch diese schreckliche Hexerei dazu. Ich glaube natürlich nicht daran, das ist alles Aberglaube, aber es ist doch kein angenehmes Gefühl zu wissen – wenn man auch Gott weiß wo ist –, daß ab und zu ein schwarzer Mann in einer hellen Mondnacht um ein Feuer tanzt und einem böse Träume schickt ... haben Sie schlecht geträumt?«

»Ziemlich«, sagte Pollock. »Ich sehe fortwährend den Kopf dieses Burschen, aber umgekehrt, von unten nach oben. Er grinst mich an, zeigt alle Zähne, wie damals in der Hütte, er kommt ganz nah, weicht dann weit zurück, kommt wieder. Eigentlich sollte man sich vor so etwas nicht fürchten, aber ich bin immer wie gelähmt vor Angst. Es ist doch merkwürdig mit diesen Träumen. Ich weiß die ganze Zeit, daß es ein Traum ist und kann doch nicht erwachen.«

»Das ist gewiß nur Einbildung«, meinte Perera. »Aber meine Neger sagen auch, daß die Porrohs Schlangen schicken können. Haben Sie in letzter Zeit Schlangen gesehen?«

»Nur eine. Heute früh habe ich sie auf dem Boden neben meiner Hängematte erschlagen. Fast wäre ich beim Aufstehen auf sie getreten.«

»*Ah!*« sagte Perera, und dann, um Pollock zu beruhigen: »Das ist gewiß nur ein Zufall. Aber ich an

Ihrer Stelle würde doch achtgeben. Haben Sie auch Schmerzen in den Gliedern?«

»Ja, von der Feuchtigkeit in den Sumpfgegenden.«

»Wahrscheinlich. Wann haben sie begonnen?«

Da erinnerte sich Pollock, daß er sie das erstemal am Abend nach dem Kampf in der Hütte gefühlt hatte. »Meiner Meinung nach will er Sie nicht töten«, sagte Perera. »Wenigstens jetzt noch nicht. Ich habe gehört, daß die Kerle einen Menschen so lange peinigen und quälen, ihn durch Zaubereien, knapp fehlgehende Schüsse, rheumatische Schmerzen, schlechte Träume und so weiter in Angst und Schrecken versetzen, bis er lebensüberdrüssig wird. Natürlich ist das alles nur Geschwätz. Sie müssen sich darüber keine Sorgen machen ... aber ich möchte doch gern wissen, was er jetzt tun wird.«

»Zunächst werde ich etwas tun«, sagte Pollock und starrte finster auf die fettigen Karten, die Perera eben auf den Tisch legte. »Es ist unter meiner Würde, diese Verfolgung zu dulden, nach mir schießen und mich auf diese Art zugrunde richten zu lassen. Ich bin neugierig, ob Sie Ihr Kartenglück auch dem Porroh-Hokuspokus verdanken.«

Pollock blickte Perera argwöhnisch an.

»Das ist schon möglich«, antwortete dieser und mischte eifrig die Karten. »Es sind wunderbare Menschen.«

An diesem Nachmittag tötete Pollock zwei Schlangen in seiner Hängematte; er bemerkte auch, daß die roten Ameisen in seiner Behausung sich unheimlich vermehrt hatten. Diese Unannehmlichkeiten versetzten ihn in die richtige Stimmung, um mit einem plumpen Mendi, den er schon früher befragt hatte, ein ernstes Wort zu reden. Der plumpe Mendi zeigte Pollock einen kleinen eisernen Dolch und schilderte ihm so genau, wie man den Gegner am Hals treffen mußte, daß Pollock ein kalter Schauer überlief. Als Gegenleistung versprach er dem Mendi eine doppelläufige Flinte mit einem sehr schön verzierten Schloß.

Am Abend, als Pollock und Perera Karten spielten, erschien der Mendi in der Tür. Er trug etwas in einem blutgetränkten Tuch.

»Nicht hier«, rief Pollock rasch, »nicht hier!«

Aber er hatte nicht rasch genug gesprochen; er konnte den Mann, der seinen Lohn haben wollte, nicht daran hindern, das Tuch zu öffnen und den Kopf des Porroh-Negers auf den Tisch zu werfen. Der Schädel sprang auf den Fußboden, hinterließ eine rote Spur auf den Karten, rollte in eine Ecke und blieb dort endlich liegen – aber er lag verkehrt und starrte Pollock an.

Perera war aufgesprungen, als der Kopf zwischen die Karten fiel, und begann in seiner Aufregung portugiesisch zu plappern. Der Mendi verbeugte sich, mit dem roten Tuch in der Hand. »Das Gewehr!« rief er. Pollock starrte auf den Kopf in der Ecke. Er sah genau so aus wie in seinen Träumen. Etwas in Pollocks Gehirn schien einzuschnappen, als er den Kopf anblickte.

Dann besann sich Perera wieder seiner Englischkenntnisse. »Sie haben ihn töten lassen? Sie haben ihn nicht selbst getötet?«

»Warum?«

»Aber jetzt wird er es nicht von Ihnen nehmen können!«

»*Was* wird er nicht von mir nehmen können?«

»Und die Karten sind ganz verdorben.«

»*Was*, meinen Sie, wird er nicht von mir nehmen können?«

»Sie müssen mir ein neues Spiel aus Freetown schicken. Dort bekommt man Karten zu kaufen.«

»Aber was haben Sie damit gemeint?«

»Es ist nur ein Aberglaube. Das habe ich ganz vergessen. Die Neger sagen, wenn ein Zauberer – und er war ein Zauberer –, aber das ist lauter Unsinn. Der Porroh muß den Zauber von Ihnen nehmen, oder Sie müssen ihn selbst töten ... es ist wirklich zu dumm!«

Pollock fluchte leise und starrte immer noch auf den Kopf in der Ecke.

»Ich kann diesen Blick nicht aushalten«, sagte er, stürzte sich dann plötzlich auf den Schädel und versetzte ihm einen Stoß mit dem Fuß. Der Kopf rollte ein paar Meter weit, blieb dann in derselben verkehrten Stellung liegen wie früher und sah Pollock an.

»Er ist häßlich«, sagte der Anglo-Portugiese, »sehr häßlich. Sie richten sich ihre Gesichter mit kleinen Messern so her.«

Pollock wollte den Kopf noch einmal wegstoßen, da berührte der Mendi seinen Arm. »Das Gewehr!« sagte er und blickte ängstlich auf den Kopf.

»Du bekommst zwei, wenn du dieses scheußliche Zeug da wegnimmst«, sagte Pollock.

Der Mendi schüttelte den Kopf, er wollte nur ein Gewehr, das gebühre ihm und dafür würde er dankbar sein. Weder durch Freundlichkeit noch durch Grobheit ließ er sich umstimmen. Perera hatte ein Gewehr zu verkaufen (er verdiente daran dreihundert

Prozent), und mit dem ging der Mendi fort. Pollocks Augen wurden gegen seinen Willen wieder von dem Ding dort auf dem Fußboden angezogen.

»Komisch, daß sein Kopf verkehrt steht«, sagte Perera mit gezwungenem Lachen. »Sein Gehirn muß schwer sein wie das Gewicht bei den kleinen Figuren, die immer aufrecht stehen, weil sie Blei in sich haben. Sie müssen ihn mitnehmen, wenn Sie jetzt fortgehen. Sie können ihn gleich nehmen. Die Karten sind ganz verdorben. Ein Mann in Freetown verkauft Karten. Das Zimmer ist auch ganz schmutzig geworden. Sie hätten ihn doch selbst töten sollen.«

Pollock gab sich einen Ruck und hob den Kopf auf. Er hing ihn an den Lampenhaken in der Mitte der Decke seines Zimmers und ging hinaus, um ein Grab für ihn zu graben. Er hatte geglaubt, ihn an den Haaren aufgehängt zu haben, aber das mußte wohl ein Irrtum gewesen sein, denn als er ihn holen wollte, hing er am Halse, von unten nach oben.

Er begrub den Schädel vor Sonnenuntergang an der Nordseite seiner Hütte, so daß er im Finstern, wenn er von Perera heimkam, nicht an dem Grab vorbeigehen mußte. Vor dem Einschlafen tötete er zwei Schlangen. Mitten in der Nacht fuhr er erschreckt aus dem Schlaf, er hörte ein tappendes Geräusch und ein Scharren. Lautlos setzte er sich auf und griff nach dem Revolver unter seinem Kopfkissen. Dann hörte er ein dumpfes Knurren und schoß nach dem Geräusch. Ein Bellen – und etwas Dunkles huschte an der Türöffnung vorbei. »Ein Hund«, sagte Pollock und legte sich wieder nieder.

Im Morgengrauen erwachte er voll seltsamer Unruhe. Der bohrende Schmerz in seinen Gliedern war wieder da. Eine Weile lag er still und beobachtete die roten Ameisen, die an der Zimmerdecke herumkrochen, und als es heller wurde, sah er über den Rand seiner Hängematte hinweg etwas Dunkles auf dem Fußboden liegen. Er fuhr so heftig in die Höhe, daß die Hängematte sich überschlug und er hinausfiel.

Da lag er auf dem Boden, vielleicht einen Meter entfernt vom Kopf des Porroh-Negers. Der Hund hatte ihn ausgegraben und ihn dabei an der Nase schwer beschädigt. Ameisen und Fliegen bedeckten ihn. Durch einen unheimlichen Zufall lag er wieder verkehrt da und hatte den gleichen teuflischen Ausdruck in den verdrehten Augen.

Pollock war wie gelähmt und starrte auf dieses Bild des Grauens. Dann stand er auf, machte einen weiten Bogen um den Kopf und verließ die Hütte. Das klare Licht der aufgehenden Sonne, die lebhafte Bewegung der Pflanzen im Atem der Morgenbrise und das leere Grab mit den Spuren der Hundepfoten erleichterten sein Gemüt ein wenig.

Er erzählte Perera die Geschichte wie einen Spaß, aber mit weißen Lippen. »Sie hätten den Hund nicht erschrecken sollen«, sagte Perera mit schlecht gespielter Heiterkeit.

In den zwei Tagen bis zur Ankunft des Dampfers machte Pollock immer neue Versuche, sich des Schädels endgültig zu entledigen. Er überwand seinen Widerwillen, ihn zu berühren und warf ihn an der Flußmündung ins Meer; aber durch ein Wunder entging er den Krokodilen und wurde von der Flut wieder ans Land gespült. Ein intelligenter Arabermischling fand ihn und bot ihn noch am gleichen

Abend Pollock und Perera als große Seltenheit zum Kauf an. Der Mann war in der Dämmerung lange nicht loszuwerden, wollte den Schädel immer wieder billiger und billiger verkaufen und zog endlich unverrichteter Dinge ab. Aber er mußte durch den Abscheu, den die Weißen vor dem Kopf gezeigt hatten, ängstlich geworden sein, denn er warf ihn im Vorübergehen in Pollocks Hütte, und Pollock entdeckte ihn dort am nächsten Morgen.

Das brachte ihn zur Raserei. Jetzt wollte er den Schädel verbrennen. Er machte sich im Morgengrauen an die Arbeit und hatte, noch ehe die große Hitze begann, einen Scheiterhaufen aus Reisig errichtet. Durch das Tuten des kleinen Raddampfers, der von Monrovia nach Bathurst unterwegs war und sich dem Lande näherte, wurde er unterbrochen. »Gott sei Dank!« sagte Pollock inbrünstig, als er die Bedeutung des Geräusches erfaßte. Mit zitternden Händen zündete er hastig den Holzstoß an, warf den Kopf darauf und ging, um seine Sachen zu packen und von Perera Abschied zu nehmen.

Am Nachmittag sah Pollock mit unendlicher Erleichterung die flache sumpfige Küste von Sulyma immer kleiner und kleiner werden. Die Öffnung in der langen Linie der weißen Brandung wurde enger und enger. Pollock hatte das Gefühl, daß dort seine Sorgen eingeschlossen, von ihm abgeschnitten wurden. Angst und Qual wichen langsam von ihm. In Sulyma hatte der Glaube an die Bosheit und Zauberkraft der Porrohs in der Luft gelegen, der Gedanke daran hatte drohend und furchterregend alles beherrscht. Jetzt war die Domäne der Porrohs nichts anderes mehr als ein kleiner dunkler Streifen zwischen der See und den blaudämmernden Bergen des Mendilandes.

»Leb wohl, Porroh! Leb wohl – auf Nimmerwiedersehen!« sagte Pollock.

Der Kapitän des Dampfers lehnte sich neben ihm über die Reling, wünschte ihm guten Abend und spuckte behaglich in das schäumende Kielwasser.

»Heute habe ich etwas Originelles hier an der Küste erstanden«, sagte der Kapitän. »Etwas, was ich in dieser Weltgegend noch nie vorher gesehen habe.«

»Was kann das sein?« fragte Pollock.

»Ein gepökelter Kopf.«

»*Was?!*«

»Ein Kopf, ganz geräuchert. Von so einem Porroh-Neger. Kreuz und quer mit Messerschnitten verziert. Aber was ist mit Ihnen? Was ist los? Ich hätte nicht geglaubt, daß Sie so schwache Nerven haben. Sie sind ja ganz grün. Mir scheint, Sie sind nicht seefest. Nicht wahr? Mein Gott, Sie haben ganz komisch ausgesehen … Ja, also, der Kopf, von dem ich Ihnen erzählt habe, hat eine merkwürdige Eigenschaft. Ich habe ihn zusammen mit ein paar Schlangen in Spiritus gelegt, das Gefäß steht in der Kabine, wo ich die Kuriositäten aufhebe, und denken Sie sich nur, er schwimmt dort ganz verkehrt, von unten nach oben. Hallo!«

Pollock hatte plötzlich aufgeschrien und war sich mit den Händen in die Haare gefahren. Er lief zum Radkasten mit der vagen Absicht, ins Wasser zu springen. Dann wurde er sich der Situation bewußt und ging zum Kapitän zurück.

»Bei allen guten Geistern! Bleiben Sie stehen, kommen Sie mir nicht in die Nähe. Was ist mit Ihnen los? Sind Sie verrückt geworden?«

Pollock legte die Hand auf seinen Kopf. Er konnte dem Kapitän doch nicht die Geschichte erzählen. »Mir scheint selbst, daß ich zu Zeiten fast verrückt bin. Ich habe hier so einen Schmerz. Das überfällt mich plötzlich. Ich hoffe, Sie werden entschuldigen.«

Er war bleich und schweißbedeckt. Deutlich sah er die Gefahren vor sich, die ihm drohten, wenn man beginnen würde, an seinem Geisteszustand zu zweifeln. Er gab sich Mühe, das Vertrauen des Kapitäns wiederzugewinnen, beantwortete seine teilnahmsvollen Fragen, befolgte seine Ratschläge, nahm auch einen Schluck feinen Brandy zu sich, und als dies erledigt war, erkundigte er sich angelegentlich über den privaten Raritätenhandel des Kapitäns. Der gab ihm eine genaue Schilderung des Schädels. Es kostete Pollock eine gewaltige Anstrengung, die unsinnige Vorstellung zu unterdrücken, daß das Schiff so durchsichtig wie Glas sei, und daß er deutlich sehen konnte, wie das umgestülpte Gesicht ihn aus der Kabine im Schiffsraum anblickte.

Auf dem Dampfer erlebte Pollock noch schlimmere Tage als in Sulyma. Tagsüber mußte er sich beherrschen, wenn auch die drohende Anwesenheit dieses grauenhaften Kopfes sein Gemüt verdunkelte. Nachts kam der alte Alpdruck wieder, gewaltsam riß er sich aus dem Schlaf, starr vor Entsetzen unterdrückte er einen heiseren Schrei.

Um nach Teneriffa zu kommen, mußte Pollock in Bathurst ein anderes Schiff nehmen. Der Kopf blieb zurück, aber die Träume, die bohrenden Gliederschmerzen begleiteten ihn. In Teneriffa wechselte Pollock abermals das Schiff, aber der Kopf verfolgte ihn. Er spielte Karten und Schach, er las sogar Bücher, nur die Gefahren des Alkohols mied er. Wenn er aber irgendwo einen runden schwarzen Schatten, einen runden schwarzen Gegenstand bemerkte, suchte er nach dem Kopf – und fand ihn. Er wußte ganz genau, daß ihn seine Phantasie äffte, und doch glaubte er manchmal, daß das Schiff, auf dem er fuhr, die Mitreisenden, das weite Meer nur in seiner Einbildung bestünde, einen dünnen Schleier zwischen ihm und einer wirklichen, grauenerfüllten Welt bilde. Dann warf der Porroh-Neger sein teuflisches Gesicht durch diesen Schleier, und er war das einzige, wahrhaft und unleugbar Wesenhafte. Um sich diesem Bann zu entziehen, mußte Pollock mit den Händen oder mit der Zunge irgend etwas berühren, etwas abnagen, sich einen Finger mit einem Zündholz verbrennen oder sich mit einer Nadel stechen.

Stillschweigend und erbittert kämpfte Pollock mit seiner erregten Phantasie, bis er in England landete. In Southampton angekommen, fuhr er geradewegs zu seiner Bank. Der Direktor empfing ihn in seinem Privatzimmer. Während der ganzen Dauer der geschäftlichen Besprechung hing der Kopf wie eine Verzierung an dem schwarzen Marmorkamin, und Blut tropfte auf das Kamingitter. Pollock hörte die Tropfen fallen und sah rote Flecke auf dem Gitter.

»Eine hübsche Pflanze«, sagte der Direktor, der seinen Blicken gefolgt war. »Leider wird das Gitter ganz rostig.«

»Wirklich eine *sehr* schöne Pflanze«, sagte Pollock. »Da erinnere ich mich eben – können Sie mir einen Nervenarzt empfehlen? Ich habe so eine kleine – wie nennt man das nur? – eine kleine Halluzination.«

Der Kopf lachte wild, unbändig. Pollock war überrascht, daß der Direktor das nicht bemerkte, aber der Direktor starrte nur in sein Gesicht.

Einen Zettel mit der Adresse eines Arztes in der Hand, tauchte Pollock darauf in Cornhill auf. Da kein Taxi in der Nähe zu finden war, ging er die Straße hinunter bis zur nächsten Kreuzung, gegenüber dem Rathaus. Selbst für einen geübten Londoner ist es nicht leicht, die Straße zu überqueren; alle Arten von Fuhrwerken fahren in einem ununterbrochenen Strom vorbei. Wenn jemand direkt aus der malariageschwängerten Einsamkeit der Sierra Leone kommt, muß er glauben, in einen Hexenkessel geraten zu sein. Wenn aber noch dazu ein umgekehrter Kopf einem plötzlich wie ein Gummiball zwischen den Beinen herumspringt und deutliche Blutspuren hinterläßt, wo er den Boden berührt, kann man kaum hoffen, einem Unfall zu entgehen. Verzweifelt hob Pollock seine Füße, um den Kopf nicht berühren zu müssen, dann gab er ihm einen wütenden Stoß. Im gleichen Augenblick bekam er einen heftigen Schlag auf den Rücken, und ein heißer Schmerz durchzuckte seinen Arm.

Die Deichsel eines Omnibusses hatte ihn niedergestoßen, und drei Finger seiner linken Hand waren von einem Hufschlag zerschmettert worden – die gleichen Finger, die er dem Porroh weggeschossen hatte. Man zog ihn zwischen den Pferdebeinen hervor und fand die Adresse des Arztes in seiner zerquetschten Hand.

Einige Tage lang empfand Pollock nichts anderes als süßen, stechenden Chloroformgeruch, Operationen, die keinen Schmerz verursachten, die Wohltat, stilliegen zu dürfen und gepflegt zu werden. Dann bekam er schwaches Fieber, war sehr durstig, und der Alp kam wieder. Erst als der Kopf wieder erschien, bemerkte Pollock, daß er einige Tage nicht dagewesen war.

»Wenn mein Schädel statt meiner Finger zerschmettert worden wäre, hätte auch er für immer verschwinden müssen«, sagte Pollock und starrte nachdenklich auf das dunkle Kissen, das gerade die Form des Kopfes angenommen hatte.

Pollock sprach bei der ersten passenden Gelegenheit mit dem Arzt über sein Nervenleiden. Er wußte genau, daß er verrückt werden mußte, wenn nicht etwas dazwischentreten sollte, das ihn retten konnte. Er erzählte, daß er in Dahomey einer Enthauptung beigewohnt hatte und daß nun der abgeschlagene Kopf ihn verfolge. Er wollte natürlich nicht die wahren Tatsachen berichten. Der Arzt machte ein ernstes Gesicht.

»Sind Sie als Kind sehr religiös erzogen worden?« fragte er dann zögernd.

»Sehr wenig«, antwortete Pollock.

Ein Schatten flog über die Züge des Arztes. »Ich weiß nicht, ob Sie schon etwas von den wunderbaren Heilungen – vielleicht sind sie auch nicht wunderbar – in Lourdes gehört haben.«

»Ich fürchte, Gesundbeten wird für mich kaum das Richtige sein«, sagte Pollock und sah das dunkle Kissen an.

Der Kopf verzog seine narbenbedeckten Züge zu einer abscheulichen Grimasse. Der Arzt schlug eine neue Tonart an. »Das ist alles nur Einbildung«, sagte er plötzlich munter, »Sie wären sicher ein gutes Medium für eine Wunderheilung. Ihr Nervensystem ist angegriffen, Sie befinden sich jetzt in einem Dämmerzustand, da sieht man leicht Gespenster. Sie waren dieser starken Erschütterung nicht gewachsen. Ich werde Ihnen da etwas verschreiben, das Ihre Nerven beruhigen wird. Und machen Sie sich nur viel Bewegung in frischer Luft.«

»Wunderheilung ist für mich nicht das Richtige«, sagte Pollock.

»Ja, dann müssen wir Ihre Stimmung auf andere Art heben. Schauen Sie zu, daß Sie in anregende Höhenluft kommen – Schottland, Norwegen, die Alpen –«

»Meinetwegen nach Jericho«, sagte Pollock.

Sobald es seine Finger ihm erlaubten, machte Pollock aber doch den tapferen Versuch, den Verordnungen des Arztes zu folgen. Es war November geworden. Er versuchte, Fußball zu spielen, aber statt des Balls stieß er einen wütenden, verdrehten Schädel vor sich her. Für dieses Spiel taugte er nicht. Voll Entsetzen stieß er blindlings zu, und wenn er im Tor stand und der Ball auf ihn zuflog, schrie er plötzlich gellend auf und wich ihm aus. Die ehrenrührigen Geschichten, die der Grund gewesen waren, daß er England verlassen hatte und in die Tropen gegangen war, beschränkten seinen Verkehr auf wenige Menschen. Aber selbst diese wenigen begannen ihn zu meiden, da sein Benehmen immer absonderlicher wurde. Jetzt sah er den Kopf nicht nur mit den Augen, er hörte ihn auch schon in seinem Kauderwelsch sprechen. Eine fürchterliche Angst ergriff Pollock, daß die Erscheinung bald nicht mehr bloß irgendein dunkler Gegenstand sein würde, sondern bei einer Berührung sich auch wie ein wirklicher abgeschnittener Kopf *anfühlen* würde. War er allein, so beschimpfte er den Schädel, forderte ihn heraus, unterhandelte mit ihm; ein- oder zweimal hatte er ihn aber trotz seiner eisernen Selbstbeherrschung auch in Gegenwart anderer angesprochen. Er fühlte den wachsenden Argwohn in den Blicken seiner Hausfrau, seines Dieners und anderer Leute, die ihn beobachteten.

Eines Tages, Anfang Dezember, besuchte ihn sein Vetter Arnold – sein nächster Verwandter –, um ihn ein wenig zu zerstreuen. Erschrocken betrachtete er das gelbe eingefallene Gesicht mit den glühenden Augen. Pollock aber schien es, als sei der Hut in des Vetters Hand gar kein Hut, sondern ein Gorgonenhaupt, das ihn von unten anstarrte. Trotzdem war er immer noch entschlossen, gegen die Sache anzukämpfen. Er kaufte sich ein Fahrrad und fuhr über die gefrorene Straße von Wandsworth nach Kingston; da rollte der Schädel neben ihm und ließ eine dunkle Spur hinter sich. Pollock biß die Zähne zusammen und fuhr schneller. Aber plötzlich, als er den Hügel gegen Richmond Park hinunterfuhr, rollte die Erscheinung vor ihm her, kam unter sein Rad, so schnell, daß er keine Zeit hatte zu überlegen. Er versuchte auszuweichen, wurde heftig gegen einen Steinhaufen geschleudert und blieb mit gebrochenem linken Handgelenk liegen.

Das Ende kam am Weihnachtstag. Er hatte die ganze Nacht gefiebert, der Verband umschloß sein Handgelenk wie eine Binde aus Feuer. Seine Träume waren lebendiger und gräßlicher denn je. In dem kalten, grauen, unbestimmbaren Licht der Morgendämmerung setzte er sich im Bett auf und sah den Kopf auf der Konsole an Stelle der Bronzeschale, die noch gestern dort gestanden hatte.

»Ich weiß, daß es eine Bronzeschale ist«, sagte er, aber eisiger Zweifel griff nach seinem Herzen. Der Zweifel wurde unüberwindlich. Langsam stieg er aus dem Bett, zitternd, mit erhobener Hand näherte er sich der Schale. Jetzt würde er gewiß sehen, daß seine Phantasie ihn genarrt hatte, sofort würde er den charakteristischen Glanz der Bronze erkennen. Endlich – er hatte eine Ewigkeit gezögert – berührte er mit den Fingern die zerschnittene Wange des Kopfes. Von einem Krampf geschüttelt, zog er die Finger zurück. Die letzte Phase war erreicht, sein Tastsinn hatte ihn betrogen.

Kalte Schauer überliefen ihn. Er stolperte gegen das Bett, stieß mit den nackten Füßen an seine Schuhe, alles kreiste in tollem Wirbel um ihn. Tastend fand er den Weg zum Waschtisch, nahm sein Rasiermesser aus der Lade und setzte sich auf den Bettrand. Im Spiegel sah er sein Gesicht. Es war bleich, abgehärmt, voll tiefster Bitterkeit und Verzweiflung.

In rascher Folge zogen die Ereignisse seines kurzen Lebens an ihm vorüber. Sein freudloses Heim, seine noch freudlosere Schulzeit, das würdelose Leben, das er dann geführt hatte, selbstsüchtig, ehrlos. Mit grausamer Deutlichkeit sah er im kalten Licht der Dämmerung die ganze schmutzige Tollheit dieses Lebens vor sich. Dann kam die Hütte, der Kampf mit dem Porroh-Neger, der Rückzug flußabwärts nach Sulyma, der Mendimörder und sein rotes Paket, die wahnsinnigen Anstrengungen, den Kopf zu vernichten, das Wachsen seiner Halluzination. Es *war* eine Halluzination. Er wußte, daß es eine war. Nichts als eine Halluzination. Einen Augenblick vermeinte er, einen Hoffnungsschimmer zu sehen. Er blickte vom Spiegel fort auf die Konsole, dort stand der umgekehrte Kopf und schnitt Grimassen ... Mit den steifen Fingern seiner bandagierten Hand suchte Pollock an seinem Hals das Pochen der Schlagader. Es war ein frostiger Morgen, die Stahlklinge war kalt wie Eis.

Das unerfahrene Gespenst

Der Ort, wo Clayton seine letzte Geschichte erzählte, steht mir plötzlich ganz lebhaft vor Augen. Dort, in der Ecke jener Ruhebank, am geräumigen offenen Kamin saß er fast die ganze Zeit, und Sanderson saß neben ihm und rauchte die Broseleytonpfeife, die seinen Namen trug. Evans war auch da, und dieses Wunder unter den Schauspielern, Wish, der auch ein bescheidener Mensch ist. Wir waren alle an diesem Samstagmorgen zum Mermaidklub hinausgefahren, nur Clayton hatte dort schon übernachtet, und dies hatte ihm den Stoff für seine Geschichte geliefert. Wir hatten Golf gespielt, bis es dunkel wurde, hatten gespeist und befanden uns nun in jener ruhig wohlwollenden Stimmung, in der man eine Geschichte ertragen kann. Als Clayton zu erzählen begann, nahmen wir natürlich an, er löge. Es ist möglich, daß er wirklich log – darüber wird der Leser selbst bald ebenso gut urteilen können wie ich. Er begann seine Erzählung zwar in der Art einer nüchternen Anekdote, aber das hielten wir für einen seiner unvermeidlichen Kunstgriffe.

»Gebt einmal acht!« sagte er, nachdem er lange den Funkenregen betrachtet hatte, der von dem Holzklotz aufstob, den Sanderson angestoßen hatte. »Ihr wißt, daß ich die letzte Nacht allein hier war?«

»Ausgenommen die dienstbaren Geister«, sagte Wish.

»Die in einem anderen Flügel schlafen«, sagte Clayton. »Ja. Nun –« er sog eine kleine Weile an seiner Zigarre, als zögerte er noch, uns ins Vertrauen zu ziehen. Dann sagte er, ganz ruhig: »Ich habe ein Gespenst gefangen!«

»Ein Gespenst gefangen, ist das möglich?« fragte Sanderson. »Wo ist es?«

Und Evans, der Clayton ungeheuer bewundert und vier Wochen in Amerika gewesen ist, rief: »*Gefangen,* ein Gespenst hast du gefangen, Clayton? Wirklich? Wie ich mich freue! Erzähl uns nur gleich alles darüber!«

Clayton sagte, gleich würde er es tun, und bat ihn, die Tür zu schließen.

Er sah mich Entschuldigung heischend an. »Es gibt hier natürlich keine Horcher an der Wand, aber wir wollen doch unsere ausgezeichnete Dienerschaft nicht durch irgendwelche Gerüchte über Gespenster hier im Haus beunruhigen. Es gibt hier viel zuviel dunkle Ecken und Eichentäfelungen, als daß man mit solchen Dingen scherzen dürfte. Und dieses Gespenst war kein gewöhnliches, wißt ihr. Ich glaube nicht, daß es jemals wiederkommen wird.«

»Willst du damit sagen, daß du es nicht behalten hast?« sagte Sanderson.

»Das konnte ich nicht übers Herz bringen«, sagte Clayton.

Sanderson äußerte sein Erstaunen.

Wir lachten, aber Clayton sah bekümmert aus.

»Ihr lacht«, sagte er mit dem Anflug eines Lächelns, »aber Tatsache ist, daß es wirklich ein Gespenst *war* – so gewiß, wie ich jetzt mit euch spreche. Ich spaße nicht. Ich meine es wirklich so.«

Sanderson tat einen tiefen Zug aus seiner Pfeife, sah Clayton mit seinen geröteten Augen von der

Seite an und stieß dann einen dünnen Rauchfaden aus, der beredter war als viele Worte.

Clayton überging seinen Kommentar.

»Es ist die merkwürdigste Sache, die mir in meinem ganzen Leben passiert ist. Ihr wißt, daß ich nie an Geister oder etwas Derartiges geglaubt habe, nie; und dann, auf einmal, fand ich einen in einer Ecke und habe die Bescherung.«

Er versank noch tiefer in Grübelei, holte eine zweite Zigarre hervor und begann sie mit einem sonderbaren kleinen Instrument anzubohren.

»Hast du mit ihm gesprochen?« fragte Wish.

»Vielleicht eine Stunde.«

»War er geschwätzig?« fragte ich und gesellte mich zur Partei der Skeptiker.

»Der arme Teufel war in Verlegenheit«, sagte Clayton, und es klang ein ganz klein wenig vorwurfsvoll.

»Hat er gestöhnt?« fragte jemand.

Clayton seufzte ehrlich bei dem Gedanken daran. »Guter Gott, ja.« Und dann: »Armer Kerl! Ja!«

»Wo bist du auf ihn gestoßen?« fragte Evans mit seinem schönsten amerikanischen Akzent.

»Ich habe nie gewußt«, sagte Clayton, ohne ihn zu beachten, »was für ein armseliges Wesen ein Gespenst sein kann.« Und er ließ uns wieder eine Zeitlang dünsten, während er Streichhölzer in der Tasche suchte und seine Zigarre anzündete.

»Ich habe die günstige Gelegenheit benutzt«, meinte er schließlich.

Keiner von uns war ungeduldig. »Ein Charakter bleibt sich immer gleich«, sagte er, »auch wenn er die Körperlichkeit verliert. Das vergessen wir nur allzu oft. Leute mit einer gewissen Stärke und Festigkeit in ihren Entschlüssen haben auch Geister, die stark und fest in ihren Entschlüssen sind. Die meisten spukenden Geister müssen wohl von einer fixen Idee besessen sein wie Monomanen und eigensinnig wie Maulesel, daß sie immer wiederkommen. Dieses arme Geschöpf war nicht so.« Er blickte plötzlich ganz sonderbar auf, und seine Augen durcheilten das Zimmer. »Ich will ihm nichts Böses nachsagen, aber ich spreche die reine Wahrheit. Gleich beim ersten Blick fiel mir auf, daß er ein Schwächling ist.«

Er unterstrich seine Worte mit der Zigarre.

»Ich traf ihn nämlich auf dem langen Gang. Er wandte mir den Rücken zu, ich sah ihn also zuerst. Ich wußte es sofort, er war ein Gespenst. Er war durchsichtig und weißlich; deutlich konnte ich durch seine Brust den schwachen Lichtschein des Fensters am Ende des Ganges sehen. Und nicht nur sein Körperbau, auch sein Verhalten erschien mir sogleich schwächlich. Er sah nämlich so aus, als wüßte er nicht im entferntesten, was er zu tun beabsichtige. Eine Hand lag auf der Wandtäfelung, die andere hob er unsicher an den Mund, ungefähr – *so!*«

»Wie war sein Körperbau?« fragte Sanderson.

»Dürftig. Ihr kennt diese Jünglingsnacken, die zwei tiefe Furchen gegen den Rücken zu haben, hier und hier. Und ein kleiner, gewöhnlicher Kopf mit struppigem Haar und ziemlich häßlichen Ohren. Eingefallene Schultern, schmaler als die Hüften; Umlegekragen, fertig gekaufter, kurzer Rock, Harmonikahosen, an den Fersen etwas ausgefranst. Das war mein erster Eindruck. Ich ging sehr ruhig über die Stiegen hinauf. Ihr müßt wissen, daß ich kein Licht trug – die

Kerzen stehen auf dem Tisch des Treppenabsatzes, dort ist doch die Lampe –, ich hatte meine Pantoffeln an, und als ich hinaufkam, erblickte ich ihn. Ich blieb wie angewurzelt stehen und nahm sein Bild in mich auf. Ich hatte nicht ein bißchen Angst. Ich meine, daß man bei den meisten derartigen Affären nicht annähernd so erschrocken und aufgeregt ist, wie man vorher glauben würde. Ich war überrascht und neugierig. Ich dachte: ›Mein Gott! Da ist endlich einmal ein Gespenst! Und ich habe doch in den letzten fünfundzwanzig Jahren nicht eine Sekunde lang an Geister geglaubt!‹«

»Hm«, sagte Wish.

»Ich glaube, er bemerkte mich in dem Augenblick, als ich den Treppenabsatz betrat. Er wandte sich jäh nach mir um, und ich sah das Gesicht eines unreifen jungen Mannes, eine unbedeutende Nase, einen struppigen, kleinen Schnurrbart, ein schwaches Kinn. Er schaute über seine Schulter zu mir herüber – so standen wir einen Augenblick und betrachteten einander. Dann schien er sich seiner hohen Sendung zu besinnen. Er drehte sich um, gab sich einen Ruck, streckte das Gesicht vor, hob die Arme, spreizte die Finger in bewährter Geisterart – kam auf mich zu. Während er dies tat, öffnete sich sein kleiner Unterkiefer klaffend, und er stieß ein schwaches, langgezogenes ›Buuh!‹ aus. Nein, es war wirklich nicht im geringsten fürchterlich. Ich hatte zu Abend gegessen, ich hatte eine Flasche Champagner getrunken und, da ich ganz allein gewesen war, zwei oder drei, vielleicht sogar vier oder fünf Gläser Whisky. Ich stand so fest wie ein Felsen und war nicht mehr geängstigt, als wenn mich ein Frosch angefallen hätte. ›Buuh!‹

sagte ich, ›Unsinn, Sie gehören nicht hierher. Was machen Sie hier?‹

Ich sah, wie er zusammenzuckte.›Buu-uuh!‹ sagte er.

›Buuh – zum Henker mit Ihrem Buuh! Sind Sie Mitglied des Klubs?‹ sagte ich. Und um ihm zu zeigen, wie gleichgültig er mir war, ging ich durch eine Ecke von ihm hindurch und wollte meine Kerze anzünden. ›Sind Sie Mitglied des Klubs?‹ wiederholte ich und sah ihn von der Seite an.

Er bewegte sich ein wenig, wie um unberührt von mir zu stehen, und seine Haltung neigte zur Niedergeschlagenheit. ›Nein‹, sagte er als Antwort auf die hartnäckige Frage in meinem Blick, ›ich bin nicht Mitglied – ich bin ein Gespenst.‹

›Schon gut, das gibt Ihnen aber doch noch nicht das Recht, im Mermaidklub herumzuspazieren. Ist hier irgend jemand, den Sie sehen wollen, oder sonst etwas dergleichen?‹ Und so ruhig, wie nur möglich, aus Angst, daß er die durch den Whisky hervorgerufene Unsicherheit für Verwirrung aus Furcht halten könnte, zündete ich meine Kerze an. Ich wandte mich ihm zu, die Kerze in der Hand. ›Was machen Sie hier?‹ fragte ich.

Er hatte die Hände sinken lassen und hatte aufgehört, Buuh zu machen. Da stand er nun, verlegen und linkisch, der Geist eines schwachen, einfältigen, willenlosen, jungen Mannes. ›Ich spuke‹, sagte er.

›Das kommt Ihnen gar nicht zu‹, sagte ich mit ruhiger Stimme.

›Ich bin ein Gespenst‹, sagte er, wie um sich zu rechtfertigen.

›Das kann schon sein, aber es kommt Ihnen doch nicht zu, hier zu spuken. Das ist ein anständiger Privatklub; oft wohnen Leute mit Kindermädchen und Kindern hier, und da Sie so unbedacht hier herumgehen, könnte doch leicht so ein kleines Wesen Ihnen begegnen und zu Tode erschrecken. Ich nehme an, daß Sie daran nicht gedacht haben.‹

›Nein, Sir‹, sagte er, ›daran habe ich wirklich nicht gedacht.‹

›Sie hätten aber daran denken sollen. Sie haben gar kein Anrecht auf diesen Ort, nicht wahr? Sie sind hier weder ermordet worden noch sonst etwas dergleichen?‹

›Nichts dergleichen, Sir; aber ich habe gedacht, weil es alt ist und eichengetäfelt –‹

›Das ist *keine* Entschuldigung!‹ Ich blickte ihn fest an. ›Es ist ein Versehen, daß Sie hierher gekommen sind‹, sagte ich dann mit freundlicher Überlegenheit. Ich tat, als ob ich meine Zündhölzer suchte, und sah ihn dann offen an. ›Wenn ich Sie wäre, würde ich nicht auf den Hahnenschrei warten – ich würde schnurstracks verschwinden.‹

Er sah verlegen aus. ›Die Sache ist nämlich die, Sir‹, fing er an.

›Ich würde verschwinden‹, beharrte ich.

›... nämlich die: ich kann nicht.‹

›Sie können nicht?‹

›Nein, Sir, irgend etwas habe ich vergessen. Jetzt treibe ich mich hier seit gestern Mitternacht herum – verstecke mich in den Schränken der leeren Schlafzimmer und dergleichen. Ich bin schon ganz verwirrt, ich habe noch nie vorher gespukt, es bringt mich ganz aus der Fassung.‹

›Es bringt Sie aus der Fassung?‹

›Ja, Sir. Jetzt habe ich's schon mehrmals versucht,

aber es will nicht gehen. Irgendeine Kleinigkeit ist mir entfallen, und ich kann nicht zurück.‹

Dieses Geständnis hat mich einfach umgeschmissen. Er sah mich so jämmerlich an, daß ich nicht um die Welt die bedrohliche Haltung beibehalten konnte, die ich angenommen hatte. ›Das ist merkwürdig‹, sagte ich, und während ich sprach, vermeinte ich unten jemand zu hören. ›Kommen Sie in mein Zimmer und erzählen Sie mir mehr davon‹, sagte ich. ›Was Sie mir jetzt gesagt haben, konnte ich nicht verstehen.‹ Und ich versuchte, ihn am Arm zu fassen. Aber ich hätte natürlich genausogut nach einer Rauchwolke greifen können. Ich glaube, ich hatte meine Zimmernummer vergessen. Auf alle Fälle kann ich mich erinnern, daß ich in einige Schlafzimmer gegangen bin, bis ich meine Sachen sah – glücklicherweise wohnte außer mir keine Menschenseele in diesem Flügel. ›Da sind wir‹, sagte ich und setzte mich in den Lehnstuhl. ›Setzen Sie sich und erzählen Sie mir alles Nähere. Mir scheint, Sie sind da in eine hübsche Patsche geraten, mein Lieber!‹

Er sagte, daß er sich nicht niedersetzen wolle; er würde es vorziehen, im Zimmer herumzugeistern, wenn ich nichts dagegen hätte. Das tat er auch, und nach einer kleinen Weile waren wir in ein langes und ernstes Gespräch vertieft. Bald verflüchtigte sich etwas von den Whisky-Sodas, und es wurde mir langsam klar, in was für eine verteufelt sonderbare und unheimliche Sache ich mich da eingelassen hatte. Da war er, halb durchsichtig – genau wie man sich das konventionelle Gespenst vorstellt, geräuschlos bis auf eine Andeutung von Stimme – und geisterte in diesem hübschen, sauberen, kattunbespannten Schlafzimmer herum. Man konnte durch ihn die kupfernen Leuchter hindurchschimmern sehen, und die Lichtreflexe auf dem Messinggitter des Kamins, und die Ecken der gerahmten Stiche an der Wand. Und er erzählte mir die ganze Geschichte seines armseligen, kleinen Lebens, das vor kurzem auf der Erde zu Ende gegangen war. Ihr müßt wissen, daß er nicht gerade ein besonders ehrliches Gesicht hatte, aber da er durchsichtig war, konnte er es natürlich nicht vermeiden, die Wahrheit zu sprechen.«

»Eh?« sagte Wish und richtete sich plötzlich in seinem Sessel auf.

»Was?« fragte Clayton.

»Da er durchsichtig war, konnte er es nicht vermeiden, die Wahrheit zu sagen − das verstehe ich nicht«, sagte Wish.

»Ich verstehe es auch nicht«, sagte Clayton mit unnachahmlicher Überzeugtheit. »Aber daß es so *ist,* kann ich euch nichtsdestoweniger versichern. Ich glaube nicht, daß er auch nur einmal um Haaresbreite von der reinen Wahrheit abgewichen ist. Er erzählte mir, wie er ums Leben gekommen war − er war in London mit einer Kerze in einen Keller gegangen, um nach einem Gasgebrechen zu sehen. Er war Englischlehrer an einer Londoner Privatschule gewesen, als die Erlösung kam.«

»Armer Teufel«, sagte ich.

»Das habe ich mir auch gedacht, und je mehr er mir erzählte, desto mehr dachte ich's. So war er, erfolglos im Leben und erfolglos im Tod. Er sprach in eher häßlichem Ton von seinem Vater, von seiner Mutter, von seinem Schullehrer und von allen Leuten, die ihm je auf der Welt etwas bedeutet hatten. Er war zu empfindsam gewesen, zu nervös. Kein Mensch hätte ihn je richtig verstanden oder geschätzt, meinte er. Ich glaube, er hat nie im Leben einen wirklichen Freund gehabt, niemals einen Erfolg. Bei Sport und Spielen hatte er sich gedrückt, bei Prüfungen war er durchgefallen. ›Manchen Leuten geht es so‹, sagte er, ›wann immer ich ins Prüfungszimmer oder sonstwo hinkam, schien alles schiefzugehen.‹ Er war natürlich verlobt gewesen – ich nehme an mit einer ebenfalls überempfindlichen Person –, als die Unachtsamkeit mit dem ausströmenden Gas seiner Verbindung ein Ende bereitete. ›Und wo sind Sie jetzt?‹ fragte ich. ›Doch nicht in –‹

Über diesen Punkt drückte er sich nicht klar aus. Was er sagte, erweckte in mir die Vorstellung von einem unbestimmten Zwischenstadium, von einem besonders reservierten Aufenthalt für Seelen, die zu wesenlos waren für irgend etwas so Positives wie Sünde oder Tugend. Ich weiß es wirklich nicht. Er war viel zu egozentrisch, zu unaufmerksam, um mir ein klares Bild von der Art des Ortes oder des Landes im Jenseits geben zu können. Wo immer er sein mochte, er scheint dort auf eine Gesellschaft verwandter Seelen gestoßen zu sein, Gespenster schwächlicher, kleinbürgerlicher junger Leute, die auf so gutem Fuße miteinander standen, daß sie einander beim Vornamen ansprachen. Unter ihnen gab es sicherlich viel Gerede über ›Spuken gehen‹ und ähnliche Dinge. Ja, Spuken gehen! Sie schienen ›spuken‹ für ein ungeheures Abenteuer zu halten, und die meisten von ihnen hielten sich aus Angst davon fern. So vorbereitet, war er gekommen.«

»Im Ernst?« sagte Wish, zum Feuer gewandt.

»Zumindest hatte ich diesen Eindruck«, sagte Clayton bescheiden. »Ich mag ja in einem sehr unkritischen Zustand gewesen sein, aber nach seinen eigenen Angaben war das so sein Milieu. Er huschte immerfort hin und her, seine dünne Stimme tönte ohne Unterbrechung – er sprach und sprach über sein jämmerliches Selbst, und vom Anfang bis zum Ende hörte ich nicht ein klares, entschlossenes Wort von ihm. Er war dünner und geistloser, als wenn er wirklich und lebendig gewesen wäre. Nur wäre er wohl nicht in meinem Schlafzimmer hier gewesen – wenn er gelebt *hätte*. Ich hätte ihn hinausgeworfen.«

»Es *gibt* Sterbliche dieser Art«, meinte Evans.

»Und sie haben dieselben Möglichkeiten, Gespenster zu werden, wie wir anderen«, stimmte ich zu.

»Was ihm doch ein wenig Farbe gab, war der Umstand, daß er sich innerhalb gewisser Grenzen über sich selbst im klaren war. Daß er das Spuken so verpfuscht hatte, deprimierte ihn fürchterlich. Man hatte ihm gesagt, es wäre ein großer Spaß. In dieser Erwartung war er gekommen, und nun war es wieder nur ein Mißerfolg geworden, einer mehr in seinem Register. Er erklärte, er sei durch und durch ein Mißerfolg. Er sagte – und ich glaube es ihm aufs Wort –, er habe sein Leben lang nie etwas begonnen, ohne es total zu verhauen – und daß es immer so weiter gehen werde, in alle Ewigkeit. Wenn jemand ihn bemitleidet hätte, dann vielleicht – er machte eine Pause, blieb stehen und sah mich an.

Dann meinte er, so seltsam mir das auch vorkommen möge, noch nie hätte ihm jemand so viel Mitgefühl gezeigt wie ich eben jetzt. Ich verstand sofort, was er wollte, und beschloß auch gleich, ihn abzu-

133

wimmeln. Vielleicht bin ich ein gefühlloser Kerl, aber daß ich der ›einzige, wahre Freund‹, der Empfänger vertraulicher Mitteilungen eines egozentrischen Schwächlings, sei er Gespenst oder Mensch, sein sollte, das war mehr, als ich physisch ertragen konnte. Ich stand energisch auf. ›Grübeln Sie nicht so viel über diese Sachen‹, sagte ich. ›Das einzige, was Sie jetzt zu tun haben, ist, zu verschwinden, und zwar sofort. Nehmen Sie sich zusammen und versuchen Sie's!‹ – ›Ich kann nicht‹, sagte er. ›Versuchen Sie's‹, wiederholte ich. Und er versuchte es.«

»Versuchen?« sagte Sanderson. »*Wie?*«

»Kombinierte Schritte«, sagte Clayton.

»Schritte?«

»Komplizierte Kombinationen aus Schritten und Gebärden. So war er erschienen, und so sollte er wieder verschwinden. Mein Gott, war das eine Geschichte!«

»Aber wie kann *irgendeine* Schrittkombination –« begann ich.

»Mein lieber Freund«, sagte Clayton, wandte sich mir zu und legte großen Nachdruck auf gewisse Worte, »du willst *alles* klar haben. Ich weiß nicht, *wie.* Ich weiß nur, daß es möglich *ist* und daß *er* es zum Schluß auch konnte. Nachdem er fürchterlich lange probiert hatte, setzte er seine Schritte endlich richtig und war plötzlich verschwunden.«

»Hast du die Schritte beobachtet?« fragte Sanderson langsam.

»Ja«, sagte Clayton und schien nachzudenken, »es war unerhört merkwürdig. Da waren wir beide, ich und das dünne, farblose Gespenst, in diesem stillen Zimmer, in diesem stillen, leeren Gasthaus, in dieser stillen, kleinen, nächtlichen Stadt. Kein Laut außer unseren Stimmen und einem schwachen Keuchen, wenn er sich bewegte. Es brannte nur die Kerze auf dem Nachtkästchen und eine auf dem Toilettentisch, hie und da zuckte die eine oder die andere einen Augenblick lang auf, zu einer langen, dünnen, erstaunten Flamme. Seltsame Dinge ereigneten sich! ›Ich kann nicht‹, sagte er, ›nie werde ich mehr –!‹ Und plötzlich setzte er sich auf einen kleinen Sessel am Fußende des Bettes und begann zu schluchzen und zu schluchzen. Mein Gott! Was für ein herzzerreißendes, wimmerndes Stück Elend war er doch!

›Nehmen Sie sich zusammen‹, sagte ich, versuchte ihm auf die Schulter zu klopfen, aber meine verflixte Hand ging durch ihn durch. Ihr müßt wissen, daß ich in diesem Moment nicht annähernd so furchtlos war wie früher auf dem Treppenabsatz. Jetzt erfaßte ich die Seltsamkeit der Situation ganz und gar. Ich erinnere mich, daß ich meine Hand mit einem kleinen Schauder sozusagen aus ihm herausriß und daß ich zum Toilettentisch hinüberging. ›Nehmen Sie sich zusammen‹, sagte ich, ›und versuchen Sie's.‹ Und um ihn zu ermutigen und ihm zu helfen, begann ich's auch zu versuchen.«

»Was!« fragte Sanderson, »die Schritte?«

»Ja, die Schritte.«

»Aber«, sagte ich, von einem Gedanken bewegt, der mir jedoch sogleich wieder entschlüpfte.

»Das ist interessant«, sagte Sanderson, mit dem Finger in seinem Pfeifenkopf. »Du willst also sagen, daß dir dein Gespenst verraten hat, wie es –«

»Sich die größte Mühe gab, zu verraten, wie man die Schranken durchbrechen konnte? Ja, das war es.«

»Das hat er nicht getan«, sagte Wish, »das konnte er nicht tun. Sonst wärst du auch dort hinüber gegangen.«

»Ja, ja, das ist's«, sagte ich. Mein entschlüpfter Gedanke war für mich in Worte gekleidet worden.

»Ja, gerade das ist es«, sagte Clayton und blickte gedankenvoll ins Feuer.

Eine kleine Weile blieb es still.

»Und schließlich hat er's doch getroffen?« fragte Sanderson.

»Schließlich hat er's doch getroffen. Ich mußte ihn ordentlich dazu anhalten, aber zum Schluß hat er's doch getroffen – ziemlich plötzlich. Er war schon am Verzweifeln, wir hatten eine heftige Szene miteinander, da stand er ganz unvermutet auf und verlangte von mir, daß ich ihm die ganze Bewegungsabfolge langsam vorführen sollte, so daß er zusehen könne. ›Ich glaube‹, sagte er, ›wenn ich es *sehen* kann, werde ich sofort herausfinden, was daran falsch ist.‹ Und so geschah's. ›Jetzt weiß ich's‹, sagte er. ›Was wissen Sie?‹ fragte ich. ›Jetzt weiß ich's‹, wiederholte er. Dann sagte er mürrisch: ›Ich *kann's* nicht, wenn Sie mir zuschauen – wirklich nicht; das war die ganze Zeit schuld daran. Ich bin so nervös, daß Sie mich ganz aus der Fassung bringen.‹ Daraufhin hatten wir eine kleine Auseinandersetzung. Ich wollte selbstverständlich zuschauen, aber er war eigensinnig wie ein Maulesel, und auf einmal gab ich nach, hundemüde – er hatte mich erschöpft. ›Also gut‹, sagte ich, ›ich werde Ihnen nicht zuschauen‹, und drehte mich um, dem Spiegel zu, der am Kleiderkasten neben dem Bett war.

Er begann in großer Eile. Ich versuchte, ihn im Spiegel zu beobachten, um zu sehen, wo er steckengeblieben war. Seine Arme und Hände kreisten, so und so und so, und mit einem Ruck kam er zur allerletzten Bewegung – man steht aufrecht und öffnet die Arme –, und so, seht ihr, stand er da. Und dann stand er nicht mehr da! Nicht mehr! Er war nicht mehr da! Ich drehte mich schnell vom Spiegel weg zu ihm hin. Nichts war da! Ich war allein mit den flackernden Kerzen und meinem äußerst bestürzten Gemüt. Was war geschehen? War überhaupt etwas geschehen? Hatte ich geträumt? Und dann, mit einem aller Vernunft widersprechenden Klang von Endgültigkeit, schlug die Uhr auf dem Treppenabsatz *eins,* als hätte sie gefunden, daß die Zeit dafür eben reif geworden sei. So – kling! Ich war so ernst und nüchtern wie ein Richter, der ganze Champagner und Whisky waren in selige Höhen entschwebt. Ein komisches Gefühl hatte ich, verdammt *komisch!* Komisch! Du guter Gott!«

Er sah die Asche seiner Zigarre einen Augenblick an. »Das ist alles«, sagte er.

»Bist du dann schlafen gegangen?« fragte Evans.

»Was hätte ich sonst tun sollen?«

Ich sah Wish in die Augen. Wir hätten uns gerne lustig gemacht, aber da war etwas, etwas in Claytons Stimme und Gehaben, das uns hemmte.

»Und was war mit den Schritten?« fragte Sanderson.

»Ich glaube, ich könnte sie nachmachen.«

»Oh!« sagte Sanderson, zog ein Taschenmesser hervor und begann die Tabakreste aus seinem Pfeifenkopf zu kratzen.

»Warum machst du sie nicht?« fragte er dann und ließ sein Taschenmesser zuschnappen.

»Bin schon dabei«, sagte Clayton.

»Sie werden wirkungslos bleiben«, meinte Evans.

»Wenn aber doch –« warf ich ein.

»Weißt du, mir wäre lieber, du tätest es nicht«, sagte Wish und streckte seine Beine aus.

»Warum?« fragte Evans.

»Mir wäre lieber, er täte es nicht«, wiederholte Wish.

»Aber er kann sie ja gar nicht richtig«, sagte Sanderson und stopfte viel zuviel Tabak in seine Pfeife.

»Das ist ganz gleichgültig, mir wäre lieber, er täte es nicht«, sagte Wish.

Wir diskutierten mit Wish. Er sagte, es käme der Verhöhnung einer sehr ernsten Angelegenheit gleich, wollte Clayton die Bewegungen des Gespenstes nachahmen. »Aber du glaubst doch nicht –?« fragte ich. Wish sah Clayton an, der ins Feuer starrte und irgend etwas überlegte. »Ich glaube daran – zumindest halb und halb«, sagte Wish.

»Clayton«, sagte ich, »du bist uns ein zu guter Lügner. Das meiste war ja schön und gut. Aber dieses Verschwinden … das war fast überzeugend. Sag uns, daß es ein Kindermärchen war.«

Er stand auf, ohne mich zu beachten, stellte sich in die Mitte des Kaminteppichs und wandte mir das Gesicht zu. Einen Augenblick sah er gedankenvoll auf seine Füße, dann aber starrte er die ganze Zeit auf die Wand gegenüber. Er hob beide Hände langsam bis zur Augenhöhe und begann …

Nun ist Sanderson Freimaurer, Mitglied der Loge der Vier Könige, die sich so erfolgreich dem Studium und der Aufklärung aller Geheimnisse der vergangenen und gegenwärtigen Maurerei widmet. Unter den Jüngern dieser Loge ist Sanderson keineswegs der schlechteste. Er verfolgte Claytons Bewegungen mit ungewöhnlichem Interesse in seinen rötlichen Augen. »Das ist nicht schlecht«, sagte er, als es vorüber war, »du stellst die Sachen wirklich überraschend gut dar, Clayton. Aber ein kleines Detail fehlt.«

»Das weiß ich«, sagte Clayton. »Ich glaube, ich kann dir sagen, was du meinst.«

»Nun?«

»Das hier«, sagte Clayton und drehte, wand und verflocht seine Hände auf seltsame Art.

»Ja.«

»Nämlich das hat *er* nicht richtig herausbekommen« sagte Clayton. »Aber wieso weißt *du* −?«

»Den größten Teil, und besonders wie du's erfunden hast, verstehe ich ganz und gar nicht«, sagte Sanderson. »Aber gerade diese Phase verstehe ich.« Er dachte nach. »Das ist zufällig eine Bewegungsabfolge, die zu einem gewissen Zweig der esoterischen Freimaurerei in Beziehung steht. Das weißt du gewiß, denn *wie* könntest du sonst −?« Er dachte wieder nach. »Ich glaube nicht, daß ich etwas Unrechtes tue, wenn ich dir die richtige Verflechtung zeige. Schließlich, wenn du's weißt, so weißt du's, wenn nicht, so nicht.«

»Ich weiß nichts«, sagte Clayton, »außer was mir der arme Teufel letzte Nacht gezeigt hat.«

»Nun, gleichviel«, sagte Sanderson und legte seine Pfeife sehr vorsichtig auf die Kaminplatte. Dann gestikulierte er sehr schnell mit den Händen.

»So?« fragte Clayton und machte es ihm nach.

»So!« sagte Sanderson und nahm seine Pfeife wieder in die Hand.

»Ah«, sagte Clayton, »*jetzt* versteh ich das Ganze.«

Er stand vor dem verlöschenden Feuer und lächelte uns allen zu. Aber ich glaube, es lag ein leises Zögern in seinem Lächeln. »Wenn ich beginne —« sagte er.

»Ich würde nicht beginnen«, sagte Wish.

»Schon gut!« meinte Evans. »Die Materie ist unzerstörbar. Ich glaube doch nicht, daß so ein Hokuspokus Clayton ins Reich der Schatten entführen kann. So etwas gibt's doch nicht. Wenn es auf mich ankommt, so kannst du es versuchen, Clayton, bis dir die Arme aus den Gelenken fallen.«

»Das glaub ich nicht«, sagte Wish, stand auf und legte den Arm um Claytons Schulter. »Du hast mich irgendwie dazu gebracht, dir deine Geschichte halb und halb zu glauben, und ich möchte nicht, daß die Sache gemacht wird.«

»Du meine Güte«, sagte ich, »Wish hat Angst.«

»So ist es«, sagte Wish, mit wirklicher oder trefflich gespielter Vehemenz. »Ich glaube, wenn er alle diese Bewegungen richtig macht — wird er *verschwinden.*«

»Aber das ist ja gar nicht möglich!« rief ich. »Es gibt für Menschen doch nur einen Weg aus dieser Welt hinaus, und von dem ist Clayton noch dreißig Jahre weit entfernt. Außerdem ... Und so ein Gespenst! Glaubt ihr denn —?«

Wish unterbrach mich durch eine Bewegung. Er verließ den Kreis, den unsere Sessel bildeten und blieb neben dem Tisch stehen. »Clayton«, sagte er, »du bist ein Narr!«

Clayton lächelte ihm zu, seine Augen blitzten übermütig. Er sagte: »Wish hat recht, und ihr alle anderen habt unrecht. Ich werde zum Ende dieser

Schrittfolge kommen, und wenn die letzte Schwingung durch die Luft saust, Presto! – wird dieser Kaminteppich leer und das Zimmer von sprachlosem Erstaunen erfüllt sein: ein besser gekleideter Herr, zweihundert Pfund schwer, plumpst in das Reich der Schatten. So wird es sein, und so werdet ihr dabei aussehen. Ich lehne jede weitere Diskussion ab. Man muß es versuchen.«

»Nein«, sagte Wish, machte einen Schritt vor und stand wieder still, und Clayton hob seine Hände, um noch einmal das Verschwinden des Gespenstes zu zeigen.

Wir waren damals alle schon sehr erregt, hauptsächlich weil Wish sich so merkwürdig benahm. Wir saßen alle da, die Augen auf Clayton gerichtet, und ich für mein Teil hatte das Gefühl, ganz steif und angespannt zu sein, als sei mein Körper von der Rückseite meines Schädels bis zur Mitte der Schenkel in Stahl verwandelt. Und dort beugte sich Clayton und neigte sich und winkte mit den Händen, ernst, aber unerschütterlich gefaßt. Als er sich dem Ende näherte, wurde das Gruseln immer stärker, die Haare standen uns zu Berge. Die letzte Gebärde, das habe ich schon erwähnt, war: die Arme weit geöffnet zu schwingen, das Gesicht aufwärts gerichtet. Und als er endlich zu dieser Schlußgeste ausholte, stockte mir der Atem. Natürlich war es lächerlich, aber man kennt dieses Gefühl beim Anhören von Geistergeschichten. Es war nach dem Essen, in einem seltsamen, alten, düsteren Haus. Würde er am Ende –?

Da stand er, einen erstaunlichen Moment lang, mit geöffneten Armen, nach oben gewandtem Gesicht, fest und heiter im Licht der Hängelampe. Wir durchlebten diesen Moment als dauerte er ein Menschenalter, und dann entrang sich uns allen ein Laut, halb war es ein Seufzer unendlicher Erleichterung, halb war es ein beruhigtes *»Nein!«* Denn es war offenbar – er verschwand nicht. Alles war Unsinn gewesen, er hatte eine dumme Geschichte erzählt, hatte uns alle fast überzeugt, das war alles! ... Und da, in dem Augenblick, veränderte sich Claytons Gesicht.

Es veränderte sich. Es veränderte sich, wie ein erleuchtetes Haus sich verändert, wenn die Lichter plötzlich erlöschen. Seine Augen waren plötzlich starr geworden, das Lächeln schien auf seinen Lippen festgefroren, er stand ganz still da. Er stand da und schwankte kaum merklich.

Auch dieser Augenblick dauerte eine Ewigkeit. Und dann auf einmal scharrten die Sessel, alles mögliche fiel auf die Erde, und wir alle waren in Bewegung. Claytons Knie schienen nachzugeben, er fiel nach vorne, Evans stand auf und fing ihn in seinen Armen auf.

Es lähmte uns alle. Eine Minute lang sagte wohl keiner von uns etwas Zusammenhängendes, wir glaubten es, und konnten es doch nicht glauben. Als ich aus meiner wirren Betäubung zu mir kam, kniete ich an seiner Seite, seine Weste und sein Hemd waren aufgerissen, und Sandersons Hand lag auf seinem Herzen ...

Nun, die einfache Tatsache hier vor uns konnte warten, bis es uns beliebte; wir hatten keine Eile, zu verstehen. Er lag eine Stunde dort; bis zum heutigen Tage breitet er sich schwarz und bedrückend über meine Erinnerung. Clayton war wirklich in jene andere Welt hinübergegangen, die so nah und so fern der unseren ist, er hatte den einzigen Weg genommen, den wir Sterbliche einschlagen können. Aber ob er wirklich kraft der Beschwörungen des armen Geistes hinübergekommen ist, oder ob er plötzlich mitten in einer Schauergeschichte vom Schlage getroffen wurde (wie der Leichenbeschauer uns glauben machen wollte) – das entzieht sich meiner Beurteilung. Es ist auch eines jener unerklärlichen Rätsel, die ungelöst bleiben müssen, bis zur endgültigen Auflösung. Eines nur weiß ich bestimmt: Genau in dem Moment, in der Sekunde, als er diese Schritte beendet hatte, erbleichte er, wankte, fiel nieder – tot!

Die Tür in der Mauer

I

Eines Abends, vor knapp drei Monaten, erzählte mir
Lionel Wallace im vertraulichen Gespräch diese Geschichte von der Tür in der Mauer. Und damals
glaubte ich, daß es – zumindest für ihn – eine wahre
Geschichte sei.

Er erzählte sie mir so schlicht und voll innerer
Gewißheit, daß ich nicht anders konnte, als ihm zu
glauben. Aber am Morgen darauf, als ich in meiner eigenen Wohnung aufwachte, umgab mich eine
andere Atmosphäre; und wie ich mir so im Bett
liegend den Inhalt seiner Erzählung ins Gedächtnis
zurückrief, diesmal des Zaubers seiner ernsten,
bedächtigen Stimme beraubt, entblößt vom begrenz-
ten Lichtkreis der abgedunkelten Tischlampe, von
der schattenreichen Umgebung, die ihn und mich
eingehüllt hatte, und den angenehm schimmernden
Dingen, des Desserts und der Gläser und des Tafel-
tuchs von der Mahlzeit, die wir zusammen einge-
nommen hatten, was alles zu der Zeit eine kleine
lichte Welt schuf, die von den Realitäten des Alltags
ziemlich entfernt war, kam mir das Ganze offenge-
standen unglaubhaft vor. »Er war mysteriös!« sagte
ich, und dann: »Wie gut er es machte! ... Ich hätte
eigentlich nicht erwartet, daß ausgerechnet er so etwas gut konnte.«

Später, als ich im Bett saß und meinen morgendlichen Tee schlürfte, ertappte ich mich bei dem Versuch, mir den Anschein von Realität, der mich bei seinen unmöglichen Erinnerungen so erstaunte, mit der Annahme zu erklären, daß er damit irgendwie Erlebnisse andeuten, darstellen, übermitteln wollte – ich weiß kaum, welches Wort ich wählen soll –, Erlebnisse, die anders nicht wiederzugeben waren.

Nun nehme ich aber nicht länger Zuflucht zu dieser Erklärung. Ich habe meine dazwischen auftretenden Zweifel überwunden. Ich glaube jetzt, was ich während seiner Erzählung glaubte, daß Wallace mir nach bestem Vermögen die Wahrheit seines Geheimnisses entdeckte. Doch ob er wirklich sah oder nur glaubte zu sehen, ob er ein unschätzbares Privileg genoß oder das Opfer eines phantastischen Traumes war, darüber kann ich mir kein Urteil anmaßen. Selbst die Umstände seines Todes, die meine Zweifel für immer beseitigten, erhellen nichts.

Der Leser muß sich also sein eigenes Urteil bilden.

Ich habe anzumerken vergessen, welche zufällige Bemerkung oder welche Kritik meinerseits einen so zurückhaltenden Mann dazu veranlassen konnte, sich mir anzuvertrauen. Ich glaube jedoch, er verteidigte sich gegen einen Vorwurf, den ich ihm gemacht hatte, den Vorwurf mangelnden Engagements und der Unzuverlässigkeit im Hinblick auf eine große öffentliche Bewegung, wodurch er mich enttäuscht hatte. Ganz plötzlich begann er. »Meine Gedanken sind völlig von einer Sache in Anspruch genommen …«, sagte er.

»Ich weiß«, fuhr er nach einer Pause fort, »ich habe anderes vernachlässigt. Es ist nämlich so – es handelt sich nicht um Geistererscheinungen und doch – es hört sich merkwürdig an, Redmond – ich bin heimgesucht. Ich bin durch etwas heimgesucht – das alles andere verblassen läßt, das mich mit Sehnsucht erfüllt …«

Er hielt inne, gehemmt durch jene englische Schüchternheit, die uns so oft überkommt, wenn wir von etwas Bewegendem, Ernstem oder Schönem sprechen wollen. »Du warst doch auch auf Saint Althelstan«, sagte er, und in dem Augenblick erschien mir das völlig irrelevant. »Nun« – und wieder verstummte er. Dann fing er an, zunächst sehr stockend, doch allmählich fließender, von einem Geheimnis in seinem Leben zu berichten, von der ihn heimsuchenden Erinnerung an eine Schönheit und ein Glück, die sein Herz mit unstillbarer Sehnsucht erfüllten und ihm alle Interessen und das Schauspiel des irdischen Lebens trist und ermüdend und sinnlos erscheinen ließen.

Nun, da ich den Schlüssel dazu habe, scheint es seinem Gesicht sichtbar aufgeprägt. Ich besitze ein Foto, auf dem dieser abwesende Blick eingefangen und verstärkt ist. Es erinnert mich an den Ausspruch einer Frau – einer Frau, die ihn sehr geliebt hatte. »Plötzlich«, sagte sie, »verliert er das Interesse. Er vergißt dich. Er macht sich keinen Deut aus dir – während du ihm direkt vor der Nase sitzt …«

Aber Wallace war nicht ständig so teilnahmslos, und wenn er sich auf eine Sache konzentrierte, konnte er äußerst erfolgreich sein. Seine Karriere war in der Tat voller Erfolge. Er ließ mich schon früh hinter sich zurück; er schwang sich weit über mich und machte sich einen Namen in der Welt, den ich mir jedenfalls nicht machen konnte. Ein Jahr fehlte ihm noch zur Vollendung seines vierten Lebensjahrzehnts, und es heißt nun, daß er gewählt worden wäre und sehr wahrscheinlich dem neuen Kabinett angehören würde, wäre er noch am Leben. Auf der Schule stach er mich stets mühelos aus − als wäre das ganz natürlich. Wir gingen fast die ganze Schulzeit zusammen auf das Saint Althelstan College in West Kensington. Er wurde in dieselbe Klasse wie ich aufgenommen, aber er verließ das College viel früher, in einer Aureole von Stipendien und ausgezeichneten Leistungen. Und ich glaube doch, daß ich ein recht guter Schüler war. Auf der Schule war es auch, daß ich zum erstenmal von der »Tür in der Mauer« hörte − von der ich ein zweites Mal erst einen Monat vor seinem Tode hören sollte.

Für ihn wenigstens war die Tür in der Mauer eine wirkliche Tür, die durch eine wirkliche Mauer zu einer unvergänglichen, wirklichen Welt führte. Davon bin ich jetzt überzeugt.

Und sie trat frühzeitig in sein Leben, als er ein kleiner Junge zwischen fünf und sechs Jahren war. Ich weiß noch, wie er den Zeitpunkt festzustellen versuchte, als er langsam und feierlich sein Bekenntnis ablegte. »Es gab da eine rote Weinranke«, sagte er, »von leuchtendem Uniformrot, in bernsteinklarem Sonnenschein vor einer weißen Mauer.« Das gehörte irgendwie zum Bild, obwohl ich nicht mehr deutlich weiß, wieso, und Blätter der Roßkastanie lagen auf dem sauberen Bürgersteig vor der grünen Tür. Die Blätter waren gelbgrün gefleckt, sie waren nicht braun oder schmutzig, so daß sie frisch gefallen sein mußten. Ich nehme an, das bedeutet

Oktober. Ich halte jedes Jahr nach Roßkastanienblättern Ausschau, und ich sollte es also wissen.

»Wenn ich mich hierin nicht irre, war ich demnach ungefähr fünf Jahre und vier Monate alt.«

Er sei, meinte er, ein ziemlich frühreifes Kind gewesen – in einem außergewöhnlich frühen Alter lernte er sprechen, und er war so vernünftig und »altklug«, wie man es nennt, daß er eine Freiheit genoß, die anderen Kindern meist erst mit sieben oder acht Jahren zugebilligt wird. Seine Mutter war gestorben, als er zwei Jahre alt war, und er stand unter der weniger wachsamen und autoritären Obhut einer Kinderfrau. Sein Vater war ein strenger, stark beschäftigter Rechtsanwalt, der ihm wenig Aufmerksamkeit schenkte und Großes von ihm erwartete. Trotz seiner Aufgewecktheit erschien ihm das Leben grau und öde, glaube ich. Und eines Tages lief er fort. Er wußte nicht mehr, infolge welcher Unachtsamkeit er damals entwischen konnte, und auch nicht mehr, welchen Weg er auf den Straßen West Kensingtons einschlug. All das war im undurchdringlichen Nebel der Erinnerung verschwunden. Aber die weiße Mauer und die grüne Tür leuchteten deutlich hervor.

Die Erinnerung an das kindliche Erlebnis ließ den Schluß zu, daß er beim allerersten Anblick jener Tür ein eigenartiges Gefühl verspürte, eine Anziehungskraft, ein Verlangen, zur Tür zu gehen, sie zu öffnen und einzutreten. Und gleichzeitig war er fest davon überzeugt, daß es entweder unklug oder nicht recht von ihm war – er wußte nicht, welches von beiden –, dieser Anziehungskraft nachzugehen. Er versicherte, es sei merkwürdig, daß er von Anfang an – wenn das

Gedächtnis ihm nicht einen seltsamen Streich spielte — wußte, daß die Tür unverschlossen war und daß er nach Belieben eintreten konnte.

Ich sehe die Gestalt des kleinen Jungen vor mir, gleichzeitig angezogen und abgestoßen. Und ihm war auch ganz klar, daß sein Vater sehr ärgerlich wäre, wenn er durch diese Tür ginge, obwohl der Grund dafür nie zur Sprache kam.

Wallace beschrieb mir diese Augenblicke des Zögerns mit äußerster Präzision. Er ging dicht an der Tür vorbei, und dann schlenderte er mit den Händen in den Taschen und dem kindlichen Versuch zu pfeifen weiter, bis die Mauer zu Ende war. Dort befanden sich seiner Erinnerung nach eine Anzahl ärmlicher, schmutziger Läden und insbesondere ein Installateur- und Tapetengeschäft mit einem staubigen Durcheinander von Tonröhren, Bleiblechen, Wasserhähnen, Tapetenmusterheften und Farbbüchsen. Er stand davor und tat so, als ob er diese Dinge betrachtete, und verspürte ein *begieriges,* leidenschaftliches Verlangen nach der grünen Tür.

Dann, so erzählte er, hatte er einen Gefühlsausbruch. Er rannte auf sie zu, damit ihn nicht wieder Zögern überkäme; er stürzte mit ausgestreckter Hand durch die grüne Tür und ließ sie hinter sich zuschlagen. So kam er im Handumdrehen in den Garten, der ihn sein ganzes Leben lang nicht mehr losließ.

Es fiel Wallace sehr schwer, mir eine Vorstellung von jenem Garten, in den er gelangte, zu vermitteln.

Es lag dort etwas in der Luft, das freudig erregte, das einem ein Gefühl der Leichtigkeit und des Wohlbefindens verlieh und frohe Ereignisse erwarten ließ; es war etwas an dem Anblick, der alle Farben klar und rein und zart leuchten ließ. Sobald man eintrat, war man unsagbar glücklich – wie man nur in seltenen Augenblicken, und wenn man jung und fröhlich ist, auf dieser Welt glücklich sein kann. Und alles dort war schön ...

Wallace dachte nach, ehe er weitersprach. »Siehst du«, sagte er mit dem zweifelnden Tonfall eines Mannes, der vor unglaublichen Dingen innehält, »es gab dort zwei große Leoparden ... Ja, gefleckte Leoparden. Und ich hatte keine Angst. Da war ein langer, breiter Weg mit marmorgefaßten Blumenbeeten zu beiden Seiten, und diese zwei großen samtigen Raubtiere spielten dort mit einem Ball. Eins der Tiere sah hoch und kam auf mich zu, ein wenig neugierig, wie es schien. Es kam ganz dicht an mich heran, rieb sein weiches, rundes Ohr sehr sanft an der kleinen Hand, die ich ausstreckte, und schnurrte. Es war wahrhaftig ein verwunschener Garten. Jawohl. Wie groß er war? Oh, er erstreckte sich weithin, nach allen Richtungen. Ich glaube, in der Ferne sah man Hügel. Der Himmel mag wissen, wo West Kensington plötzlich geblieben war. Und irgendwie war es ganz so, als käme man nach Hause.

Weißt du, als die Tür hinter mir zufiel, vergaß ich sogleich die Straße mit ihren herabgefallenen Kastanienblättern, ihren Droschken und den Karren der Händler, ich vergaß die gravitationsähnliche Kraft, die mich zu Disziplin und Gehorsam nach Hause zurückzog, ich vergaß alles Zögern und alle Furcht, vergaß, was ich meinem Vater schuldig war, vergaß alle vertrauten Dinge dieses Lebens. Ich wurde im Handumdrehen ein sehr glücklicher und wunderseliger kleiner Junge – in einer anderen Welt. Es war eine Welt von anderer Beschaffenheit, das Licht war dort wärmer, klarer und milder, es lag ein Hauch von Frohsinn in der Luft, und in der Himmelsbläue schwammen sonnenbestrahlte Wölkchen. Und vor mir lag einladend dieser lange, breite Weg, gesäumt von unkrautfreien Beeten, auf denen Blumen üppig wucherten, und dann diese zwei großen Leoparden. Ich legte ihnen meine beiden kleinen Hände furchtlos auf das weiche Fell und liebkoste ihre runden Ohren und die empfindsamen Stellen unter den Ohren und spielte mit ihnen, und es war, als ob sie einen nach Hause Gekommenen begrüßten. Ich fühlte mich ganz wie ein Heimgekehrter, und als dann ein großes, hübsches Mädchen auf dem Weg erschien und lächelnd auf mich zukam und ›Nun?‹ zu mir sagte, mich hochhob und küßte, und dann wieder niedersetzte und bei der Hand nahm, gab es kein Verwundern, sondern nur das herrliche Gefühl, daß alles in Ordnung war, und Heiteres fiel mir ein, das seltsamerweise irgendwie außerhalb meines Gesichtskreises geraten war. Zwischen Rittersporntrauben kamen breite, rote Stufen in Sicht, so erinnere ich mich, und da hinauf gingen wir zu einer großen Allee zwischen uralten, dunkelschattigen Bäumen. Die ganze Allee entlang aber, zwischen den rotrissigen Stämmen, befanden sich marmorne Ehrensitze und Statuen und ganz zahme und zutrauliche weiße Tauben ...

Auf dieser kühlen Allee führte mich meine Freundin dahin, sie blickte zu mir herab – ich sehe die anmutigen Linien, das feinmodellierte Kinn ihres lieblich freundlichen Antlitzes noch vor mir – und stellte mir mit sanfter, angenehmer Stimme Fragen

und erzählte mir etwas. Ich weiß, es war etwas Angenehmes, obwohl mir später nie einfallen wollte,
worum es sich handelte ... Dann kam ein Kapu-
zineräffchen, sehr sauber, mit rostbraunem Fell und
Haselnußaugen, von einem Baum herab zu uns,
lief neben mir her und sah freundlich grinsend
zu mir auf und sprang dann auf meine Schulter.
So gingen wir sehr glücklich auf unserem Weg dahin.«

Er machte eine Pause.

»Erzähl weiter«, bat ich.

»Ich erinnere mich an Kleinigkeiten. Wir kamen
an einem Alten vorüber, der sinnend zwischen Lor-
beerbüschen saß, und an einem Platz voll lustiger Pa-
pageien, und wir gelangten durch eine breite schatti-
ge Kolonnade zu einem großen kühlen Palast, voller
heiterer Brunnen, voll von schönen Dingen und allem, was das Herz begehrt. Und es gab da so viele
Dinge und so viele Menschen; einige stehen noch
deutlich vor mir, andere erscheinen undeutlicher;
aber diese Menschen waren allesamt schön und
freundlich. Auf irgendeine Weise – ich weiß nicht
wie – wurde mir klar, daß sie mir alle wohlgesinnt
waren und froh darüber, mich bei sich zu haben, und
sie machten mich glücklich durch ihre Gesten, durch
die Berührung ihrer Hände, durch das Willkommen
und die Liebe in ihren Augen. Ja –«

Er sann eine Weile. »Ich fand dort Gespielen. Das
bedeutete mir sehr viel, denn ich war ein einsamer,
kleiner Junge. Sie spielten wunderbare Spiele in einem rasenbewachsenen Hof, wo es eine Sonnenuhr
aus Blumen gab. Und wir spielten voll Zuneigung
miteinander ...

Aber merkwürdig, es gibt da eine Lücke in meiner Erinnerung. Ich kann mich nicht auf unsere Spiele besinnen. Niemals konnte ich das. Hinterher, als Kind, verbrachte ich lange Stunden mit dem Versuch, auch unter Tränen, mich zu erinnern, welche Formen jenes Glück hatte. Ich wollte alles noch einmal spielen – in meinem Kinderzimmer – für mich. Nein! Alles, woran ich mich erinnern kann, ist, daß ich glücklich war und zwei liebe Spielkameraden hatte, die die meiste Zeit mit mir zusammen waren ... Dann kam eine schwermütige, dunkelhaarige Frau mit ernstem, blassem Gesicht und träumerischen Augen, eine schwermütige Frau, die ein weiches langes Gewand von zartpurpurner Farbe trug und ein Buch in der Hand hielt; sie winkte mich zu sich und führte mich zu einer Galerie in einem Saal – obwohl meine Spielkameraden mich nicht gehen lassen wollten, ihr Spiel unterbrachen und mich nicht aus den Augen ließen, während ich fortgeführt wurde. ›Komm wieder zu uns!‹ riefen sie. ›Komm bald wieder zu uns!‹ Ich sah zu ihr auf, aber sie beachtete sie überhaupt nicht. Ihr Gesicht war sehr gütig und feierlich. Sie führte mich zu einem Sitzplatz auf der Galerie, ich stand neben ihr und wollte in ihr Buch sehen, als sie es auf ihrem Schoß öffnete. Es klappte auf. Sie zeigte darauf, und ich sah es mir staunend an, denn in den lebenden Seiten des Buches sah ich mich; die Geschichte handelte von mir, und alles kam darin vor, was mir seit meiner Geburt zugestoßen war ...

Es war wunderbar für mich, denn die Seiten jenes Buches enthielten keine Bilder, sondern wirkliches Geschehen.«

Wallace machte eine feierliche Pause – er sah mich zweifelnd an.

»Erzähl weiter«, sagte ich. »Ich verstehe.«

»Es war wirkliches Geschehen – ja, es muß wirklich gewesen sein; die Menschen bewegten sich, und Dinge tauchten auf und verschwanden; meine liebe Mutter, die ich fast vergessen hatte; dann mein Vater, streng und aufrecht, die Diener, das Kinderzimmer, all die vertrauten Dinge daheim. Dann die Haustür und die belebten Straßen mit dem hin und her fließenden Verkehr. Ich sah mir das an und staunte, und blickte dann wieder halb zweifelnd in das Gesicht der Frau und wendete die Seiten um, hier und da etwas überspringend, um mehr und immer mehr von dem Buch zu sehen. So kam ich schließlich bis dahin, wo ich unschlüssig draußen vor der grünen Tür in der langen weißen Mauer stand, und durchlebte den Konflikt und die Furcht noch einmal.

›Und weiter?‹ rief ich und hätte umgeblättert, aber die kühle Hand der ernsten Frau hielt mich zurück.

›Weiter?‹ sagte ich hartnäckig und kämpfte sanft mit ihrer Hand, zog mit meiner ganzen kindlichen Kraft ihre Finger hoch, und als sie nachgab und die nächste Seite erschien, beugte sie sich wie ein Schatten über mich und küßte mich auf die Stirn.

Aber die Seite zeigte nicht den verwunschenen Garten, die Leoparden nicht und auch nicht das Mädchen, das mich bei der Hand geführt hatte, und nicht die Spielkameraden, die mich nicht gehen lassen wollten. Sie zeigte eine lange, graue Straße in West Kensington zu der frostigen nachmittäglichen Stunde, bevor die Lampen angezündet werden; und dort stand ich, ein unglückliches kleines Wesen, laut schluchzend, obwohl ich mich mit aller Kraft zu beherrschen versuchte, und ich weinte, weil ich nicht zu meinen lieben Spielkameraden zurückkehren konnte, die mir nachgerufen hatten: ›Komm bald wieder zu uns! Komm bald wieder zu uns!‹ Da stand ich. Das war keine Buchseite, sondern rauhe Wirklichkeit; der verwunschene Garten und die mir wehrende Hand der ernsten Mutter, an deren Knien ich gestanden hatte, waren entschwunden – wohin waren sie entschwunden?«

Er hielt inne und starrte eine Zeitlang in das Feuer.

»O wie schmerzlich diese Rückkehr war!« murmelte er.

»Nun?« sagte ich, nachdem etwa eine Minute verstrichen sein mochte.

»Ich bedauernswertes Kerlchen! – wieder in diese graue Welt versetzt! Als ich so recht begriff, was mit mir geschehen war, gab ich mich meinem untröstlichen Kummer hin. Und die Beschämung und Demütigung, in aller Öffentlichkeit zu weinen, und meine schmachvolle Heimkehr sind mir noch heute gegenwärtig. Ich sehe wieder den wohlwollenden alten Herrn mit Goldbrille vor mir, der stehengeblieben war und mich ansprach, nachdem er mich zunächst mit seinem Schirm angetippt hatte. ›Armer Kleiner‹, sagte er; ›du hast dich wohl verlaufen?‹ – und ich war ein Londoner Junge von über fünf Jahren! Und er konnte es nicht lassen, einen freundlichen jungen Polizisten zu alarmieren, und eine Menschenmenge versammelte sich um mich, und so wurde ich nach Hause gebracht. Schluchzend, unter neugierigen Blicken und ängstlich kam ich aus dem verwunschenen Garten zurück zu den Stufen meines Vaterhauses.

Das ist, so gut ich mich daran erinnern kann, meine Vision von jenem Garten – dem Garten, dessen Bild mich immer noch verfolgt. Natürlich vermag ich nichts von jener unbeschreiblichen, durchscheinenden Unwirklichkeit zu vermitteln, jener Abweichung von der gewöhnlichen Erfahrungswelt, die über allem lag; aber das – das ist es, was sich ereignete. Wenn es ein Traum gewesen war, bin ich sicher, daß es ein Wachtraum und ein ganz und gar außergewöhnlicher Traum war ... Hm! – natürlich folgte nun ein schreckliches Ausfragen, von seiten meiner Tante, meines Vaters, der Kinderfrau, der Gouvernante – von allen ...

Ich versuchte es ihnen zu erzählen, und mein Vater verabreichte mir meine erste Tracht Prügel für meine Lügen. Als ich es später meiner Tante erzählen wollte, bestrafte sie mich erneut wegen meiner bösartigen Verstocktheit. Dann wurde, wie gesagt, allen verboten, mir zuzuhören, auch nur ein Wort davon anzuhören. Man entzog mir sogar für eine Zeit meine Märchenbücher – weil ich eine zu ›lebhafte Phantasie‹ hätte. Wie? Ja, das taten sie! Mein Vater war von der alten Schule ... Und ich mußte mit meiner Geschichte ganz allein fertig werden. Ich erzählte sie flüsternd meinem Kissen – meinem Kissen, das oft feucht und salzig war von meinen Kindertränen. Und zu meinen förmlichen und weniger leidenschaftlichen Gebeten fügte ich stets die eine, von Herzen kommende Bitte: ›Lieber Gott, laß mich bitte von dem Garten träumen. O bring mich wieder in meinen Garten! Bring mich wieder in meinen Garten!‹ Ich träumte oft von dem Garten. Vielleicht habe ich einiges hinzugefügt oder auch manches verändert; ich weiß es nicht ... Das alles stellt ja einen Versuch dar, aus bruchstückhaften Erinnerungen ein sehr frühes Erlebnis zu rekonstruieren. Zwischen dieser Erinnerung und den späteren Kindheitserinnerungen tut sich eine Kluft auf. Es kam eine Zeit, in der es unmöglich schien, daß ich je wieder von diesem wunderbaren Erlebnis sprechen sollte.«

Ich stellte eine naheliegende Frage.

»Nein«, sagte er. »Ich kann mich nicht entsinnen, daß ich in jenen frühen Jahren jemals versucht hätte, den Weg zum Garten wiederzufinden. Das erscheint mir jetzt seltsam, aber ich glaube, daß ich sehr wahrscheinlich nach diesem unglücklichen Abenteuer strenger beaufsichtigt wurde, damit ich nicht noch einmal wegliefe. Nein, bevor wir uns kennenlernten, versuchte ich nicht wieder, den Garten zu finden. Und ich glaube, es gab eine Zeit – so unglaublich mir das jetzt erscheint –, da vergaß ich den Garten vollkommen – mit acht oder neun Jahren mag das gewesen sein. Kannst du dich an mich als kleinen Jungen auf Saint Althelstan erinnern?«

»Ganz gut!«

»In jener Zeit gab es doch nichts an mir, was einen geheimen Traum vermuten ließ?«

Er sah plötzlich mit einem Lächeln hoch.

»Hast du einmal Nordwestpassage mit mir gespielt? … Nein, du hattest ja natürlich einen anderen Schulweg!«

»Es war ein Spiel von der Art«, fuhr er fort, »wie sie jedes phantasiebegabte Kind den ganzen Tag lang spielt. Die Idee war die Entdeckung einer Nordwestpassage zur Schule. Der Schulweg war unkompliziert; das Spiel bestand in der Suche nach einem Weg, der nicht so unkompliziert war. Ich ging zehn Minuten früher weg, wandte mich in eine fast hoffnungslose Richtung und arbeitete mich dann durch ungewohnte Straßen bis zu meinem Ziel. Und eines Tages steckte ich plötzlich in einem Gewirr ziemlich ärmlicher Straßen jenseits von Campden Hill, und ich begann schon zu glauben, das Spiel diesmal verloren zu haben und zu spät zur Schule zu kommen. Ziemlich verzweifelt versuchte ich eine Straße, die eine *Sackgasse* zu sein schien, und stieß an ihrem Ende auf eine Passage. Mit neuer Hoffnung eilte ich hindurch. ›Ich schaffe es noch‹, sagte ich und ging an einer Reihe schmutziger, kleiner Läden vorbei, die mir merkwürdig bekannt vorkamen, und sieh da, ich stand vor meiner langen, weißen Mauer und der grünen Tür, die in den verwunschenen Garten führte!

Es durchzuckte mich. Dann war also jener Garten, jener wunderbare Garten, doch kein Traum!«

Er hielt inne.

»Ich nehme an, mein zweites Erlebnis mit der grünen Tür ist bezeichnend für den weltweiten Unterschied, der zwischen dem geschäftigen Leben eines Schuljungen und der unbegrenzten Muße eines Kindes besteht. Jedenfalls dachte ich bei diesem zweiten Mal nicht einen Augenblick daran, sofort einzutreten. Weißt du … Zunächst einmal hatte ich den Kopf damit voll, rechtzeitig zur Schule zu kommen – war bedacht, meinen Pünktlichkeitsrekord nicht zu brechen. Sicher muß ich wenigstens ein *kleines* Verlangen gespürt haben … Aber ich scheine mich der Anziehungskraft der Tür hauptsächlich zu erinnern als eines weiteren Hindernisses für mein vordringlichstes Ziel, zur Schule zu gelangen. Die Entdeckung, die ich da gemacht hatte, interessierte mich natürlich ungeheuer – beim Weitergehen dachte ich nur daran –, aber ich ging weiter. Es hielt mich nicht auf. Im Vorbeilaufen zog ich meine Uhr heraus und sah, daß mir noch zehn Minuten blieben, und dann lief ich bergab in vertraute Umgebung. Ich erreichte die Schule, atemlos allerdings und in Schweiß gebadet, doch pünktlich. Ich kann mich noch erinnern, wie ich Mantel und Hut aufhängte … Ging geradewegs daran vorbei und ließ sie hinter mir. Verrückt, was?«

Er sah mich nachdenklich an. »Natürlich wußte ich damals noch nicht, daß sie nicht immer dasein würde. Schuljungen haben eine begrenzte Vorstellungskraft. Vermutlich dachte ich, es sei prima, daß sie dort war, und ich würde mich schon wieder einfinden; aber die Schule zog an mir. Wahrscheinlich war ich an jenem Vormittag ziemlich zerfahren und unaufmerksam, weil ich mir, soviel ich konnte, von den schönen, seltsamen Menschen ins Gedächtnis zurückrief, die ich unmittelbar darauf wiedersehen sollte. Seltsam genug hegte ich keinen Zweifel, daß sie erfreut sein würden, mich zu sehen ... Ja, an jenem Morgen muß mir der Garten als ein lustiger Ort erschienen sein, zu dem man in den Pausen einer anstrengenden Schulkarriere Zuflucht nehmen könnte.

An dem Tag ging ich überhaupt nicht hin. Der nächste Tag war zur Hälfte frei, und das mag mich dazu bewogen haben. Vielleicht brachte mir auch meine Unaufmerksamkeit Strafen ein, die die für den *Umweg* nötige Zeit in Anspruch nahmen. Ich weiß nicht. Ich weiß aber, daß mich in der Zwischenzeit der verwunschene Garten so beschäftigte, daß ich es nicht für mich behalten konnte.

Ich erzählte es – wie hieß er doch? – einem Jungen, der wie ein Frettchen aussah und den wir Squiff nannten.«

»Hopkins«, sagte ich.

»Ja, Hopkins war es. Ich habe es ihm nicht gern erzählt. Ich hatte ein Gefühl, als sei es irgendwie gegen die Spielregeln, aber ich tat es doch. Wir hatten ein Stück gemeinsamen Heimwegs; er war gesprächig, und wenn wir uns nicht über den verwunschenen Garten unterhalten hätten, wäre ein anderes Thema dran gewesen, und es war mir unerträglich, an etwas anderes zu denken. So plauderte ich es aus.

Nun, er verriet mein Geheimnis. Am nächsten Tag wurde ich in der Spielpause von einem halben Dutzend größerer Jungen umringt, die mich ein bißchen aufzogen und begierig waren, mehr von dem verwunschenen Garten zu hören. Da war der große Fawcett – kannst du dich noch an ihn erinnern? – und Carnaby und Morley Reynolds. Du warst wohl nicht zufällig dabei? Nein, ich glaube, daran hätte ich mich erinnert …

Ein Junge ist ein Wesen mit merkwürdigen Gefühlen. Obwohl ich mich insgeheim dafür verachtete, war ich ein wenig geschmeichelt, daß ich die Aufmerksamkeit dieser großen Jungen erregte. Ich entsinne mich besonders eines freudigen Augenblicks, den mir ein Lob von Crawshaw bereitete – du erinnerst dich wohl noch an Crawshaw den Älteren, den Sohn des Komponisten Crawshaw? –, der sagte, es sei die beste Lüge, die er jemals gehört habe. Aber gleichzeitig empfand ich beim Erzählen dessen, was in Wirklichkeit ein heiliges Geheimnis war, im Innern sehr schmerzlich die Scham. Der brutale Fawcett machte einen Witz über das Mädchen in Grün …«

Wallaces Stimme sank bei der noch lebendigen, beschämenden Erinnerung. »Ich tat so, als hätte ich es überhört«, sagte er. »Nun, dann nannte mich Carnaby plötzlich einen kleinen Lügner und stritt mit mir, als ich sagte, es sei wahr gewesen. Ich sagte, ich wisse, wo die grüne Tür zu finden sei, ich könnte sie alle in zehn Minuten hinführen. Carnaby wurde zum regelrechten Tugendwächter und sagte, das müßte ich auch – und hätte meine Worte zu beweisen oder dafür zu büßen. Hat dir Carnaby mal den Arm umgedreht? Dann kannst du vielleicht nachfühlen, wie es mir erging. Ich schwor, daß meine Geschichte wahr sei. Damals gab es keinen in der ganzen Schule, der einen vor Carnaby in Schutz nehmen konnte, obwohl Crawshaw ein gutes Wort einlegte. Carnaby hatte sein Opfer. Ich wurde aufgeregt und bekam rote Ohren und hatte auch etwas Angst. Ich benahm mich insgesamt wie ein dummer Junge, und das Ergebnis war schließlich, daß ich, statt allein meinen verwunschenen Garten zu suchen, mit erhitzten Wangen, heißen Ohren, Tränen in den Augen und in der Seele brennende Scham und Jammer, einem Trupp von sechs spöttelnden, neugierigen und mir drohenden Mitschülern den Weg zeigte.

Wir haben die weiße Mauer und die grüne Tür nicht gefunden ... «

»Du willst sagen –?«

»Ich will sagen, daß ich sie nicht finden konnte. Ich hätte sie gefunden, wenn es mir möglich gewesen wäre.

Auch später, als ich allein gehen konnte, vermochte ich sie nicht zu finden. Ich habe sie nie gefunden. Es scheint mir jetzt, als wäre ich meine ganze Schulzeit lang nach ihr auf der Suche gewesen, aber ich bin nie mehr auf sie gestoßen – nie.«

»Die Jungs – waren sie sehr widerlich?«

»Höllisch ... Carnaby hielt Gericht über mich wegen böswilligen Lügens. Ich weiß noch, wie ich mich nach Hause und in mein Zimmer stahl, um die Spuren meiner Tränen zu verbergen. Aber als ich mich schließlich in den Schlaf weinte, war es nicht wegen Carnaby, sondern wegen des Gartens, wegen des schönen Nachmittags, auf den ich gehofft hatte, wegen der anmutigen, freundlichen Frau und der wartenden Spielkameraden und des Spiels, das ich neu zu lernen gehofft hatte, jenes wunderbare vergessene Spiel ...

Ich glaubte fest, daß ich – wenn ich nichts verraten hätte ... Danach ging es mir schlecht – ich weinte nachts und blies tagsüber Trübsal. Zwei Semester lang fiel ich zurück und bekam schlechte

Zeugnisse. Erinnerst du dich daran? Doch, sicherlich! *Du* warst es ja, der mich wieder zum Büffeln brachte, weil du mich in Mathematik überholt hattest.«

3

Eine Weile starrte mein Freund schweigend in die Glut. Dann sagte er: »Ich habe sie nicht eher wieder zu Gesicht bekommen, als bis ich siebzehn war.

Sie kam mir zum drittenmal vor Augen – als ich auf dem Weg nach Paddington war, um wegen eines Stipendiums nach Oxford zu fahren. Ich konnte nur einen ganz kurzen Blick darauf werfen. Ich lehnte mich über die Tür meines Hansoms, rauchte eine Zigarette und kam mir zweifellos sehr wie ein Mann von Welt vor, und plötzlich war da die Tür, die Mauer, die teure Erinnerung an unvergeßliche und noch erreichbare Dinge.

Wir klapperten vorüber – ich war zu überrascht, um meinen Wagen anzuhalten, bis wir schon ein gutes Stück vorbei und um eine Ecke waren. Dann hatte ich einen seltsamen Moment, eine zweifache, sich widersprechende Willensregung: Ich pochte an die kleine Tür im Verdeck meiner Droschke und nahm den Arm herunter, um die Uhr zu ziehen. ›Ja, Sir!‹ sagte der Kutscher forsch. ›Hm – ja – es hat nichts zu bedeuten‹, rief ich. ›Entschuldigen Sie! Wir haben nicht mehr viel Zeit! Fahren Sie weiter!‹ Und er fuhr weiter ...

Ich erhielt das Stipendium. Und am Abend, nachdem mir das mitgeteilt worden war, saß ich am Feuer

in meinem kleinen Oberstübchen, meinem Studier-
zimmer, im Haus meines Vaters, und sein Lob – sein
seltenes Lob – und seine vernünftigen Ratschläge
klangen mir in den Ohren, und ich rauchte meine
Lieblingspfeife – die gewaltige Bulldogge der Ju-
gend – und dachte an die Tür in der langen weißen
Mauer. ›Wenn ich angehalten hätte‹, dachte ich,
›wäre ich um mein Stipendium gekommen, mit
Oxford wäre es vorbei gewesen – die großartige
Karriere, die vor mir lag, ruiniert! Ich fange an,
die Dinge im richtigen Licht zu sehen!‹ Ich versank in tiefes Nachdenken, aber ich zweifelte damals nicht daran, daß meine Karriere ein Opfer wohl
wert war.

Jene teuren Freunde und die reine Atmosphäre
erschienen mir lieblich und wunderbar, aber weit
weg. Mein Trachten war jetzt auf die Welt gerichtet.
Ich sah eine andere Tür sich auftun – die Tür meiner
Karriere.«

Er starrte wieder ins Feuer. Sein roter Widerschein
hob flackernd einen Augenblick lang einen Zug von
Hartnäckigkeit in seinem Gesicht hervor, der dann
wieder verschwand.

»Nun ja«, sagte er und seufzte, »ich habe dieser
Karriere gedient. Ich habe gearbeitet – viel und hart.
Aber ich habe von dem verwunschenen Garten tausend Träume geträumt und seine Tür seitdem viermal gesehen oder zumindest einen Blick von ihr er-
hascht. Ja – viermal. Eine Zeitlang war diese Welt so
licht und interessant, schien so bedeutungsvoll und
chancenreich, daß der halbverblichene Zauber des
Gartens vergleichsweise sanft und fern war. Wer
möchte schon auf dem Weg zum Dinner mit schö-

nen Frauen und bedeutenden Männern Leoparden tätscheln? Von Oxford kam ich nach London, ein hoffnungsvoller junger Mann, der etwas dafür tat, daß diese Hoffnungen sich erfüllten. Und doch hat es auch Enttäuschungen gegeben ...

Zweimal liebte ich – ich will mich nicht dabei aufhalten –, aber als ich einst auf dem Weg zu jemandem war, der – wie ich wußte – bezweifelte, daß ich zu kommen wagte, versuchte ich auf gut Glück eine Abkürzung durch eine einsame Straße von Earl's Court und stieß so auf eine weiße Mauer und eine wohlbekannte grüne Tür. ›Merkwürdig‹, sagte ich zu mir, ›ich habe doch geglaubt, daß dieser Ort sich auf Campden Hill befände. Das ist also der Ort, den ich aus irgendeinem Grund nie finden konnte – es war so aussichtslos wie die Steine von Stonehenge zu zählen –, der Ort meines seltsamen Wachtraumes von damals.‹ Und ich schritt daran vorüber, gewillt, das zu tun, was ich vorhatte. An jenem Nachmittag übte er keine Anziehungskraft auf mich aus.

Ich verspürte nur einen flüchtigen Impuls, die Klinke niederzudrücken, ich hätte höchstens drei Schritte zur Seite zu machen brauchen – obwohl ich im Innersten sehr sicher war, daß die Tür sich mir öffnen würde –, und dann fiel mir ein, wenn ich es täte, könnte ich zu spät zu der Verabredung kommen, bei der es um meine Ehre ging. Hinterher tat mir meine Pünktlichkeit leid – ich hätte wenigstens einen Blick hineinwerfen und den Leoparden zuwinken können, aber diesmal wußte ich genug, um nicht verspätet zu suchen, was durch Suchen nicht zu finden ist. Ja, dieses Mal war ich sehr unglücklich ...

Jahre voll harter Arbeit folgten, und niemals zeigte sich die Tür. Erst vor kurzem ist sie mir wieder erschienen. Mit ihr hat sich ein Gefühl eingestellt, als ob ein Schleier sich über meine Welt gebreitet hätte. Ich hatte angefangen, es für traurig und bitter zu halten, daß ich die Tür nicht wieder erblicken sollte. Vielleicht hatte ich mich etwas überarbeitet – vielleicht war es Ausdruck dessen, was ich das Lebensgefühl mit vierzig habe nennen hören. Ich weiß es nicht. Aber ganz sicher haben die Dinge kürzlich ihren Glanz verloren, der Mühen leicht werden läßt, und das gerade zu einer Zeit, in der so viele politische Veränderungen vor sich gehen und ich arbeiten müßte. Seltsam, nicht wahr? Aber ich beginne wirklich, das Leben als Mühe zu empfinden, seinen Lohn, wenn ich ihm nahe bin, als enttäuschend. Vor kurzem fing ich an, mich recht nach dem Garten zu sehnen. Ja – und ich erblickte ihn dreimal.«

»Den Garten?«

»Nein – nur die Tür! Und ich bin nicht hineingegangen!«

Er beugte sich über den Tisch zu mir und sprach mit ungeheurem Bedauern in der Stimme: »Dreimal hatte ich Gelegenheit – *dreimal!* Wenn sich mir jemals wieder die Tür darbietet, so schwor ich, werde ich eintreten, diesem Staub und dieser Hitze entfliehen, diesem kalten Geglitzer der Eitelkeit, diesen vergeblichen Mühen. Ich werde gehen und nie mehr zurückkehren. Diesmal will ich bleiben ... So schwor ich mir, und als die Zeit da war – *ging ich nicht.*

Dreimal in einem Jahr bin ich an der Tür vorübergegangen und bin nicht eingetreten. Dreimal letztes Jahr.

Das erste Mal geschah es am Abend der Abstimmung über den Gesetzentwurf zur Mieterleichterung, bei der die Regierung durch eine knappe Mehrheit von drei Stimmen gerettet wurde. Du erinnerst dich doch? Niemand auf unserer Seite – vielleicht nur sehr wenige auf der Gegenseite – erwartete an jenem Abend diesen Ausgang: dann brach die Debatte wie ein Kartenhaus zusammen. Ich speiste mit Hotchkiss und seinem Cousin bei Brentford zu Abend; wir hatten beide keine Damen bei uns, und wir wurden per Telefon einberufen und machten uns sofort im Wagen seines Cousins auf den Weg. Wir kamen gerade noch so zurecht, und unterwegs fuhren wir an meiner Mauer und der Tür vorüber – fahl im Mondlicht und von den gelben Lichtkegeln unserer Lampen gefleckt, aber unverkennbar. ›Mein Gott!‹ rief ich aus. ›Was ist?‹ fragte Hotchkiss. ›Nichts!‹ antwortete ich, und der Moment war vorbei.

›Ich habe ein großes Opfer gebracht‹, sagte ich zu Whip, als wir eintrafen. ›Alle haben Opfer gebracht‹, sagte er und eilte weiter.

Ich sehe nicht, wie ich mich damals anders hätte verhalten sollen. Und die nächste Gelegenheit kam, als ich an meines Vaters Bett eilte, um von dem strengen, alten Mann Abschied zu nehmen. Auch da waren die Forderungen, die das Leben an mich stellte, unerbittlich. Aber das dritte Mal war anders: Es war vor einer Woche. Bittere Reue erfüllt mich, wenn ich daran denke. Ich war mit Gurker und Ralph zusammen – es ist kein Geheimnis mehr, daß ich eine Aussprache mit Gurker hatte. Wir hatten bei Frobisher zu Abend gegessen, und wir waren in ein vertrauliches Gespräch gekommen. Die Frage, welchen Platz ich in der umgebildeten Regierung einnehmen sollte, lag immer sehr nahe. Ja – ja. Das ist beschlossene Sache. Man sollte noch nicht darüber reden, aber es gibt keinen Grund, es dir zu verheimlichen ... Ja – besten Dank! Danke! Aber laß mich meine Geschichte weitererzählen.

Damals, an jenem Abend, lag alles fast greifbar in der Luft. Meine Lage war recht prekär. Ich war sehr bedacht darauf, ein definitives Wort von Gurker zu erhalten, wurde aber durch Ralphs Anwesenheit gestört. Ich strengte alle meine Geisteskräfte an, um das leichte und sorglose Gespräch nicht zu offenkundig auf die Frage kommen zu lassen, die mich bewegte. Ich mußte das. Ralphs Verhalten seither hat meine Vorsicht mehr als gerechtfertigt ... Ich wußte, daß Ralph uns nach der Kensington High Street verlassen würde, und dann könnte ich Gurker mit plötzlicher Freimütigkeit überrumpeln. Man muß manchmal zu diesen kleinen Tricks greifen ... Und da nahm ich am Rande meines Blickfeldes wieder die weiße Mauer, die grüne Tür vor uns auf der Straße wahr.

Wir gingen im Gespräch daran vorüber. Ich ging daran vorüber. Ich sehe noch jetzt Gurkers markantes Schattenprofil – den Opernhut, der über seiner prominenten Nase nach vorn gebogen war, die vielen Falten seines Schals –, der sich vor meinem und Ralphs Schatten bewegte, als wir vorüberschlenderten.

Ich ging im Abstand von einem halben Meter an der Tür vorbei. ›Wenn ich ihnen gute Nacht wünsche und eintrete‹, fragte ich mich, ›was wird dann geschehen?‹ Und ich war ganz begierig auf jenes Wort mit Gurker.

Ich konnte diese Frage im Gewirr meiner anderen Probleme nicht beantworten. ›Sie werden mich für verrückt halten‹, dachte ich. ›Und angenommen, ich verschwände jetzt! – Rätselhaftes Verschwinden eines prominenten Politikers!‹ Das zählte. Tausend unbegreiflich unwichtige weltliche Belange waren in dieser Krise für mich ausschlaggebend.«

Dann wandte er sich mir mit traurigem Lächeln zu, und langsam sagte er: »Hier bin ich!«

»Hier bin ich!« wiederholte er. »Und ich habe meine Chance verpaßt. Dreimal in einem Jahr ist mir die Tür angeboten worden – die Tür, die zu Frieden und Freude führt, zu einer Schönheit, wie man sie nicht erträumen kann, zu einer Freundlichkeit, die kein Mensch auf Erden kennt. Und ich habe sie zurückgewiesen, Redmond, und sie ist auf ewig entschwunden –«

»Woher weißt du das?«

»Ich weiß es. Ich weiß es. Mir bleibt jetzt nur noch, es durchzustehen, den Aufgaben treu zu bleiben, die mich so sehr beschäftigten, als sich meine Gelegenheiten boten. Du sagst, ich habe Erfolg – diese gewöhnliche, wertlose, lästige, beneidete Sache. Ich habe ihn, diesen Erfolg.« Er hielt eine Walnuß in seiner großen Hand. »Wenn das mein Erfolg wäre«, sagte er und zerdrückte sie und hielt sie mir hin, damit ich sie betrachten konnte.

»Ich will dir etwas sagen, Redmond. Dieser Verlust zerstört mich. Seit zwei Monaten, es werden nun bald zehn Wochen, habe ich überhaupt nicht gearbeitet, nur die wichtigsten und dringlichsten Angelegenheiten erledigt. Meine Seele ist voller Reue, die nicht zum Schweigen gebracht werden kann. Nachts – wenn es weniger wahrscheinlich ist, daß ich erkannt werde – gehe ich hinaus. Ich streife umher. Ja. Ich möchte wissen, was die Leute davon halten würden, wenn sie das erführen. Ein Minister des Kabinetts, das verantwortungtragende Oberhaupt dieser wichtigsten Abteilung, allein umherstreifend – voll Kummer – manchmal fast hörbar in Klagen ausbrechend – um einer Tür, eines Gartens willen!«

4

Ich sehe noch sein bleiches Gesicht vor mir und das ungewohnt düstere Feuer, das in seinen Augen glomm. Heute abend sehe ich ihn sehr deutlich vor mir. Ich sitze da und erinnere mich seiner Worte, seines Tonfalls, und die *Westminster Gazette* vom gestrigen Abend liegt noch immer auf dem Sofa. In ihr steht die Nachricht von seinem Tod. Heute beim Lunch sprach man im Klub nur von seinem Tod. Es kam kein anderes Gesprächsthema auf.

Sie haben ihn gestern in den frühen Morgenstunden in einer tiefen Ausschachtung in der Nähe der East Kensington Station gefunden. Es ist einer von zwei Schächten, die im Zusammenhang mit einer Streckenerweiterung nach Süden hin angelegt wurden. Eine Bretterwand schützt sie nach der Straße vor unbefugtem Betreten. Man hatte zur Bequemlichkeit einiger Arbeiter, die in dieser Richtung wohnen, eine kleine Tür darin angebracht. Durch ein Mißverständnis zwischen zwei Vorarbeitern war diese Tür unverschlossen geblieben; durch sie ging er.

Fragen und Rätsel verdüstern meine Gedanken. Es scheint, als sei er gestern nacht den ganzen Weg vom

Parlament nach Hause gelaufen – während der letzten Sitzungsperiode hatte er das häufig getan –, und so stelle ich mir vor, wie seine dunkle Gestalt die späten, menschenleeren Straßen entlangkam, vermummt, in Gedanken versunken. Und täuschte dann das fahle Licht der elektrischen Straßenbeleuchtung am Bahnhof bei der rohen Bretterwand Weiß vor? Erinnerte ihn die fatale unverschlossene Tür an etwas? Hatte es schließlich überhaupt jemals eine grüne Tür in der Mauer gegeben?

Ich weiß es nicht. Ich habe seine Geschichte so erzählt, wie er sie mir erzählte. Zuzeiten glaube ich, daß Wallace lediglich das Opfer einer seltenen, aber nicht einmaligen Art von Halluzination war, die zufällig mit dieser durch Fahrlässigkeit verursachten Unfallquelle korrespondierte, aber in Wirklichkeit ist es mir nicht ernst damit. Man mag mich für abergläubisch halten oder für närrisch; doch ich bin in der Tat fast davon überzeugt, daß er wirklich eine ungewöhnliche Gabe und ein Gespür, irgend etwas besaß, das ihm in Gestalt einer Mauer und einer Tür einen Ausweg bot, einen geheimen und besonderen Fluchtweg in eine andere und unsagbar schönere Welt. Wie dem auch sei, wird man sagen, sie führte letztlich in die Irre. Aber war dem so? Da ist man beim innersten Geheimnis dieser Träumer, dieser Seher und Phantasten angelangt. Wir sehen unsere leidliche Alltagswelt, die Bretterwand und den Schacht. Mit unserem Maßstab des Tageslichtes gemessen ging er aus der Sicherheit in das Dunkel, in die Gefahr und den Tod. Ob er aber das so sah?

Der Nachtfalter *(Genus novum)*

Wahrscheinlich haben Sie schon von Hapley gehört – nicht von W. T. Hapley, dem Sohn, sondern
dem berühmten Hapley, dem Hapley der *Periplaneta
Hapliia* – dem Entomologen.

Dann wissen Sie natürlich auch von der großen
Fehde zwischen Hapley und Professor Pawkins.
Wenn Ihnen auch gewisse Folgen derselben unbekannt sein dürften. Für die, die nichts davon gehört
haben, muß ich hier ein paar Worte der Erklärung
einschieben, die der Leser leicht mit einem Blick
überfliegen kann, wenn sie ihn nicht weiter interessieren.

Es ist wirklich ganz erstaunlich, wie wenig verbrei-
tet so wichtige Zeitereignisse, wie zum Beispiel diese
Hapley-Pawkinssche Fehde, sind. Diese epochema-
chende Streitsache, die die Zoologische Gesellschaft
geradezu auf den Kopf gestellt hat, ist tatsächlich, wie
ich glaube, außerhalb der Fachkreise gänzlich unbekannt. Ich habe selber gehört, wie Männer von wirklich guter allgemeiner Bildung die großartigen Auf-
tritte jener Versammlungen einfach als blödsinnige
Fachsimpelei bezeichnet haben. Und doch dauert der
große Haß zwischen englischen und schottischen
Zoologen nun schon mindestens ein halbes Jahrhundert fort und hat »zahlreiche und tiefe Narben auf
dem Körper der Wissenschaft hinterlassen«. Und just
diese Hapley-Pawkins-Geschichte, wenn sie vielleicht
auch mehr eine persönliche Angelegenheit war, hat

die tiefsten Leidenschaften aufgewühlt. Der Alltagsmensch macht sich ja keinen Begriff von dem Eifer, der einen wissenschaftlichen Forscher beseelt – von der Leidenschaft des Widerspruchs, die in ihm entflammt wird. Es ist das *odium theologicum* in einer neuen Form. Es gibt Männer zum Beispiel, die Professor Ray Lankester in Smithfield mit Freuden verbrennen würden für seinen Aufsatz über die Mollusken in der Enzyklopädie. Für seine phantastische Theorie, die Pteropoden seien eine Untergruppe der Zephalopoden ... Aber – um wieder auf Hapley und Pawkins zu kommen ...

Angefangen hatte es vor langen Jahren, und zwar mit einer Übersicht über die Mikrolepidopteren (keine Ahnung, was das ist!), die Pawkins veröffentlichte, in der er eine neue, von Hapley geschaffene Spezies nicht anerkannte. Hapley, der immer ein Kampfhahn war, schrieb eine Erwiderung, die die ganze Klassifikation Pawkins' anzweifelte. Pawkins wiederum in seiner Entgegnung behauptete, Hapleys Mikroskop wäre ebenso unzuverlässig wie seine Untersuchungen, und nannte ihn einen »laienhaften Schwätzer«. Hapley war damals noch nicht Professor. Hapley erging sich darauf in seiner Antwort über »läppische Sammler« und beschrieb – so ganz nebenbei – Pawkins' Aufsatz als »ein wahres Wunder von Unfähigkeit«. Es war ein Krieg bis aufs Messer. Na ja! Es dürfte ja den Leser schwerlich interessieren, im einzelnen zu hören, wie diese zwei großen Wissenschaftler sich herumstritten, wie sie immer weiter und weiter auseinanderkamen, bis sie schließlich von den Mikrolepidopteren an bis zu der unbedeutendsten Frage in der Entomologie differierten. Es waren denkwürdige Zeiten. Die Versammlungen der Königlichen Entomologischen Gesellschaft glichen oft geradezu einer Kammer von Abgeordneten. Im großen und ganzen, glaube ich, war das Recht eher auf Pawkins' Seite als auf der Hapleys. Aber Hapley war ein gewandter Redner, besaß einen bei Wissenschaftlern recht seltenen Sinn für Humor, dazu eine fabelhafte Energie und war dabei höchst ehrlich gekränkt über die Nichtanerkennung seiner Spezies. Pawkins dagegen wirkte eher einschläfernd. Sein Vortrag war langweilig, er sah aus wie eine Tonne, versteifte sich auf Einzelheiten und Zitate und war so recht ein Mann der toten Museen. Natürlich scharten sich die Jungen alle um Hapley und zollten ihm Beifall. Es war ein langer Kampf – messerscharf von Anfang an –, und er wuchs schließlich bis zu tödlicher Gegnerschaft. Die unterschiedlichen Wendepunkte – einmal Hapley durch einen Pawkinsschen Sieg geduckt, dann wieder Pawkins durch Hapley verdunkelt – gehören in die Geschichte der Entomologie, nicht hierher.

1891 veröffentlichte Pawkins, dem seit einiger Zeit seine Gesundheit zu schaffen machte, ein Buch über das »Mesoblast« des Totenkopffalters. Was das Mesoblast des Totenkopffalters ist, hat mit meiner Geschichte weniger als nichts zu schaffen. Aber jedenfalls – das Buch war weit schwächer als seine sonstigen und gab Hapley die Handhabe, auf die er seit Jahren gelauert hatte. Tag und Nacht muß er gearbeitet haben, um seinen Vorteil ja recht auszunutzen.

In einer umfangreichen Rezension riß er Pawkins geradezu in Stücke – man sieht förmlich das zerwühlte schwarze Haar vor sich und seine merkwürdigen, glühenden dunklen Augen, während er so gegen seinen Widersacher vorging. Darauf hielt Pawkins einen Vortrag, lückenhaft, wirkungslos, voll von peinlichen Übergehungen und dennoch voller Bosheit. Niemand konnte daran zweifeln, daß er Hapley gern jeden Hieb versetzt hätte und daß er doch unfähig war, es zu tun. Aber nur wenige von seinen Zuhörern – ich war gerade nicht anwesend – merkten so recht, wie krank der Mann überhaupt war.

Jetzt hatte Hapley seinen Gegner besiegt; und er war entschlossen, ihm auch vollends den Garaus zu machen. Seine Erwiderung war einfach ein brutaler Angriff auf Pawkins in Form eines Aufsatzes über Nachtfalter im allgemeinen – ein Aufsatz, der von ganz außergewöhnlicher geistiger Leistungsfähigkeit zeugte und doch in einem leidenschaftlich feindseligen Ton gehalten war. So heftig er auch war, aus einer Fußnote des Verlegers ging hervor, daß er noch in gemilderter Form erschien. Er überschüttete Pawkins geradezu mit Schmach und Schande. Auch nicht ein Schlupfloch ließ er ihm offen. Seine Logik war geradezu tödlich, der ganze Ton mehr als verächtlich. Fürchterlich war das Ganze für einen Mann, dessen Laufbahn schon im Abstieg begriffen war ...

Die ganze Welt der Entomologen harrte atemlos auf Pawkins' Entgegnung. Kommen mußte eine – Pawkins hatte sich ja noch nie lumpen lassen! Aber als sie endlich kam, überraschte sie jedermann. Denn Pawkins' Erwiderung bestand darin, daß er an Grippe erkrankte, die in Lungenentzündung überging – und starb.

Wer weiß – er hätte vielleicht unter diesen Umständen überhaupt keine bessere Entgegnung finden können. Und die allgemeine Mißbilligung der Menge wandte sich plötzlich scharf gegen Hapley. Dieselben Menschen, die beiden Gladiatoren aufmunternd zugejubelt hatten, wurden plötzlich – bei diesen Folgen – ernst. Niemand konnte ja vernünftigerweise daran zweifeln, die Niederlage hatte Pawkins' Tod beschleunigt. Auch wissenschaftliche Streitigkeiten hätten doch schließlich ihre Grenzen, sagten die Vernünftigen. Eine weitere niederschmetternde Attacke war schon in Druck und erschien am Tag vor der Beerdigung. Hapley tat, soviel ich mich erinnere, überhaupt nichts dagegen. Auf einmal dachten alle bloß daran, wie Hapley seinen Rivalen zu Tode gehetzt hatte, und vergaßen darüber ganz die Mängel des Gegners. Schneidende Satire – es macht sich schlecht über frisch aufgegrabener Erde! Die Tageszeitungen nahmen die Sache auf. Und darum kam ich überhaupt auf den Gedanken, Sie hätten vielleicht von Hapley und seiner Fehde gehört. Aber, na ja, ich hab's ja schon zuvor gesagt, Wissenschaftler leben in ihrer eigenen Welt; nicht die Hälfte von den Menschen, die jährlich die Museen besuchen, haben auch nur eine Ahnung, wo die einzelnen Gesellschaften tagen. Viele denken jedenfalls, wissenschaftliche Forschung sei ein einziger großer Familienbetrieb, in dem alle Arten von Menschen sich friedlich zusammenfinden …

Privat vergab Hapley es Pawkins nie, daß er gestorben war. Erstens war das wirklich keine Art, sich so einfach der Niederlage zu entziehen, die er schon für ihn in Bereitschaft hatte. Und dann … eine seltsame Leere hinterließ dieser Tod in Hapley. Zwanzig Jahre lang hatte er nun gearbeitet, unablässig, oft bis tief in die Nacht – Woche für Woche – mit Mikroskop, Skalpell, Fangnetz, Feder – und fast immer im Gedanken an Pawkins. Der Weltruf, den er auf diese Weise errungen hatte, war schließlich weiter nichts als ein zufälliges Anhängsel dieser großen Gegnerschaft ... Und so, endlich, ganz allmählich, hatte er auf eine Krise hingearbeitet. Pawkins ... war daran gestorben. Aber auch ihn, Hapley, hatte es sozusagen aus der Bahn geschleudert. Und sein Arzt riet ihm ernsthaft, für eine Zeitlang die Arbeit an den Nagel zu hängen und sich auszuruhen. So verfügte sich denn Hapley in ein stilles Dorf in Kent, wo er Tag und Nacht an Pawkins dachte und an alle möglichen schneidenden Entgegnungen, die jetzt alle ins Wasser fielen ...

Schließlich wurde es ihm aber klar, wohin diese fixe Idee für ihn führen würde. Er beschloß, sie zu bekämpfen, und fing damit an, Romane zu lesen. Aber er *konnte* Pawkins nicht vergessen – wie er dastand in seinem letzten Vortrag, mit weißem Gesicht, jeder Satz ein wundervoller Angriffspunkt für ihn, Hapley ... Er warf sich auf die Literatur – aber was half ihm das? Er las und las, landete schließlich bei Kipling und fand ihn bloß öde und unwahr und sensationslüstern. Wissenschaftler haben so ihre Grenzen. Schließlich geriet er unglücklicherweise an Besants »Inner House« – und schon das Anfangskapitel lenkte seine Aufmerksamkeit wieder auf wissenschaftliche Gesellschaften und Pawkins.

Darauf versuchte er es mit Schach und fand es im allgemeinen recht beruhigend. Die verschiedenen Züge und Gambits und Mattsetzungen hatte er bald begriffen und gewann sogar schon gegen den Pfarrer.

Aber auf einmal glich der König des Gegenspielers Pawkins, wie er dastand und sich hilflos gegen das Matt wehrte … Und Hapley gab das Schachspielen auf.

Wer weiß? Vielleicht die beste Zerstreuung war, sich auf einen neuen Zweig der Wissenschaft zu werfen. Wechsel der Beschäftigung ist immer das beste Ausruhen. Hapley beschloß, sich auf das Studium der Diatomeen zu legen, und ließ sich eins von seinen kleineren Mikroskopen und Halibuts Monographien aus London kommen. Er rechnete so: Konnte er einen handfesten Streit mit Halibut anfangen, so konnte er vielleicht wieder von vorne beginnen und Pawkins glatt vergessen.

Gleich darauf arbeitete er auch Hals über Kopf, in seiner gewohnten leidenschaftlichen Weise, an diesen mikroskopischen Lebewesen des Landstraßentümpels …

Am dritten Tag der Diatomeen wurde Hapley plötzlich einer neuen Erscheinung der lokalen Fauna gewahr. Er arbeitete noch spät am Mikroskop, und die einzige Beleuchtung im Zimmer bestand aus einer hellen, kleinen Lampe mit vorschriftsmäßigem grünem Schirm. Wie alle erfahrenen Mikroskopisten hatte er beide Augen weit offen. Es ist die einzige Art und Weise, schlimmster Übermüdung vorzubeugen. Ein Auge war gegen das Mikroskop gepreßt und überschaute klar und deutlich eine helle Fläche, über die sich langsam eine braune Diatomee bewegte. Mit dem anderen Auge sah Hapley sozusagen ohne zu sehen. Die Metallhülle des Instruments, den hellen Fleck auf dem Tischtuch, ein Blatt Briefpapier, den Fuß der Lampe und dahinter das dunkle Zimmer …

Plötzlich wechselte seine Aufmerksamkeit von dem einen Auge zum andern. Die Tischdecke war eine Art Gobelin, wie es im Handel hieß, in ziemlich lebhaften Farben. Ein goldfarbenes Muster auf grauem Grund, leicht mit Rot und Blau durchschossen. An einer Stelle schien es, als ob das Muster sich verschiebe; seltsam flossen die Farben ineinander ...

Hapley warf plötzlich den Kopf zurück und starrte mit beiden Augen ... Sein Mund öffnete sich vor Erstaunen ...

Ein großer Nachtfalter war es! Ein Schmetterling! Die Flügel bewegten sich wie bei einem Schmetterling!

Seltsam, daß er überhaupt im Zimmer war. Die Fenster waren alle zu. Seltsam, daß er ihn nicht früher bemerkt hatte. Seltsam, daß er so ganz zum Muster der Tischdecke paßte! Und noch seltsamer! Er war ihm, Hapley, dem großen Entomologen, ganz und gar unbekannt. Kein Irrtum war möglich. Da kroch er her – dem Fuß der Lampe zu ...

»*Genus novum!* Bei allen Göttern! Hier – in England!« sagte Hapley mit weitaufgerissenen Augen ...

Und auf einmal fiel ihm Pawkins ein. Nichts hätte Pawkins wütender machen können ... Und Pawkins war tot!

Irgend etwas an Kopf und Rumpf des Insekts erinnerte merkwürdig an Pawkins, gerade so wie der Schachkönig ...

»Zum Henker mit Pawkins!« sagte Hapley. »Aber ich muß das Ding fangen.« Und indem er sich nach irgendeinem Gegenstand umsah, vermittels dessen er sich des Falters bemächtigen konnte, erhob er sich langsam von seinem Stuhl. Plötzlich erhob sich auch das Insekt, stieß gegen den Rand der Lampenkugel – Hapley hörte das »Kling!« – und verschwand im Schatten.

Im Nu hatte Hapley die Kuppel abgenommen, so daß das ganze Zimmer erleuchtet war. Das Ding war fort; aber bald entdeckte sein geübtes Auge es auf der Tapete in der Nähe der Tür. Er ging darauf zu und hielt die Lampenkuppel bereit, um es zu fangen. Noch ehe er nahe genug war, war es jedoch aufgeflogen und flatterte im Zimmer herum. Wie alle seiner Art flog es in plötzlichen Stößen und Wendungen, schien da zu verschwinden, dort wieder aufzutauchen. Einmal holte Hapley aus und verfehlte es; dann noch einmal.

Beim dritten Mal traf er sein Mikroskop. Das Instrument schwankte, schlug um, riß die Lampe mit und fiel mit einem Krach zu Boden. Die Lampe rollte über den Tisch und ging zum großen Glück aus. Hapley stand im Dunkeln. Mit einem Zusammenzucken fühlte er den fremdartigen Falter gegen sein Gesicht taumeln.

Es war zum Verrücktwerden. Er hatte keine Streichhölzer. Wenn er die Zimmertür öffnete, würde das Ding fortfliegen. In der Dunkelheit sah er ganz deutlich Pawkins, wie er ihn auslachte. Pawkins hatte immer ein so öliges Lachen gehabt. Er fluchte wütend und stampfte auf den Boden. Ein schüchternes Klopfen war vor der Tür zu vernehmen.

Dann öffnete sie sich, vielleicht fußbreit, und sehr langsam. Hinter einer rötlichen Kerzenflamme erschien das erschrockene Gesicht der Hauswirtin. Sie hatte eine Nachthaube auf ihrem grauen Haar und irgendein rotes Kleidungsstück um die Schultern.

»Was war denn das für ein fürchterlicher Krach?«
sagte sie. »Ist irgend etwas …« Der seltsame Falter
tauchte plötzlich auf und flatterte über dem Türspalt.

»Machen Sie die Tür zu!« sagte Hapley und fuhr
auf sie los.

Hastig fuhr die Tür zu. Hapley war wieder allein
im Dunkeln. In der darauf folgenden Pause hörte er
seine Hauswirtin die Treppe hinaufhuschen, ihre Tür
zuschließen und irgend etwas Schweres durchs
Zimmer und davor schieben.

Es wurde Hapley klar, daß sein Aussehen und sein
Benehmen seltsam und verdächtig gewesen waren.
Zum Kuckuck mit diesem Falter! Und Pawkins!
Immerhin – es wäre doch schade jetzt, wenn er um
den Falter käme! Er tastete sich hinaus in den Korri-
dor und fand auch die Streichhölzer, nachdem er erst
seinen Hut auf die Erde geworfen hatte – mit einem
Lärm wie von einer Trommel. Mit der brennenden
Kerze kehrte er in sein Wohnzimmer zurück. Kein
Falter war zu sehen. Und doch schien es ihm mit ei-
nem Mal – einen Augenblick lang –, als flattere das
Ding ihm um den Kopf. Hapley beschloß ganz
plötzlich, den Falter aufzugeben und zu Bett zu gehen. Aber er war erregt. Die ganze Nacht störten
Träume von dem Falter, von Pawkins, von seiner
Hauswirtin ihm den Schlaf. Zweimal stand er auf
und tauchte seinen Kopf in kaltes Wasser.

Eins war ihm jedenfalls ganz klar. Seine Wirtin
konnte das mit dem fremdartigen Falter unmöglich
verstehen, besonders, da es ihm nicht gelungen war,
ihn zu fangen. Nur ein Entomologe würde sein Gefühl dabei so recht verstehen. Sie war vermutlich geängstigt durch sein Benehmen, und doch wußte er

nicht, wie er es erklären sollte. Er beschloß, überhaupt nichts mehr von den Ereignissen des vorigen
Abends zu sagen. Nach dem Frühstück sah er sie im
Garten und beschloß, hinauszugehen und sich mit
ihr zu unterhalten, um sie zu beruhigen. Er sprach
mit ihr über Bohnen und Kartoffeln, Bienen, Rau-
pen und Obstpreise. Sie antwortete wie gewöhnlich,
sah ihn aber dabei etwas mißtrauisch an und ging,
während er ging, auch immer weiter, so daß immer
ein Blumenbeet oder eine Reihe Bohnen oder irgend etwas Derartiges zwischen ihnen war. Nach einer Weile machte ihn das ganz merkwürdig nervös,
und um seinen Ärger zu verbergen, ging er wieder
ins Haus und machte darauf einen Spaziergang.

Der Nachtfalter oder Schmetterling mit der seltsamen Ähnlichkeit zu Pawkins, die ihm anhing,
schlich sich unablässig in seinen Spaziergang, obgleich er sein Möglichstes tat, seine Gedanken davon
fernzuhalten. Einmal sah er ihn ganz deutlich mit
ausgebreiteten Flügeln auf der alten Steinmauer, die
an der Westseite des Parks entlangläuft; aber als er
darauf zuging, fand er, daß es nur zwei Klümpchen
grauer und grüner Flechten waren. »Das«, sagte Hapley, »nennt man umgekehrte Schutzfärbung. Statt eines Schmetterlings, der wie ein Stein aussieht, ein
Stein, der wie ein Schmetterling aussieht.« Einmal
flatterte und schwebte etwas um seinen Kopf; aber
durch Willensanstrengung verscheuchte er diesen
Eindruck wieder aus seinen Gedanken.

Nachmittags besuchte Hapley den Pfarrer und
erörterte theologische Fragen mit ihm. Sie saßen in
der kleinen, grünumrankten Laube und rauchten
und disputierten. »Sehen Sie doch den Falter!« sagte

Hapley plötzlich, auf den Rand des hölzernen Tisches deutend.

»Wo?« fragte der Pfarrer.

»Sehen Sie keinen Falter dort am Tischrand?« sagte Hapley.

»Gewiß nicht«, entgegnete der Pfarrer.

Hapley war wie vom Donner gerührt. Ihm stockte der Atem. Der Pfarrer starrte ihn an. Zweifellos – der Mann sah nichts. »Das Auge des Glaubens sieht auch nicht schärfer als das Auge der Wissenschaft«, sagte Hapley unbeholfen.

»Ich weiß nicht, was Sie damit sagen wollen«, entgegnete der Pfarrer; er glaubte, es gehöre noch zu ihrer Streitfrage …

Am Abend sah Hapley den Falter über sein Deckbett kriechen. Er saß in Hemdsärmeln auf dem Rand des Betts und predigte sich selber Vernunft. War es wirklich nichts als Halluzination? Er wußte, er war auf einer schiefen Ebene, und er kämpfte um seinen Verstand mit derselben stillen Energie, die er einst Pawkins gegenüber gezeigt hatte. So beharrlich ist geistige Gewöhnung, daß er das Gefühl hatte, als sei es immer noch ein Kampf mit Pawkins. Er war gut bewandert in Psychologie. Er wußte, daß derartige optische Täuschungen das Resultat geistiger Überanstrengungen sind. Aber die Sache war die: Er sah den Falter nicht bloß, er hatte ihn gehört, wie er gegen die Lampenkuppel stieß, und nachher, als er gegen die Wand flog, und er hatte ihn im Dunkeln sein Gesicht streifen fühlen …

Er betrachtete ihn. Ganz und gar nichts Traumhaftes war an ihm, sondern er sah im Kerzenschein vollkommen klar und greifbar aus. Hapley sah den haarigen Rumpf und die kurzen Federfühler, die gegliederten Beine, sogar eine Stelle am Flügel, von der der Staub abgestoßen war. Er ärgerte sich plötzlich über sich selber, daß er Angst hatte vor einem kleinen Insekt.

Seine Wirtin hatte sich diese Nacht das Dienstmädchen in ihr Zimmer genommen, weil sie sich fürchtete, allein zu schlafen. Außerdem hatte sie noch die Tür verriegelt und die Kommode davorgestellt. Die beiden horchten und schwatzten flüsternd miteinander, als sie im Bett lagen; aber nichts geschah, was sie hätte erschrecken können. Gegen elf hatten sie die Kerze auszulöschen gewagt, und sie waren beide eingeschlummert. Sie erwachten beide mit einem Ruck und setzten sich auf und horchten hinaus in die Dunkelheit.

In Hapleys Zimmer hörten sie Füße in Pantoffeln hin und her gehen. Ein Stuhl fiel um, und ein heftiger Schlag wurde gegen die Wand geführt. Jetzt schmetterte die porzellanene Kaminsimsverzierung auf das Feuergitter. Plötzlich wurde die Zimmertür geöffnet, und sie hörten ihn draußen im Flur. Lauschend klammerten sie sich aneinander. Er schien auf der Treppe herumzutanzen. Einmal ging er rasch drei oder vier Stufen hinunter, dann wieder herauf, dann lief er in die Halle hinunter. Sie hörten, wie der Schirmständer umstürzte und eine Fensterscheibe zerbrach. Dann klappte der Riegel, und die Kette rasselte. Er öffnete die Tür.

Sie eilten ans Fenster. Es war eine dunkle, graue Nacht. Fast ununterbrochen strich eine Decke aus wässerigen Wolken über den Mond; die Hecke und die Bäume vor dem Haus standen schwarz vor der blassen Landstraße. Sie sahen Hapley, in seinem Hemd und weißen Beinkleid wie ein Gespenst auf dem Weg herumrennen und in die Luft schlagen. Einmal stand er still, dann schoß er hastig auf ein unsichtbares Etwas zu, dann wieder näherte er sich ihm mit langsamen Schritten. Schließlich entschwand er ihren Blicken die Straße hinauf, in Richtung der Dünen. Während sie besprachen, wer hinuntergehen und die Tür schließen sollte, kam er zurück. Er ging sehr rasch, kam geradewegs auf das Haus zu, schloß sorgfältig die Tür und ging ruhig in sein Schlafzimmer. Darauf war alles still.

»Mrs. Colville«, rief Hapley am nächsten Morgen die Treppe hinunter, »ich hoffe, ich habe Sie heute nacht nicht erschreckt.«

»Das dürfen Sie noch fragen!« sagte Mrs. Colville.

»Die Sache ist nämlich die – ich bin Nachtwandler und habe die letzten zwei Nächte mein gewohntes Mittel nicht gehabt. Es ist wirklich gar nichts dabei zum Erschrecken. Tut mir leid, daß ich mich so schafsköpfig benommen habe. Ich gehe jetzt nach Shoreham hinunter und hole mir irgend etwas, damit ich fest schlafe. Ich hätte es schon gestern tun sollen.«

Aber auf halbem Weg, bei den Kalkgruben, stellte der Nachtfalter sich wieder ein. Hapley ging weiter und versuchte, seine Gedanken auf Schachprobleme zu richten; aber es half nichts. Das Ding flatterte ihm ins Gesicht, und er schlug zur Abwehr mit dem Hut danach. Und nun kam die Wut, die alte Wut, wie er sie so oft gegen Pawkins empfunden hatte, wieder über ihn. Immer nach dem wirbelnden Insekt schlagend, lief er weiter. Plötzlich trat er ins Leere und fiel der Länge nach hin.

Dann entstand eine Lücke in seinem Bewußtsein, und darauf fand er sich auf einem Steinhaufen vor dem Eingang zu den Kalkgruben sitzen, das eine Bein unter sich und nach hinten gedreht. Der seltsame Falter umflatterte noch immer seinen Kopf. Er schlug mit der Hand danach, und als er den Kopf wandte, sah er zwei Männer auf sich zukommen. Der eine war der Dorfarzt. Hapley hatte das Gefühl, daß sich das recht gut traf. Dann wurde ihm plötzlich mit außerordentlicher Lebhaftigkeit klar, daß niemand außer ihm imstande sein würde, den seltsamen Falter zu sehen, und daß er unter allen Umständen schweigen müsse ...

Spät in der Nacht jedoch, nachdem sein gebrochenes Bein eingerichtet war, fieberte er und vergaß seine Selbstbeherrschung. Er lag auf dem Rücken in seinem Bett und fing an, die Blicke durchs Zimmer schweifen zu lassen, um zu sehen, ob der Falter noch da war. Er versuchte es zu lassen, aber es half nichts. Bald erblickte er das Ding auch dicht neben seiner Hand bei dem Nachtlicht auf der grünen Tischdekke. Die Schwingen zitterten leise. In einer plötzlichen Zornaufwallung hieb er mit der Faust danach, und die Pflegerin wachte mit einem Schrei auf. Er hatte ihn nicht getroffen.

»Dieser Nachtfalter!« sagte er. Dann fügte er hinzu: »Es war eine Täuschung. Gar nichts!«

Die ganze Zeit über sah er das Insekt ganz deutlich an der Tapetenleiste herumkriechen und wieder durchs Zimmer huschen; er sah auch, daß die Pflegerin nichts davon sah und ihn sonderbar anblickte. Er mußte sich fest in der Hand behalten. Er wußte, er war verloren, wenn er sich nicht fest in der Hand behielt. Aber als die Nacht verstrich, wurde das Fieber stärker, und vor lauter Angst, er könnte den Falter sehen, sah er ihn wirklich. Gegen fünf, eben als der Morgen dämmerte, versuchte er aus dem Bett zu steigen und ihn zu fangen, trotz des brennenden Schmerzes in seinem Bein. Die Pflegerin mußte mit ihm ringen.

Daraufhin banden sie ihn im Bett fest. Jetzt wurde der Falter kühner, und einmal fühlte Hapley, wie er sich ihm aufs Haar setzte. Weil er heftig mit den Armen ausschlug, banden sie ihm auch diese. Jetzt kam der Falter und kroch ihm übers Gesicht, und Hapley weinte und fluchte, schrie und flehte, sie möchten das Ding doch fortnehmen. Umsonst.

Der Doktor war ein Schafskopf, zu wenig befähigt, der keine Ahnung von psychologischer Wissenschaft hatte. Er sagte einfach, es gäbe keinen Nachtfalter. Hätte er Verstand genug gehabt, so hätte er vielleicht noch jetzt Hapley vor seinem Schicksal bewahren können, indem er auf seine Wahnidee eingegangen wäre und ihm das Gesicht mit Gaze zugedeckt hätte, was der Unglückliche unausgesetzt erflehte. Aber wie gesagt – der Doktor war ein Dummkopf, und Hapley blieb, bis das Bein geheilt war, ans Bett gebunden, und unablässig kroch der eingebildete Nachtfalter auf ihm herum. Er verließ ihn nicht im Wachen – und wurde zum Ungeheuer in seinen Träumen. Wenn er wach war, sehnte er sich nach Schlaf ... und vom Schlaf erwachte er schreiend ...

Jetzt verbringt Hapley den Rest seiner Tage in einer Gummizelle – ständig aufgereizt durch einen Nachtfalter, den außer ihm kein Mensch sieht. Der Irrenarzt nennt es Halluzination; aber Hapley selber, wenn er lichtere Momente hat und sprechen kann, behauptet, es sei Pawkins' Geist, und darum wirklich ein ganz einzig dastehendes Exemplar – wohl der Mühe wert, es zu fangen ...

Das Reich der Ameisen

Als Kapitän Guerilleau den Befehl erhielt, sein neues Kanonenboot *Benjamin Constant* nach Badama am Batemo-Arm des Guaramadema zu führen, um den Eingeborenen gegen eine Ameiseninvasion beizustehen, hatte er den Verdacht, seine Vorgesetzten machten sich über ihn lustig. Er war auf romantische Art außertourlich avanciert, die Zuneigung einer einflußreichen brasilianischen Dame und seine eigenen schmelzenden Augen hatten dabei eine Rolle gespielt, und der *Diario* und *O Futuro* hatten beklagenswert respektlose Bemerkungen über diese Beförderung gemacht. Er fühlte, daß er neuerlich Anlaß zu Respektlosigkeiten geben würde.

Er war Kreole, seine Auffassung von Etikette und Disziplin waren von reinster portugiesischer Art, so daß er nur Holroyd sein Herz ausschütten konnte. Holroyd war ein Ingenieur aus Lancashire, der mit dem Kanonenboot herübergekommen war, und für den Kapitän waren diese Gespräche auch eine ausgezeichnete Übung im Englischen – seine Aussprache des »th« ließ noch viel zu wünschen übrig.

»Es geschieht nur, um mich lächerlich zu machen«, sagte er. »Was kann ein Mensch gegen Ameisen tun? Sie kommen und sie verschwinden wieder.«

»Man erzählt doch«, sagte Holroyd, »daß diese

Ameisen nicht wieder verschwinden. Dieser Mensch, den Sie Sambo nannten ...«

»Zambo – er ist ein Mischling.«

»Sambo. Er sagt, daß die Leute flüchten.«

Verdrießlich rauchte der Kapitän eine Weile. »Solche Sachen müssen passieren«, sagte er endlich. »Was ist es denn? Ameisenplagen und Ähnliches. Wie Gott es beschließt. Einmal war eine solche Invasion in Trinidad – kleine Ameisen, die Blätter tragen. Alle Orangenbäume, alle Mangobäume waren hin! Was macht das? Manchmal kommen Armeen von Ameisen in die Häuser, wieder eine andere Rasse – kämpfende Ameisen. Man geht fort, und sie reinigen das Haus. Wenn man wiederkommt, ist das Haus so sauber, wie neu. Keine Küchenschaben, keine Flöhe, nichts Lebendiges mehr im Haus.«

»Dieser Sambomann«, sagte Holroyd, »berichtet doch, daß das eine andere Art Ameisen sei.«

Der Kapitän zuckte die Achseln, ärgerte sich und wandte seine ganze Aufmerksamkeit seiner Zigarette zu.

Später kam er auf dieses Thema zurück. »Mein lieber 'Olroyd, was soll ich mit diesen verteufelten Ameisen anfangen?« Der Kapitän überlegte. »Es ist lächerlich«, sagte er dann. Aber am Nachmittag warf er sich in volle Uniform und ging an Land. Pakete und Schachteln wurden aufs Schiff gebracht, bald danach kam er selbst. Holroyd saß auf Deck in der Abendkühle, rauchte in vollen Zügen und staunte über Brasilien. Sie waren sechs Tagereisen den Amazonas stromaufwärts, einige hundert Meilen vom Ozean entfernt, nach Osten und Westen war der Strom wie das Meer, und auch im Süden sah man nur eine Sandbank mit verstreutem Buschwerk. Das Wasser floß träge dahin, Schmutz bedeckte seine Oberfläche, Krokodile belebten es und kreisende Vögel, treibende Baumstämme schienen aus unerschöpflichen Quellen zu kommen. Und die öde Weite, die überwältigende Weite erfüllte Holroyds Gedanken. Die Stadt Alemquer mit ihrer armseligen Kirche, mit den strohgedeckten Schuppen, die als Wohnhäuser dienten, mit den farblos gewordenen Ruinen aus besseren Tagen, erschien winzigklein, verloren in dieser Wildnis, wie ein Pfennig in der Sahara. Holroyd war noch jung und das erstemal in den Tropen, er kam geradewegs aus England, wo die Natur bis zur völligen Unterwerfung eingezäunt, mit Gräben versehen und drainiert ist, und er hatte plötzlich die Bedeutungslosigkeit des Menschen erkannt. Sechs Tage lang waren sie vom Meer bis hierher gedampft, durch unbenutzte Kanäle, Menschen waren so rar gewesen wie seltene Schmetterlinge. An einem Tag sah man vielleicht ein Kanu, am nächsten eine Siedlung in der Ferne, dann überhaupt keinen Menschen mehr. Es wurde ihm bewußt, daß der Mensch wirklich ein seltenes Tier ist, dessen Macht über dieses Land nur sehr schwach gesichert war.

Dies wurde ihm noch deutlicher bewußt, als die Tage vergingen und er auf Umwegen nach dem Batemo weiterfuhr, in Gesellschaft dieses sonderbaren Kommandanten, der über eine große Kanone gebot und dem es verboten war, Munition zu verschwenden. Holroyd lernte fleißig Spanisch, aber er war über Präsens und Nominativ noch nicht hinausgekommen, und der einzige Mensch, der noch ein paar Worte Englisch konnte, war ein schwarzer Heizer;

der gebrauchte sie aber ganz verdreht. Der zweite Befehlshaber war ein Portugiese, Da Cunha, der französisch sprach, aber es war ein anderes Französisch, als Holroyd in Southport gelernt hatte, und ihre Unterhaltung beschränkte sich daher auf einige höfliche Phrasen und einfache Bemerkungen über das Wetter. Und das Wetter, wie alles andere in dieser überraschenden, neuen Welt, auch das Wetter war nicht menschlich, es war heiß bei Tag und heiß bei Nacht, die Luft war wie Dampf, sogar der Wind war nur heißer Dampf, der nach verfaulender Vegetation roch; und die Alligatoren, die seltsamen Vögel, die Fliegen verschiedenster Art und Größe, die Käfer, die Ameisen, die Schlangen und Affen schienen neugierig zu sein, was die Menschen eigentlich in einer Atmosphäre taten, deren Sonnenschein nicht heiter war, deren Nächte keine Kühlung brachten. Die Kleider anzubehalten war unerträglich, aber sie wegwerfen, hieß bei Tag rösten, bei Nacht den Moskitos eine größere Angriffsfläche bieten. Tagsüber an Deck gehen, hieß von dem grellen Glanz blind werden, unten bleiben bedeutete ersticken. Während des Tages kamen gewisse äußerst raffinierte, besonders blutdürstige Fliegen und suchten Knöchel und Handgelenke heim. Es stellte sich heraus, daß Kapitän Guerilleau, Holroyds einzige Zerstreuung in diesen körperlichen Nöten, ein schrecklich langweiliger Schwätzer war. Er erzählte Tag für Tag die uninteressante Geschichte seiner Liebschaften, wobei er eine Reihe namenloser Frauen herunterbetete wie einen Rosenkranz. Manchmal schlug Guerilleau vor, zu jagen, dann schossen sie Alligatoren. In großen Zwischenräumen kamen sie zu menschlichen

Ansiedlungen im Urwald, blieben dort ein, zwei Tage, tranken und saßen herum; in einer Nacht tanzten sie mit kreolischen Mädchen; die fanden Holroyds spärliches Spanisch, ohne Vergangenheit und Zukunft, ausreichend für ihre Zwecke. Das waren aber nur kurze, farbige Unterbrechungen der langen, grauen Fahrt über den dahinziehenden Fluß, durch den keuchend die Maschinen stampften. Eine gewisse freigebige, heidnische Gottheit in Form einer großen, bauchigen Flasche herrschte verführerisch auf dem Hinterdeck und wahrscheinlich auch auf dem Vorderdeck.

Aber Guerilleau erfuhr Neuigkeiten über die Ameisen, immer mehr und mehr bei diesem und jenem Aufenthalt, und seine Mission begann ihn zu interessieren.

»Es ist eine neue Art von Ameisen«, sagte er. »Wir werden – wie heißt das nur? – Entomologen werden müssen. Sie sind groß, fünf Zentimeter! Manche noch länger! Es ist lächerlich, wir sind wie Affen – ausgeschickt, um Insekten zu fangen ... Aber sie fressen das Land auf.«

Ungehalten brach er los: »Nehmen Sie an, daß es plötzlich zu Zwischenfällen mit Europa kommt. Da sitze ich – wir werden bald über den Rio Negro hinaus sein –, mein Geschütz ist nutzlos.«

Er rieb sein Knie und grübelte.

»Die Leute, die dort waren, wo wir getanzt haben, die sind von dort oben gekommen. Sie haben alles verloren, was sie besessen haben. Einmal am Nachmittag sind die Ameisen in ihr Haus gekommen. Alle sind davongelaufen. Sie wissen doch, daß man das tun muß, wenn die Ameisen kommen, alle laufen davon, und die Ameisen überschwemmen das Haus. Wer drin bleibt, wird aufgefressen, nicht wahr? Also nach einer Zeit gehen sie zurück, sie glauben, die Ameisen sind fort ... Sie sind nicht fort! Die Leute versuchen hineinzugehen – der Sohn geht hinein. Die Ameisen verteidigen sich.«

»Kriechen sie an ihm hinauf?«

»Sie beißen ihn. Bald kommt er wieder heraus, schreiend und laufend. Er läuft an den anderen vorbei zum Fluß. Verstehen Sie? Er springt ins Wasser, ertränkt die Ameisen – ja.« Guerilleau schwieg, brachte seine schmelzenden Augen ganz nah an Holroyds Gesicht, klopfte mit seinem Knöchel auf Holroyds Knie. »In derselben Nacht starb er, wie von einer Schlange gebissen.«

»Vergiftet – von den Ameisen?«

»Wer weiß?« Guerilleau zuckte die Achseln. »Vielleicht haben sie ihn schrecklich zerbissen. Als ich in diesen Dienst trat, wollte ich gegen Menschen kämpfen. Diese Dinger da, diese Ameisen – sie kommen und gehen wieder. Das ist keine Aufgabe für einen Mann.«

Nach diesem Erguß sprach er häufig mit Holroyd über die Ameisen. Und wenn sie zufällig auf ein Fleckchen Menschheit in dieser Wüste von Wasser, Sonne und entfernten Bäumen stießen, so hörte Holroyd – seine wachsende Kenntnis der Sprache befähigte ihn dazu –, daß das immer häufiger werdende Wort *Saüba* das Gespräch beherrschte.

Die Ameisen begannen auch ihn zu interessieren, in steigendem Maße, je näher er ihnen kam. Guerilleau vernachlässigte sein altes Lieblingsthema ganz und gar, der portugiesische Leutnant wurde gesprächig; er wußte etwas über die blattschneidende Ameise und breitete sein Wissen aus. Guerilleau gab manchmal an Holroyd weiter, was der Leutnant zu sagen hatte. Er erzählte von den kleinen Arbeitern, die ausschwärmen und kämpfen, von den großen Arbeitern, die befehlen und herrschen. Die letzteren kriechen einem immer bis zum Hals hinauf und beißen bis aufs Blut. Er erzählte, wie sie Blätter durchschnitten und Bauten aus Fungus aufführten, und daß ihre Nester in Caracus manchmal einen Durchmesser von hundert Metern hatten. Zwei Tage lang diskutierten die drei Männer darüber, ob Ameisen Augen haben. Die Diskussion nahm am zweiten Nachmittag bedrohlich hitzige Formen an, und Holroyd rettete die Situation dadurch, daß er in einem Boot an Land ging, um Ameisen zu fangen und sich durch den Augenschein zu überzeugen. Er erjagte verschiedene Exemplare, fuhr zurück aufs Schiff – manche hatten Augen, manche nicht. Man stritt auch darüber, ob Ameisen beißen oder stechen.

»Diese Ameisen«, sagte Guerilleau, nachdem er in einem Rancho Informationen eingeholt hatte, »haben große Augen. Sie laufen nicht blind herum wie die meisten Ameisen. Nein. Sie gehen in eine Ecke und beobachten, was man tut.«

»Und stechen sie?« fragt Holroyd.

»Ja, sie stechen. In ihrem Stachel ist Gift.« Er dachte nach. »Ich weiß nicht, was Menschen gegen Ameisen ausrichten können. Sie kommen, und sie gehen wieder.«

»Aber diese da gehen nicht.«

»Sie werden schon gehen«, sagte Guerilleau.

Oberhalb von Tamanda ist eine lange, flache Küste, achtzig Meilen lang, ohne jede Bevölkerung, dann kommt man zum Zusammenfluß des Hauptstromes mit dem Batemo-Arm; das ist wie ein großer See. Dann nähert sich der Wald dem Ufer, kommt schließlich in allernächste Nähe. Der Charakter des Kanals verändert sich, es gibt unter Wasser gefährliche Baumstämme in Hülle und Fülle, und die *Benjamin Constant* lag diese Nacht an Seilen vertäut im Schatten dunkler Bäume. Das erstemal seit vielen Tagen kam ein Hauch von Kühle auf, und Holroyd und Guerilleau saßen lange wach, rauchten Zigarren und genossen dieses köstliche Gefühl. Guerilleaus Geist war erfüllt von Ameisen und von dem, was sie anrichten konnten. Endlich entschloß er sich zu schlafen und legte sich an Deck auf einer Matratze nieder, ein hoffnungslos verwirrter Mensch; seine letzten Worte, als er schon zu schlafen schien, waren: »Was kann man gegen Ameisen tun? Das Ganze ist ein Unsinn ...« Verzweiflung lag in seiner Stimme.

Holroyd blieb seinen eigenen Gedanken überlassen, er kratzte seine zerbissenen Gelenke.

Er saß an der Reling und lauschte auf die Veränderungen in Guerilleaus Atemzügen, bis dieser fest eingeschlafen war, dann fesselte das Plätschern und Rauschen des Flusses seine Aufmerksamkeit, und wieder überkam ihn jenes Gefühl von Unendlichkeit, das in ihm immer stärker geworden, seit er Para verlassen und flußaufwärts gekommen war. Auf dem Monitor brannte nur ein kleines Licht, zuerst hörte man noch leise Gespräche auf dem Vorderdeck, dann wurde es ganz still. Holroyds Augen wanderten von den verschwommenen dunklen Umrissen des Mittelschiffs ans Ufer, zu den schwarzen, überwältigenden Geheimnissen des Waldes; hie und da blitzte ein Leuchtkäfer auf, das Gemurmel fremdartiger, geheimnisvoller Geschäftigkeit verstummte niemals.

Die übermenschliche Unermeßlichkeit dieses Landes überraschte und bedrückte ihn. Er wußte, daß der Himmel menschenleer war, daß die Sterne Punkte waren in einer unbegreiflichen Weite des Raumes; er wußte, daß der Ozean unermeßlich und unbezwingbar war, aber in England hatte er geglaubt, daß das feste Land wenigstens dem Menschen untertan sei. In England ist es auch wirklich dem Menschen untertan, alles Wilde ist nur geduldet, hat nur eine bedingte Existenz, überall gibt es Straßen und Zäune und absolute Sicherheit. Auch im Atlas sieht es so aus, als gehörte das Festland dem Menschen, es ist farbig, um die Herrschaft des Menschen zu zeigen, in lebhaftem Gegensatz zu der allumfassenden Bläue des Meeres. Holroyd hatte immer mit Bestimmtheit vorausgesetzt, daß der Tag kommen würde, an dem überall auf der Welt Pflug und Ackerbau, elektrische Straßenbahnen und gute Straßen, wohlgeordnete Sicherheit vorherrschen würden. Aber jetzt begann er daran zu zweifeln.

Dieser Wald war grenzenlos, schien unbezwinglich, und der Mensch war hier bestenfalls ein nicht häufiger, gefährdeter Eindringling. Man reise meilenweit mitten durch das stille, schweigende Ringen riesiger Bäume, erdrosselnder Schlingpflanzen, aufdringlich wuchernder Blumen. Überall schienen Alligatoren, Schildkröten, unzählige Arten von Vögeln und Insekten zu Hause zu sein – sie konnten nicht verdrängt werden –, aber der Mensch konnte kaum

Fuß fassen auf widerstrebenden Waldlichtungen, er kämpfte mit Unkraut, Tieren und Insekten um einen Fußbreit Boden, fiel als Opfer von Schlangen, Tieren, Insekten und Fieber – und rasch war jede Spur von ihm verschwunden. An vielen Orten weiter unten am Fluß war er augenscheinlich zurückgetrieben worden, diese oder jene verlassene Bucht bewahrte noch den Namen einer *Casa,* und da und dort erzählten zerfallende weiße Mauern und die Trümmer eines Turmes ihre Geschichte. Puma und Jaguar waren hier die Herren ...

Wer waren die wirklichen Herren?

In wenigen Meilen dieses Waldes gab es wohl mehr Ameisen als Menschen auf der ganzen Welt. Dies schien Holroyd eine vollkommen neue Idee zu sein. In einigen Jahrtausenden hatte sich die Menschheit aus tiefster Barbarei zu einer solchen Höhe der Zivilisation entwickelt, daß sie glaubte, Herrin der Zukunft und Beherrscherin der Erde zu sein! Aber was konnte die Ameisen hindern, sich auch zu entwickeln? Die bisher bekannten Ameisen lebten in kleinen Gemeinschaften zu einigen Tausenden und unternahmen keine planmäßigen Angriffe auf die größere Welt. Aber sie hatten eine Sprache, und sie verständigten sich miteinander. Warum sollten sie also eher als die Menschen in ihrem barbarischen Zustand verharren? Angenommen, die Ameisen würden jetzt mit Hilfe von Büchern und Überlieferungen damit beginnen, Wissen zu sammeln, genau wie es die Menschen getan haben, sie würden Waffen benutzen, große Reiche bilden, einen wohlvorbereiteten und organisierten Krieg führen?

Holroyd erinnerte sich an die Berichte, die Guerilleau über die Ameisen, denen sie sich näherten, gesammelt hatte. Sie verwendeten Gift, wie die Schlangen, sie gehorchten ihren Führern, wie die
blattschneidenden Ameisen, sie waren Fleischfresser,
und wohin sie kamen, dort blieben sie ...

Der Wald war sehr ruhig, das Wasser schlug uner-
müdlich an die Wände des Schiffes. Um die Laterne
am Mast kreisten in lautlosem Wirbel gespenstische
Falter.

Guerilleau bewegte sich im Finstern und seufzte.
»Was kann man denn *machen?*« murmelte er, drehte
sich um und war wieder ruhig.

Durch das Summen eines Moskitos wurde Holroyd aus seinen immer düsterer werdenden Grübe-
leien geschreckt.

2

Am nächsten Morgen erfuhr Holroyd, daß sie nur
mehr vierzig Kilometer von Badama entfernt waren,
und sein Interesse für die Ufer wurde noch reger. Er
kam auf Deck, wenn sich nur irgendeine Gelegenheit
bot, seine Umgebung zu beobachten. Er konnte kein
Zeichen menschlicher Tätigkeit entdecken, außer die
unkrautüberwachsenen Ruinen eines Hauses und die
grünfleckige Fassade des längst verlassenen Klosters
von Mojû; ein Baum wuchs durch eine leere Fen-
sterhöhle, und große Schlingpflanzen spannten Netze
über die gähnenden Türöffnungen. Einige Schwärme seltener, gelber Schmetterlinge mit durchscheinenden Flügeln flogen an diesem Morgen über den

Fluß, viele rasteten auf dem Monitor und wurden von der Mannschaft getötet. Am späten Nachmittag trafen sie auf das treibende Schiff.

Zuerst sah es gar nicht so aus, als ob es führerlos dahintriebe; beide Segel waren aufgezogen und hingen schlaff in der Windstille des Nachmittags, vorne auf den Planken, neben den eingezogenen Rudern, sah man die sitzende Gestalt eines Mannes. Ein anderer Mann schien zu schlafen, er lag mit dem Gesicht nach unten auf der Längsbrücke, die diese großen Kanus im Mitteldeck haben. Aber bald sah man deutlich am Hinundherschwanken des Steuers und an der Art, wie der Segler auf den Kurs des Kanonenbootes reagierte, daß etwas nicht in Ordnung war. Guerilleau betrachtete den Segler genau durch seinen Feldstecher, die seltsam dunkle Gesichtsfarbe des sitzenden Mannes erregte seine Aufmerksamkeit. Ein rotes Gesicht ohne Nase schien er zu haben, und er kauerte mehr als er saß. Je länger der Kapitän hinschaute, desto weniger gefiel ihm der Mann und desto weniger war er imstande, das Glas von den Augen zu nehmen.

Aber schließlich tat er's doch und ging ein Stückchen zurück, um Holroyd zu holen. Dann ging er wieder an seinen alten Platz und rief den Segler an. Er rief noch einmal, da trieb er an ihnen vorbei. Der Name *Santa Rosa* war klar und deutlich zu lesen.

Als der Segler vorüber war und ins Kielwasser des Monitors kam, stampfte er ein wenig, und die Gestalt des sitzenden Mannes fiel zusammen, als hätten auf einmal alle Gelenke nachgegeben. Der Hut fiel hinunter, der Kopf war kein schöner Anblick; der Körper schlug schlaff hin und rollte hinter die Reling, so daß er nicht mehr zu sehen war.

»Caramba!« schrie Guerilleau und wandte sich rasch wie hilfesuchend an Holroyd.

Holroyd war auf dem Weg zu ihm.

»Haben Sie das gesehen?« fragte der Kapitän.

»Tot!« sagte Holroyd, »Ja. Sie sollten ein Boot hinüberschicken. Irgend etwas ist dort nicht in Ordnung.«

»Haben Sie zufällig sein Gesicht gesehen?«

»Wie hat es ausgeschaut?«

»Es war – uff! – ich finde keine Worte dafür.«

Dann wandte der Kapitän Holroyd plötzlich den Rücken zu und verwandelte sich in einen geschäftigen und schneidigen Kommandanten.

Das Kanonenboot drehte bei, fuhr parallel zu dem Zickzackkurs des Kanus und ließ ein Boot mit Leutnant Da Cunha und drei Matrosen hinunter, die an Bord des Seglers gehen sollten. Dann legte der Kapitän aus Neugierde sein Schiff fast Bord an Bord mit dem Segler, so daß Holroyd nun die ganze *Santa Rosa,* Deck und Schiffsraum, überblicken konnte.

Er sah jetzt deutlich, daß die ganze Besatzung des Schiffes aus den beiden Toten bestand, und obwohl er ihre Gesichter nicht sehen konnte, schloß er aus ihren ausgestreckten Händen, von denen die Fleischfetzen weghingen, daß sie einem seltsamen, ungewöhnlichen Auflösungsprozeß unterworfen waren. Einen Augenblick lang konzentrierte sich seine Aufmerksamkeit auf diese zwei rätselhaften Bündel aus schmutzigen Kleidern und schlaff hingeworfenen Gliedern, dann wanderten seine Augen weiter und entdeckten im offenen Schiffsraum hoch aufgehäuft

Koffer und Kisten, am Hinterdeck die kleine Kajüte – erstaunlicherweise gähnend leer. Und dann bemerkte er, daß die Planken des Mitteldecks mit beweglichen schwarzen Punkten besät waren.

Seine Aufmerksamkeit wurde von diesen Punkten gefesselt. Sie bewegten sich radial vom Körper des Gefallenen fort, wie – das Bild drängte sich ihm auf – wie eine Menschenmenge, die sich nach einem Stierkampf zerstreut.

Er bemerkte, daß Guerilleau neben ihm stand. »Kapo«, sagte er, »haben Sie Ihr Glas da? Können Sie's genau auf die Planken dort einstellen?«

Guerilleau versuchte es, stöhnte und reichte ihm das Glas.

Ein Augenblick genauer Beobachtung folgte. »Es sind Ameisen«, sagte der Engländer und gab Guerilleau den eingestellten Feldstecher zurück. Er hatte den Eindruck, daß dort eine Menge schwarzer Ameisen war, sehr ähnlich den gewöhnlichen Ameisen, nur bedeutend größer, und einige der größten schienen eine Art graues Gewand zu tragen. Aber er hatte sie noch zu kurz beobachtet, um Einzelheiten angeben zu können. Der Kopf des Leutnants Da Cunha erschien über der Seitenwand des Seglers, und es folgte eine kurze Unterredung.

»Sie müssen an Bord gehen«, sagte Guerilleau.

Der Leutnant machte den Einwand, das Schiff sei voller Ameisen.

»Sie haben doch Stiefel an«, sagte Guerilleau.

Der Leutnant versuchte das Thema zu wechseln. »Wie sind diese Leute gestorben?« fragte er.

Guerilleau erging sich in Vermutungen, denen Holroyd nicht folgen konnte, und die zwei Männer debattierten mit einer gewissen steigenden Heftigkeit. Holroyd griff neuerlich zum Feldstecher und nahm seine Forschungen wieder auf, erst beobachtete er die Ameisen, dann die Toten auf dem Mitteldeck.

Er hatte mir diese Ameisen ganz genau, mit allen Details, beschrieben.

Er sagt, daß sie schwarz waren und größer als alle Ameisen, die er je gesehen hat, sie bewegten sich mit sicherer Überlegtheit, in starkem Gegensatz zu der mechanischen, übertriebenen Geschäftigkeit gewöhnlicher Ameisen. Ungefähr jede zwanzigste war viel größer als ihre Genossen und hatte einen außerordentlich großen Kopf. Die erinnerten ihn sofort an die Gruppenführer, die über die blattschneidenden Ameisen herrschen sollen; wie jene schienen sie die allgemeine Bewegung zu führen und zu ordnen. Sie schnellten ihren Körper in ganz sonderbarer Weise zurück, als gebrauchten sie irgendwie ihre Vorderfüße. Und er hatte die merkwürdige Idee, daß er bloß zu weit entfernt war, um genau sehen zu können, daß die meisten dieser Ameisen beider Art Rüstungen trugen, daß sie irgend etwas mit leuchtendweißen Binden, wie aus weißen Metallfäden, um den Leib gewickelt hatten.

Er ließ das Fernglas jäh fallen. Es war ihm bewußt geworden, daß die Disziplinfrage zwischen dem Kapitän und seinem Untergebenen sich aufs äußerste zugespitzt hatte.

»Es ist Ihre Pflicht«, sagte der Kapitän, »an Bord zu gehen. Es ist Befehl.«

Der Leutnant schien im Begriff, ablehnen zu wollen. Der Kopf eines der Mulattenmatrosen erschien neben ihm.

»Ich glaube, daß diese Leute von den Ameisen getötet worden sind«, sagte Holroyd plötzlich auf englisch.

Der Kapitän hatte einen Wutanfall.

Er gab Holroyd keine Antwort. »Ich habe Ihnen befohlen, an Bord zu gehen«, brüllte er seinem Untergebenen auf portugiesisch zu. »Wenn Sie nicht augenblicklich an Bord gehen, so ist das Meuterei, reine Meuterei. Meuterei und Feigheit! Wo ist der Mut, der uns beseelen soll? Ich lasse Sie in Eisen legen, ich lasse Sie wie einen Hund erschießen!« Eine Flut von Beschimpfungen und Flüchen kam über seine Lippen, er tanzte wie wild herum. Er drohte mit den Fäusten, er war vor Wut außer sich. Der Leutnant stand da, bleich und regungslos, und sah ihn an. Die Mannschaft erschien mit erstaunten Gesichtern.

Plötzlich, in einer Pause zwischen zwei Zornausbrüchen, kam der Leutnant zu einem heroischen Entschluß; er salutierte, gab sich einen Ruck und kletterte auf das Deck des Seglers.

»Ah!« sagte Guerilleau, und sein Mund schloß sich wie eine Falle. Holroyd sah, wie die Ameisen sich vor Da Cunhas Stiefeln zurückzogen. Der Portugiese ging langsam auf den gefallenen Mann zu, beugte sich nieder, zögerte, packte ihn am Rock und drehte ihn um. Ein schwarzer Schwarm von Ameisen stürzte aus den Kleidern heraus. Da Cunha sprang rasch zurück und stampfte zwei- oder dreimal mit dem Fuß aufs Deck.

Holroyd setzte das Glas an die Augen. Er sah die Ameisen, zerstreut um die Füße des Eindringlings, und sie taten, was er nie zuvor Ameisen hatte tun sehen. Sie hatten nichts von den blinden Bewegungen der gewöhnlichen Ameisen an sich: Sie sahen Da Cunha an, wie eine sich sammelnde Menschenmenge ein riesiges Ungeheuer anschauen würde, das sie auseinandergetrieben hat.

»Wie ist er gestorben?« schrie der Kapitän.

Holroyd hörte den Portugiesen sagen, der Leichnam sei so stark benagt, daß dies nicht mehr festzustellen sei.

»Was ist dort vorne?« fragte Guerilleau.

Der Leutnant machte ein paar Schritte und begann auf portugiesisch zu antworten, unterbrach sich jäh und schlug etwas von seinem Bein. Er machte einige sonderbare Schritte, als versuchte er, etwas Unsichtbares zu zertreten, dann ging er rasch zur Seite. Er gewann seine Selbstbeherrschung wieder, machte kehrt, ging vorsichtig bis zum Schiffsraum, kletterte aufs Vorderdeck, wo die langen Ruder lagen, beugte sich eine Zeitlang über den zweiten Mann, stöhnte hörbar, ging zurück und aufs Hinterdeck zur Kajüte, mit steifen Bewegungen. Wieder kam er zurück und begann ein Gespräch mit seinem Kapitän, kalt und respektvoll war der Ton von beiden Seiten, in lebhaftem Gegensatz zu dem Zorn und den Beleidigungen vor wenigen Minuten.

Holroyd nahm den Feldstecher wieder auf und sah zu seiner Überraschung, daß die Ameisen von der ganzen ungeschützten Oberfläche des Decks verschwunden waren. Er schaute in die Winkel im Schatten, sie schienen voll lauernder Augen zu sein.

Der Segler, das war nun sicher, trieb ohne Führung, aber er war zu voll von Ameisen, man konnte keinen Menschen an Bord setzen, er mußte ins Schlepptau genommen werden. Der Leutnant machte das Tau klar, und die Leute im Boot standen auf, um bereit zu sein, ihm zu helfen. Holroyd durchsuchte das Kanu mit dem Glas.

Mehr und mehr wurde er von der Überzeugung durchdrungen, daß bei aller Kleinheit eine große, heimliche Geschäftigkeit herrschte. Er bemerkte, daß eine Anzahl riesiger Ameisen – sie schienen fast ein paar Zoll lang zu sein – merkwürdige Lasten trugen, deren Zweck er nicht erraten konnte, und sich von einem dunklen Fleck zum andern stürzten. Sie bewegten sich nicht in geschlossenen Kolonnen über die exponierten Stellen, sondern einzeln, in zerstreuter Linie, die verblüffend an das Vorgehen moderner Infanterie im feindlichen Feuer erinnerte. Einige nahmen Deckung unter den Kleidern der Toten, und eine vollkommene Schwarmlinie bildete sich an der Seite, die Da Cunha jetzt würde passieren müssen.

Holroyd konnte nicht sehen, ob sie sich tatsächlich auf den Leutnant stürzten, als er zurückkam, aber er zweifelte nicht daran, daß sie einen gemeinsamen Angriff durchführten. Plötzlich schrie der Leutnant auf, fluchte und schlug an seine Beine. »Ich bin gebissen!« schrie er und schaute Guerilleau voll Haß und Anklage an.

Dann verschwand er über die Bordwand, sprang in sein Boot und stürzte sich sofort ins Wasser. Holroyd hörte das Plätschern.

Die drei Matrosen, die im Boot waren, zogen ihn heraus und brachten ihn an Bord des Kanonenbootes. Er starb in jener Nacht.

Holroyd und der Kapitän kamen aus der Kajüte, wo der geschwollene und gekrümmte Leichnam des Leutnants lag, und standen gemeinsam am Heck des Monitors. Sie starrten auf das Unglücksfahrzeug, das sie hinter sich herschleppten. Es war eine dunstige, finstere Nacht, nur von gespenstisch zuckendem Wetterleuchten erhellt. Der Segler, ein verschwommenes, schwarzes Dreieck, schaukelte im Kielwasser des Dampfers, seine Segel flatterten und wehten, und der schwarze Rauch aus den Schornsteinen, dann und wann von Funken erleuchtet, strömte über seine schwankenden Masten.

Guerilleaus Gedanken kreisten um die unliebenswürdigen Dinge, die der Leutnant in der Hitze des letzten Fiebers gesagt hatte.

»Er sagt, daß ich ihn umgebracht habe«, sagte er aufgeregt. »Es ist einfach absurd. Jemand mußte doch an Bord gehen. Sollen wir denn vor diesen verdammten Ameisen davonlaufen, wenn sie sich nur zeigen?«

Holroyd sagte gar nichts. Er dachte an den wohlgeordneten Angriff kleiner schwarzer Gestalten auf nackten, sonnenbeschienenen Planken.

»Es war an ihm, zu gehen. Er starb in Erfüllung seiner Pflicht«, beharrte Guerilleau. »Worüber hat er sich zu beklagen? Ermordet? ... Aber der arme Kerl war – wie sagt man nur? – von Sinnen. Er war nicht bei klarem Verstand. Das Gift ist ihm zu Kopf gestiegen ... Hm.«

Sie schwiegen lange.

»Wir werden dieses Kanu versenken, verbrennen.«

»Und dann?«

Diese Frage irritierte Guerilleau. Er hob die Schultern, die Hände flogen im rechten Winkel von seinem Körper fort. »Was soll man denn *machen?*« sagte er. Seine Stimme erhob sich zu zornigem Kreischen.

»Wenigstens die Ameisen, die auf diesem Segler sind«, brach er rachsüchtig los, »wenigstens die werde ich lebendig verbrennen.«

Holroyd war nicht in der Stimmung, eine Konversation zu führen. Das entfernte Geheul von Affen erfüllte die schwüle Nacht mit unheilverkündenden Tönen, und als das Kanonenboot näher an die schwarzen, geheimnisvollen Ufer herankam, wurden sie noch verstärkt durch das niederdrückende Quaken der Frösche.

»Was soll man nur *machen?*« wiederholte der Kapitän nach einer langen Pause. Auf einmal wurde er geschäftig und wild und gotteslästerlich und beschloß, die *Santa Rosa* ohne weiteren Aufschub zu verbrennen. Jeder an Bord war erfreut über diese Idee, jeder half eifrigst mit; man zog das Seil ein, schnitt es durch, ließ den Segler frei und beschoß ihn mit Werg und Petroleum, und bald knisterte und flackerte er lustig mitten in der Unendlichkeit der tropischen Nacht. Holroyd sah zu, wie die gelbe Lohe sich gegen die schwarze Finsternis erhob, er sah das fahle Wetterleuchten aufzucken, das die Baumwipfel für Augenblicke aus der Dunkelheit riß. Der Heizer stand hinter ihm und schaute auch zu.

Der Heizer war erregt bis zur tiefsten Tiefe seiner Sprachkenntnisse. »Saüba gehen pop, pop«, sagte er, »haha!« und lachte aus ganzem Herzen.

Aber Holroyd dachte, daß die kleinen Wesen auf dem Kanu auch Augen und Verstand hatten.

Die ganze Sache machte auf ihn einen unglaublich verrückten und verdrehten Eindruck, aber – was sollte man *machen?* Diese Frage stellte sich am nächsten Morgen wieder mit ungeheurer Stärke, als das Kanonenboot endlich Badama erreichte.

Dieser Ort mit seinen Häusern und Schuppen, die Dächer aus Blattgeflecht hatten, seiner von Schlingpflanzen überwucherten Zuckerfabrik, seinem kleinen Molo aus Holz und Rohr lag sehr still in der Morgenhitze da. Keine Spur von lebenden Menschen war zu sehen. Ob es Ameisen gab, ließ sich aus dieser Entfernung nicht feststellen.

»Alle Menschen sind fort«, sagte Guerilleau, »aber wir werden auf alle Fälle etwas machen, wir werden die Dampfpfeife ertönen lassen.«

Holroyd setzte die Dampfpfeife also in Gang.

Dann hatte der Kapitän einen Anfall ärgster Unentschlossenheit. »Es gibt für uns nur eines zu tun«, sagte er dann.

»Und das wäre?« fragte Holroyd.

»Noch einmal pfeifen.«

Und so geschah es.

Der Kapitän ging das Deck auf und ab und gestikulierte lebhaft. Vieles schien ihm auf der Seele zu liegen. Bruchstücke von Sätzen kamen über seine Lippen. Er schien sich an irgendeinen imaginären öffentlichen Gerichtshof zu wenden, er sprach spanisch oder portugiesisch. Holroyds geübteres Ohr fing etwas über Munition auf. Plötzlich riß sich der Kapitän aus seiner Geistesabwesenheit heraus und sprach wieder englisch. »Mein lieber Holroyd«, rief er, dann brach er los: »Aber was *kann* man denn tun?«

Sie stiegen ins Boot, nahmen den Feldstecher und fuhren ganz nah ans Ufer, um den Ort zu untersuchen. Sie sahen verstreut am Rand des primitiven Landungsstegs einige große Ameisen, deren unbewegliche Haltung den Eindruck hervorrief, daß sie die Männer beobachteten. Guerilleau versuchte ohne Erfolg, mit der Pistole nach ihnen zu schießen. Holroyd glaubte, seltsame Erdbauten wahrzunehmen, die zwischen den nähergelegenen Häusern hinliefen. Das mochte das Werk der sechsfüßigen Eroberer dieser menschlichen Behausungen sein. Die Kundschafter fuhren am Landungssteg vorbei, ein menschliches Skelett kam in Sicht. Es trug ein Lendentuch und lag dort, hell und rein und leuchtend. Sie hielten an und betrachteten es …

»Ich muß doch an all diese Menschenleben denken«, sagte Guerilleau unvermittelt.

Holroyd drehte sich um und starrte den Kapitän an, erst nach und nach begriff er, daß er die unappetitliche Mischung von Rassen, die seine Mannschaft bildete, gemeint hatte.

»Mannschaft an Land senden ist unmöglich, unmöglich. Sie werden vergiftet werden, sie werden anschwellen – anschwellen, mich beschimpfen und sterben. Es ist ganz und gar unmöglich … Wenn jemand an Land geht, so muß ich allein es sein, ich muß dicke Stiefel anziehen und einen Strich unter mein Leben machen. Vielleicht bleibe ich am Leben. Oder aber – soll ich nicht an Land gehen? Ich weiß nicht, ich weiß nicht!«

Holroyd dachte, er wüßte es wohl, aber er sagte nichts.

»Die ganze Geschichte ist nur dazu da, um mich

lächerlich zu machen«, sagte Guerilleau plötzlich.
»Die ganze Geschichte.«

Sie ruderten herum, besahen das saubere weiße
Skelett von verschiedenen Seiten, dann fuhren sie
zum Kanonenboot zurück. Jetzt wurde Guerilleaus
Unentschlossenheit fürchterlich. Der Dampf wurde
angelassen, und am Nachmittag fuhr der Monitor
stromaufwärts, als wollte er jemand etwas fragen, und
gegen Sonnenuntergang kam er wieder zurück und
ging vor Anker. Ein Gewitter zog auf und ging
wütend nieder, dann wurde die Nacht wunder-
voll kühl und still, und alle schliefen auf Deck.
Alle, außer Guerilleau, der sich hin und her warf und
vor sich hin murmelte. Im Morgengrauen weckte er
Holroyd.

»Herrgott!« sagte Holroyd. »Was ist los?«

»Mein Entschluß steht fest«, sagte der Kapitän.

»Was – an Land zu gehen?« fragte Holroyd und
setzte sich erfreut auf.

»Nein!« sagte der Kapitän und war eine Weile sehr
zurückhaltend. »Mein Entschluß steht fest«, wiederholte er, und Holroyd zeigte deutlich seine Ungeduld.

»Also – ja«, sagte der Kapitän. »*Ich werde die große
Kanone abfeuern!*«

Und das tat er auch.

Gott weiß, was die Ameisen sich dabei gedacht
haben, aber er tat es. Zweimal schoß er, mit großem
Ernst und viel Zeremonie. Die ganze Mannschaft
hatte Watte in den Ohren, und es sah so aus, als hätte
man den Kampf aufgenommen. Zuerst wurde die
alte Zuckerfabrik getroffen und zerstört, dann wurde
der kleine Laden hinter dem Landungssteg zertrüm-

mert. Und dann lernte Guerilleau die unvermeidliche Reaktion kennen.

»Es hat keinen Sinn«, sagte er zu Holroyd, »gar keinen Sinn. Keinen wie immer gearteten Sinn. Wir müssen zurück – Instruktionen holen. Es wird einen Höllenlärm wegen der Munition geben – oh! einen Höllenlärm! Sie wissen nicht, Holroyd ...«

Er stand eine Zeitlang da und schaute unendlich bestürzt in die Welt.

»Aber was hätte ich denn sonst *tun* sollen?« schrie er.

Am Nachmittag begann der Monitor wieder stromabwärts zu fahren, und am Abend führte ein Detachement den Leichnam des Leutnants an Land und begrub ihn am Ufer, das die neuen Ameisen bisher noch nicht erreicht hatten ...

4

Vor kaum drei Wochen hörte ich Bruchstücke dieser Geschichte von Holroyd.

Diese neuen Ameisen sind ihm zu Kopf gestiegen, und er ist mit der Idee nach England zurückgekommen, die Leute – wie er sagt – aufzurütteln, bevor es zu spät ist. Er sagt, daß die Ameisen Britisch-Guyana bedrohen, das doch kaum die Kleinigkeit von tausend Meilen von ihrem jetzigen Betätigungsfeld entfernt sein kann, das Kolonialamt sollte ihnen sofort seine Aufmerksamkeit zuwenden. Er ereifert sich mit großer Leidenschaft: »Es sind intelligente Ameisen, bedenken Sie doch, was das bedeutet!«

Es gibt keinen Zweifel daran, daß sie eine ernstliche Gefahr sind, und die brasilianische Regierung ist wohlberaten, daß sie einen Preis von fünfhundert Pfund für ein wirksames Mittel zu ihrer Vernichtung aussetzt. Es ist auch gewiß, daß sie seit ihrem ersten Erscheinen vor drei Jahren in den Hügeln jenseits Badama ganz gewaltige Eroberungen gemacht haben. Das ganze Südufer des Batemoflusses, fast sechzig Meilen weit, haben sie tatsächlich in Besitz genommen; sie haben die Menschen vollständig vertrieben, Pflanzungen und Siedlungen besetzt und mindestens ein Schiff überfallen und gekapert. Man erzählt sogar, daß sie auf unerklärliche Weise den ganz ansehnlichen Capuaranaarm überschritten haben und viele Meilen gegen den Amazonasstrom selbst vorgestoßen sind. Man kann nicht daran zweifeln, daß sie weit vernünftiger sind und über eine bessere soziale Organisation verfügen als alle früher bekannten Ameisenarten; anstatt in verstreuten Gemeinschaften zu leben, sind sie tatsächlich zu einem einzigen Volk verschmolzen. Aber ihre besondere und unmittelbare Furchtbarkeit liegt nicht so sehr darin, als in dem verständigen Gebrauch, den sie ihren größeren Feinden gegenüber von ihrem Gift machen. Es scheint, daß dieses dem Schlangengift nah verwandt ist, und es ist mehr als wahrscheinlich, daß sie es selbst erzeugen und daß die größeren unter ihnen die nadelgleichen Giftkristalle tragen, wenn sie Menschen angreifen.

Es ist natürlich äußerst schwierig, genaue Berichte über diese neuen Mitstreiter um die Vorherrschaft auf der Erde zu bekommen. Kein Augenzeuge ihrer Tätigkeit, außer ein solcher Zaungast wie Holroyd, hat eine Begegnung mit ihnen überlebt. Die allerunwahrscheinlichsten Legenden über ihre Tapferkeit und ihre Fähigkeiten sind am oberen Amazonasstrom in Umlauf, und sie werden täglich zahlreicher, weil das stetige Fortschreiten der Eindringlinge die Phantasie der Menschen durch die Angst anspornt. Man schreibt diesen kleinen Wesen nicht nur den Gebrauch von Werkzeugen zu, die Kenntnis von Feuer und Metallen und planmäßig durchgeführte technische Arbeiten, was unser nordländischer Verstand nicht fassen kann (wir sind an Taten, wie die der Saübas von Rio de Janeiro nicht gewöhnt, die im Jahr 1841 einen Tunnel unter dem Parahybafluß gegraben haben, dort, wo er so breit ist wie die Themse bei der London Bridge), man glaubt auch, daß sie eine organisierte und detaillierte Methode für Aufzeichnungen und Berichte haben, analog unseren Büchern. Bis jetzt war ihr Werk eine stetig fortschreitende Ansiedlung. In den Gebieten, in die sie einfielen, wurden alle menschlichen Wesen in die Flucht geschlagen oder hingeschlachtet. Sie vermehren sich rapid, und Holroyd zumindest ist fest davon überzeugt, daß sie schließlich den Menschen zur Gänze aus dem tropischen Südamerika vertreiben werden.

Und warum sollten sie im tropischen Südamerika haltmachen?

Nun, dort sind sie, das ist gewiß. Wenn sie weiter in dem Tempo vordringen wie bisher, werden sie ungefähr im Jahr 1911 die Capuaranabahn erreichen und sich so die Aufmerksamkeit der europäischen Kapitalisten erzwingen.

Um 1920 etwa werden sie den halben Weg den Amazonasstrom entlang bis zum Meer gemacht haben, und ich schätze, 1950 oder spätestens 1960 werden sie Europa entdecken.

Die Grizzlys

»Haben diese Gebeine je gelebt?«

Kann irgend etwas dem Laien annähernd so tot, stumm und ausdruckslos erscheinen wie die gelbbraunen Knochenfragmente und die zersplitterten Feuersteine, die ältesten Spuren, die menschliche Wesen auf der Welt hinterlassen haben? In den Vitrinen der Museen sind sie zu sehen, nach Systemen geordnet, die wir nicht verstehen, und mit seltsamen Namen bezeichnet. Zumeist wurden sie nach den Orten, wo man die ersten Stücke fand, benannt, nach Chelles, La Moustier, Solutre und so weiter. Die meisten Menschen schauen diese Überreste flüchtig durch die Scheiben an, sind einen Augenblick erstaunt über diese halb wilde, halb tierische Vergangenheit unserer Rasse und gehen weiter. »Primitive Menschen«, sagen wir, »Feuersteinwerkzeuge. Das Mammut hat die Urmenschen gejagt.« Die wenigsten Menschen sind sich klar darüber, wie viel die scharfsinnige, unermüdliche Arbeit der Wissenschaftler in den letzten Jahren aus diesen vermoderten, verblaßten Überresten herausgelesen hat.

Eines der verblüffendsten Resultate dieser Arbeit ist die allmähliche Erkenntnis, daß große Mengen dieser Feuersteingeräte und auch einige der älteren Knochenfragmente nicht, wie man annahm, von Menschen herrühren, sondern von Wesen, die wohl in vielem sehr menschenähnlich gewesen sein müssen, aber nicht wirklich zur Spezies Mensch gehört haben. Wissenschaftler nennen diese verschwundenen Rassen »Mensch« (homo), gerade so wie sie Löwen und Tiger »Katze« (felis) nennen, aber es gibt die triftigsten Gründe, um anzunehmen, daß diese frühen sogenannten Menschen nicht unseres Blutes waren, nicht unsere Ahnen, sondern ein merkwürdiges, ausgestorbenes Tier, mit uns verwandt, uns ähnlich und doch von uns verschieden, wie das Mammut dem Elefanten verwandt, ihm ähnlich und doch von ihm verschieden war. Feuerstein- und Knochenwerkzeuge werden in geologischen Schichten von recht beträchtlichem Alter gefunden; wir haben in unserem Museum Überreste, die eine Million Jahre alt sein mögen und auch mehr, aber die Spuren wirklich menschlicher Wesen, die geistig und anatomisch uns gleichen, sind höchstens zwanzig- oder dreißigtausend Jahre zurückzuverfolgen. Damals erschienen die echten Menschen in Europa, aber wir wissen nicht, woher sie kamen. Diese anderen werkzeuggebrauchenden, feuerschlagenden Tiere, die den Menschen ähnlich und doch keine Menschen waren, gingen angesichts der wirklichen Menschen zugrunde.

Wissenschaftliche Autoritäten unterscheiden bereits vier Spezies dieser Pseudomenschen, und es ist sehr wahrscheinlich, daß wir von Zeit zu Zeit von neuen Spezies hören werden. Eine dieser Rassen verfertigte die Werkzeuge, die man in Chelles gefunden hat. Es sind hauptsächlich flache Steinklingen, die man aus drei- bis vierhunderttausend Jahre alten Schichten zutage gefördert hat. Werkzeug aus Chelles ist in jedem großen Museum zu sehen. Es sind riesenhafte Geräte, *vier- oder fünfmal so groß als alle jene, die von wirklichen Menschen stammen,* und gar nicht übel gemacht. Ganz bestimmt hat ein denkendes Wesen sie erzeugt; sicher haben große, ungeschlachte Hände diese felsigen Klumpen umklammert und sich ihrer bedient. Aber bis jetzt hat man nur ein einziges kleines Fragment eines Skeletts aus jenem Zeitalter gefunden, einen sehr massiven kinnlosen Unterkiefer, mit Zähnen, die sogar *besser* ausgebildet sind als die der heutigen Menschen. Wir können nur ahnen, was für ein seltsamer Vorbote der menschlichen Gestalt einst mit diesem Kiefer gegessen und auf seine Feinde mit diesen großen, aber nicht unhandlichen Feuersteinklingen losgeschlagen hat. Es muß wohl ein riesiger Kerl gewesen sein, sicherlich bedeutend größer als ein Mensch. Er war gewiß imstande, einen Bären beim Genick zu packen und den säbelzahnigen Löwen an der Kehle. Wir wissen nichts Genaues von ihm, wir haben nur diese großen Steinklingen, dieses massive Stück Kiefer – und die Freiheit, unsere Phantasie spielen zu lassen.

Das Faszinierendste unter allen Rätseln der prähistorischen Zeit, der Zeit vor dem Erscheinen des echten Menschen, ist wohl das Rätsel des Mousterianers; der existierte wahrscheinlich noch, als der wirkliche Mensch in Europa einwanderte. Die Mousterianer lebten viel später als die unbekannten Riesen von Chelles, etwa vor dreißig- oder vierzigtausend Jahren – ein Gestern im Vergleich zur Zeit von Chelles. Die Mousterianer werden auch Neandertaler genannt. Bis vor ganz kurzem nahm man an, sie seien wirkliche Menschen gewesen, wie wir selbst. Jetzt aber beginnt man zu erkennen, daß sie anders gewesen sind, so verschieden von uns, daß es ausgeschlossen scheint, daß sie uns nah verwandt sein könnten. Sie hatten einen eigentümlich schlenkernden Gang, konnten ihren Kopf nicht zum Himmel wenden, und ihre Zähne waren ganz anders als Menschenzähne. Es ist sonderbar, daß sie in ein oder zwei Dingen weniger affenähnlich waren als wir. Der Augenzahn, der dritte Zahn von der Mitte, der beim Gorilla außerordentlich groß ist, beim Menschen spitz und ganz verschieden von den übrigen Zähnen, ist beim Neandertaler nicht besonders gekennzeichnet. Er hatte ein sehr gleichmäßiges Gebiß, auch seine Backenzähne waren ganz anders und weniger affenähnlich als unsere. Der untere Teil seines Gesichtes war länger, die Stirn niedriger als beim Menschen, aber das läßt nicht darauf schließen, daß er weniger Hirn hatte. Sein Gehirn war so groß wie das eines modernen Menschen, nur hatte es eine andere Form, es war hinten größer, vorne kleiner, so daß er wahrscheinlich anders dachte, sich anders benahm als wir. Vielleicht hatte er ein besseres Gedächtnis und weniger Urteilskraft als der wirkliche Mensch oder vielleicht mehr nervliche Energie und weniger Intelligenz. Er hatte kein Kinn, und die Art, wie seine Kiefer zusammenschließen, läßt es sehr zweifelhaft erscheinen, ob er solche Laute hervorbringen konnte wie wir. Vermutlich konnte er gar nicht sprechen. Er hätte keine Nadel zwischen den Fingern und dem Daumen halten können. Je mehr man über diesen Tiermenschen erfährt, desto seltsamer erscheint er und desto unähnlicher wird er dem australoiden Wilden, für den man ihn früher gehalten hat.

Und je deutlicher man erkennt, daß eine nahe Verwandtschaft zwischen diesem häßlichen, starken,

plumpen Tiermenschen und dem Menschenge-
schlecht ausgeschlossen ist, desto unwahrscheinlicher
wird es, daß er eine glatte Haut hatte und Haare wie
wir. Er dürfte anders ausgesehen haben, war vielleicht
stachlig oder behaart, wie es nie ein Mensch gewesen
ist, in der Art seiner Zeitgenossen, des haarigen Elefanten und des wolligen Rhinozeros. Gleich ihnen
lebte er in einem öden Land an der Grenze von
Schnee und Gletschern, die sich damals schon immer
mehr nach Norden zurückzogen. Haarig oder zottig,
das große Gesicht maskengleich, mit dicken Augen-
brauenwülsten, ohne Stirn einen riesigen Feuerstein
umklammernd, lief er wie ein Pavian daher, den
Kopf vorwärts, nicht wie ein Mensch aufwärts gerichtet. Unseren Vorvätern muß er erschreckend genug vorgekommen sein, als sie auf ihn stießen.

Es ist fast sicher, daß sie einander begegnet sind,
diese Grizzlymenschen und die wirklichen Menschen. Der Mensch dürfte in das Gebiet des Nean-
dertalers eingedrungen sein; als die beiden einander
trafen, kämpften sie miteinander. Eines Tages wird
man vielleicht die Spuren dieser Fehde finden.

In Westeuropa, dem einzigen Teil der Welt, wo
man bisher mit einer gewissen Gründlichkeit nach
den Überresten der Urmenschen gesucht hat, wurde
es langsam, langsam wärmer; die Gletscher, die einmal den halben Kontinent bedeckt hatten, zogen sich
zurück, und weite Strecken von Sommerweide-
grund, kümmerlichste Fichten- und Birkenwälder
breiteten sich langsam über das einst vereiste Land
aus. Südeuropa sah damals so aus wie heute Nordla-
brador. Wenige verwegene, zähe Tiere hielten es
inmitten von Eis und Schnee aus. Die Bären hielten

Winterschlaf. Mit dem Frühlingsgrün kamen große Rentierherden, das wilde Pferd, Mammut, Elefant und Rhinozeros zogen nordwärts, verließen die Hänge des warmen Tales, das jetzt mit Wasser gefüllt ist und Mittelmeer heißt. In jenen Tagen, bevor die Fluten des Ozeans in das Mittelmeerbecken einbrachen, nahmen die Schwalben und eine Unzahl anderer Vögel die Gewohnheit an, nach Norden zu fliegen, eine Gewohnheit, die sie heute noch dazu drängt, den Flug über das gefahrenvolle Meer zu wagen, über das wogende Meer, das die verlorenen Geheimnisse der alten mittelländischen Täler birgt. Die Grizzlymenschen freuten sich über das wiedererwachende Leben, sie kamen aus den Höhlen hervor, in denen sie sich vor dem Winter versteckt hatten, und erhoben ihren Zoll von den Tieren.

Diese Grizzlys müssen sehr einsam lebende Geschöpfe gewesen sein.

Die Winternahrung war zu karg für Gemeinschaften. Ein männliches Wesen dürfte mit einem weiblichen zusammengelebt haben; vielleicht haben sie sich im Winter voneinander getrennt, sich im Sommer wieder vereinigt. Wenn die Söhne groß genug geworden waren, um dem Grizzly den Rang streitig zu machen, hat er sie getötet oder davongejagt. Im ersten Fall hat er sie wohl auch gegessen. Wenn die Söhne ihm entfliehen konnten, mögen sie später zurückgekommen sein, um ihn zu töten. Es ist möglich, daß die Grizzlys ein sehr gutes Gedächtnis hatten und ihre Vorsätze erbarmungslos ausführten.

Die wirklichen Menschen kamen von irgendwoher aus dem Süden nach Europa – man weiß nicht von wo. Als sie in Europa auftauchten, waren sie so geschickt mit den Händen wie wir; sie konnten Bilder zeichnen, die wir noch heute bewundern, sie konnten malen und schnitzen; die Geräte und Werkzeuge, die sie verfertigten, waren kleiner als die der Mousterianer, bedeutend kleiner als die aus Chelles, aber besser ausgeführt und vielfältiger. Was sie an Kleidern trugen, war nicht der Rede wert, aber sie bemalten ihren Körper. Wahrscheinlich konnten sie auch sprechen. Und sie kamen in kleinen Trupps, sie waren schon geselliger als die Neandertaler; auch Gesetze hatten sie, denen sie sich fügen mußten. Sie hatten schon ein großes Stück des Weges voll Anpassung und Selbstverleugnung zurückgelegt, der zu dem verwickelten Seelenleben des modernen Menschen führt, diesem Seelenleben voll geheimer Wünsche, voll Verwirrung und Gelächter, voll Phantasie und Traum. Schon jene Menschen wurden durch die geheimnisvollen Bande des Tabus vereint und an eine Ordnung gebunden.

Noch waren sie Wilde, jeder Gewalttat fähig und ihren eigenen Wünschen und Begierden unterworfen; aber so gut sie es vermochten, befolgten sie die Gesetze und Gebräuche, die ihnen schon uralt erschienen, und fürchteten Strafen für Übeltaten. Wer sich noch an die Angst, die Wünsche, die Phantasien und abergläubischen Vorstellungen seiner Kindheit erinnert, wird sich auch vorstellen können, was in diesen Urmenschen vorging. Ihre moralischen Vorstellungen glichen den unseren − in roherer Form. Sie waren von unserer Art. Die Grizzlys aber können wir nicht verstehen, wir können nicht erfassen, was für seltsame Ideen einander in diesen merkwürdig geformten Hirnen jagten. Genauso könnten wir versuchen, zu träumen und zu fühlen wie ein Gorilla.

Wir können uns vorstellen, wie die Urmenschen aus den verlorenen Tälern des Mittelmeerbeckens nordwärts zogen. Sie wanderten durch Spaniens Hochtäler, durch Süd- und Mittelfrankreich und weiter nach England – damals gab es keinen Kanal zwischen England und Frankreich –, sie wanderten ostwärts ins Rheinland und in die große Wildnis, die heute die Nordsee und die deutsche Tiefebene darstellt. Die verschneite Welt der Alpen, die damals viel höher und von riesigen Gletschern bedeckt waren, ließen sie zu ihrer Rechten liegen, zogen weiter nach Norden, aus dem einfachen Grunde, weil sie sich ständig vermehrten, die Nahrung aber immer spärlicher wurde. Fehde und Kampf herrschten unter ihnen. Sie hatten keine festen Heimstätten, sie waren es gewohnt, der Jahreszeit nachzuwandern. Ab und zu wurde ein Trupp von Hunger oder Angst noch weiter nach Norden, ins Unbekannte getrieben.

Wir können uns vorstellen, wie so eine kleine Gruppe von Wanderern, unsere Vorfahren, über einen grasbewachsenen Kamm ins Nordland eindrang. Es mag im späten Frühjahr oder im Frühsommer gewesen sein, und sie sind wahrscheinlich einer grasenden Herde von Rentieren oder Pferden gefolgt.

Durch eine Menge verschiedener Methoden waren unsere Anthropologen imstande, das Aussehen und das Gehaben dieser frühen Pilgerväter des Menschengeschlechtes bis in Einzelheiten zu rekonstruieren.

Die Gruppe, von der wir erzählen, war nicht sehr zahlreich, denn wäre sie es gewesen, sie hätte sich nicht aus ihren alten Weidegründen nach Norden vertreiben lassen. Zwei oder drei ältere Männer um dreißig, acht oder zehn Frauen und Mädchen, ein paar kleine Kinder und einige Burschen zwischen vierzehn und zwanzig, die hatten wohl die ganze Gemeinschaft ausgemacht. Es waren dunkle, braunäugige Leute, mit welligem, dunklem Haar; das Blond der Europäer und das straffe, blauschwarze Haar der Chinesen hat sich erst späterhin entwickelt. Die älteren Männer dürften die Gruppe geführt haben, Frauen und Kinder wurden durch komplizierte strenge Tabus abgesondert, von enger Gemeinschaft mit den Männern und Jünglingen ausgeschlossen. Die Führer suchten die Fährte der Herde, die sie verfolgten. Im Suchen und Finden von Fährten zeigte sich damals die höchste Stufe der Vollendung des Menschengeschlechtes. Aus Zeichen und Spuren, die für jedes modern-zivilisierte Auge unsichtbar bleiben müßten, konnten sie genau erkennen, was die Herde kleiner starker Pferde vor ihnen am Vortag erlebt hatte. Die Männer waren so geschickt, daß sie fast ohne Zögern von einem Zeichen zum andern gingen, wie ein Hund, der einer Witterung folgt.

Die Pferde, die sie einholen wollten, waren ihnen nicht weit voraus – das lasen die Männer aus den Spuren –, sie waren sehr zahlreich und ganz unbekümmert. Sie bewegten sich nur sehr langsam vorwärts, weder wilde Hunde noch andere Feinde störten ihre Ruhe. Ein paar Elefanten zogen auch nach Norden, und zweimal kreuzte unser kleiner Menschenstamm auch die Fährte des wolligen Rhinozeros.

Die Menschen reisten ohne Beschwerden. Sie waren fast nackt, aber alle waren mit weißem, schwarzem, gelbem und rotem Ocker bemalt. Für uns ist es heute schwer zu sagen, ob sie auch tätowiert waren, aber vermutlich war das nicht der Fall. Die Frauen trugen die kleinen Kinder in Säcken aus Tierhäuten auf dem Rücken; wahrscheinlich hatten alle Mäntel und Lendentücher aus Fell, Beutel und Gürtel aus Leder. Die Männer trugen Speere mit Steinspitzen und geschärfte Feuersteine in den Händen.

Es gab bei diesem Stamm keinen Ältesten, der Herr, Meister und Vater gewesen wäre. Vor einigen Wochen war der Älteste in einem weit entfernten Sumpfland von einem mächtigen Stier angegriffen und zu Brei zertrampelt worden. Dann waren zwei Mädchen von jungen Männern eines größeren Stammes geraubt und entführt worden. Wegen dieser Verluste suchten die Überlebenden jetzt neue Jagdgründe.

Die Landschaft, die sich vor den Augen der kleinen Schar ausbreitete, als sie den Hügel erstiegen hatte, war eine ödere, trostlosere, mit einem Wort unkultiviertere Version der Landschaft des heutigen Westeuropa. Ein grasbewachsener Kessel lag vor ihnen, erfüllt vom melancholischen Geschrei der Kiebitze. Jenseits erstreckte sich ein breites Tal, von purpurnen Hügeln begrenzt, auf denen die Schatten der Aprilwolken einander jagten. Fichtenwald und Heidekraut zeigten an, wo die Hügel sandig wurden; das Tal war voll von bräunlichem Gestrüpp, in den Mulden lagen die mit hellgrünen Flechten bedeckten Sümpfe und große Tümpel stehenden Wassers. Im

Dickicht lauerte ungesehen so manches Tier, und wo die abfließenden Ströme ihren gewundenen Weg in die Erde geschnitten hatten, gab es Klüfte und Höhlen. Weit voraus, auf den nördlichen Abhängen der Hügelkette, sah man die wilden Pferde grasen.

Auf ein Zeichen der beiden Führer machte das versprengte Menschenhäuflein halt, und eine Frau, die ganz leise zu ihrem kleinen Mädchen gesprochen hatte, verstummte. Die Brüder betrachteten ernsthaft die weite Landschaft.

»Uff!« sagte einer plötzlich und deutete auf etwas.

»Uff!« rief sein Bruder.

Die Augen des ganzen Stammes folgten der Richtung des Fingers.

Erstarrt blieben alle stehen, Überraschung hatte sie in eine gespannte Gruppe von Statuen verwandelt.

Dort unten, am Fuße des Abhangs, stand, den Körper in Profil, den Kopf ihnen zugewandt, starr vor Staunen wie sie selbst, eine bucklige graue Gestalt, breiter und kleiner als ein Mensch. Er war hinter einer Bodenwelle hervorgekrochen, um nach den Ponys zu sehen; plötzlich hatte er sich umgedreht und die Gruppe erblickt. Sein Kopf glich einem Pavian, in der Hand trug er, so schien es den Menschen, einen großen Stein.

Eine kleine Weile ließ die gegenseitige Prüfung die Entdecker und den Entdeckten bewegungslos verharren. Dann begannen einige Frauen und Kinder sich zu rühren, sie wollten das seltsame Wesen besser sehen. »Mann!« sagte eine alte Frau, »Mann!« Als die Frauen und Kinder sich bewegten, machte der Grizzly kehrt und lief ungeschickt die wenigen Meter bis zu einem Dickicht von Birken und knospendem Dorngesträuch. Dann hielt er an, um nochmals die Ankömmlinge zu betrachten, machte eine merkwürdige Bewegung mit einem Arm und stürzte sich dann in das schützende Gestrüpp.

Der Schatten des Dickichts nahm ihn auf, und während er verschwand, schien er gewaltige Dimensionen anzunehmen. Er verwandelte sich in das Dickicht, das nun die Menschen mit seinen Augen beobachtete. Die Äste der Birken wurden lange silbrige Glieder, ein gefallener Baum duckte sich und starrte auf die Gruppe.

Es war noch früh am Morgen, die Führer des Stammes hatten gehofft, die wilden Ponys im Laufe des Tages erreichen zu können; eines wollten sie dann von der Herde abschneiden, es in eine Falle zwischen Gebüsch und Sumpf locken, es verwunden, verfolgen und töten. Dann hätten sie ein Festmahl gehalten, gewiß hätten sie irgendwo unten im Tal auch Wasser gefunden und trockenes Farnkraut, um Streu für Nachtlager bereiten und ein Feuer anzünden zu können. Bis zu diesem Augenblick hatten sie alle voll Freude und Hoffnung dem Tag entgegengesehen. Jetzt waren sie aus der Fassung gebracht. Diese graue Gestalt hatte das lächelnde Antlitz des sonnigen Morgens in eine schreckliche, unverständliche Grimasse verwandelt.

Die ganze Expedition starrte der Erscheinung nach, dann wechselten die zwei Führer ein paar Worte. Waugh, der Ältere, zeigte mit dem Finger, Click, sein Bruder, nickte mit dem Kopf. Sie wollten weitergehen, aber statt den Abhang gegen das Dickicht zu hinunterzusteigen, hielten sie sich oben auf dem Kamm.

»Kommt«, sagte Waugh, und die kleine Schar setzte sich wieder in Bewegung. Jetzt aber marschierten sie schweigend. Wenn eines der Kinder eine Frage stellen wollte, brachte es die Mutter durch eine Drohung zum Schweigen. Alle schauten immer wieder nach dem Dickicht unten auf der Talsohle.

Auf einmal schrie ein Mädchen gellend auf und zeigte auf etwas. Alle schraken zusammen und blieben stehen.

Dort war das graue Etwas wieder. Es rannte über eine Lichtung, rannte fast auf allen vieren, in ungeschickten Sprüngen. Es hatte einen Höcker, es war sehr groß, ein graues, haariges, wolfähnliches Ungetüm. Manchmal berührten seine langen Arme fast den Boden. Es war jetzt näher als zuvor. Wieder verschwand es im Gebüsch, es schien sich zwischen rotem, abgestorbenem Farnkraut niedergeworfen zu haben ...

Waugh und Click hielten Rat.

Eine Meile entfernt war der Talschluß; von dort nahm das Dickicht seinen Ausgang. Jenseits erhoben sich unbewaldete Wiesen, dort gab es keine Deckung. Die Pferde grasten dort, und weiter im Norden wurde jetzt auf einem Kamm eine Herde wolliger Rhinozerosse sichtbar, ihre gewölbten Rücken sahen aus wie eine Schnur schwarzer Perlen.

Wenn der Stamm den Weg über den Höhenrücken nähme, so mußte der lauernde Räuber entweder zurückbleiben oder sein Versteck verlassen. Käme er ins Freie, dann würden die Jünglinge und Männer des Stammes schon wissen, wie sie ihm zu begegnen hätten.

Sie gingen also auf dem Kamm weiter. Die kleine

Schar arbeitete sich zum Taleingang durch, dort blieben die Männer auf dem Hügel stehen, während Frauen und Kinder den Vorstoß ins offene Gelände wagten.

Eine Zeitlang blieben die Beobachter unbeweglich stehen, dann machte Waugh eine Gebärde des Hohns, und Click überbot ihn noch. Man rief nach dem verborgenen Beobachter, und ein junger Kerl machte sich ein Vergnügen daraus, das hüpfende Laufen des grauen Wesens zu kopieren. Die Angst verwandelte sich in Heiterkeit.

In jenen Tagen war Lachen eine soziale Angelegenheit. Die Menschen konnten lachen, aber dem Grizzly, der im Schatten beobachtete und staunte, war kein Gelächter gegeben. Er wunderte sich. Die Männer wälzten sich herum, lachten brüllend, schlugen sich und den anderen auf die Schenkel. Tränen rannen über ihre Wangen.

»Yahah«, sagten die Männer. »Yahah! Bzzzz. Yahah!«

Sie vergaßen ganz, welche Angst sie ausgestanden hatten.

Und als Waugh fand, daß Frauen und Kinder sich genügend weit entfernt hätten, ordnete er an, daß die Männer ihnen folgen sollten.

So irgendwie wird sich wohl die erste Begegnung der Menschen, unserer Ahnen, mit dem Grizzly, dem Ureinwohner der westeuropäischen Wildnis, abgespielt haben ...

Die beiden Rassen sollten bald in nähere Berührung miteinander kommen.

Die Eindringlinge bahnten sich ihren Weg in das Land der Grizzlys. Bald tauchte da und dort wieder eine lauernde, halb menschliche Gestalt auf, etwas Graues rannte hüpfend durch die Dämmerung. Eines Morgens fand Click lange schmale Fußspuren, die rund um das Lager liefen.

Dann wagte sich eines Tages ein Kind zu weit fort von den anderen. Es war damit beschäftigt die kleinen, grünen Dornenknospen, die unsere englischen Bauernkinder als Brot und Käse bezeichnen, zu verzehren. Man hörte einen Schrei, ein Handgemenge, einen dumpfen Fall, und etwas Graues, Haariges schleppte seine Beute durchs Dickicht davon. Waugh und drei junge Männer nahmen sofort leidenschaftlich die Verfolgung auf und trieben den Feind in eine enge, stark überwachsene Wasserrinne. Diesmal hatten sie nicht einen einzelnen Neandertaler vor sich. Aus dem Gebüsch kam ein riesiger männlicher Grizzly, um die Flucht seiner Genossin zu decken; er schleuderte ein Felsstück nach einem der jungen Männer, der dabei so schwer verletzt wurde, daß er bis an sein Lebensende hinkte. Aber Waugh traf mit seinem Wurfspeer das graue Ungetüm an der Schulter, so daß es brummend stehen blieb.

Das gestohlene Kind gab keinen Laut mehr von sich.

Die Grizzlyfrau zeigte sich einen Augenblick am Rande der Rinne, knurrend, blutbefleckt – ein schrecklicher Anblick. Die Männer standen unschlüssig da; sie fürchteten sich, die Verfolgung fortzusetzen und wollten sie doch nicht aufgeben. Einer humpelte schon zurück und hielt das verletzte Knie mit der Hand.

Wie ging dieser erste Kampf aus?

Vielleicht zuungunsten der Männer unserer Rasse. Vielleicht ist der riesige Neandertaler mit furchtbar gesträubter Mähne durch die Bachrinne zurückgekommen, brüllend wie der Donner, in jeder Hand ein großes Felsstück. Wir wissen nicht, ob er mit diesen gewaltigen Feuersteinscheiben geworfen oder ob er damit geschlagen hat. Vielleicht wurde Waugh damals auf der Flucht erschlagen. Vielleicht erlitt der kleine Stamm eine schwere Niederlage. Zweier Mitglieder beraubt, liefen sie, so rasch sie nur konnten, über die Hügel davon. Den Verwundeten ließen sie allein zurück, so daß er in einsamer Angst ihrer Fährte nachhinken mußte.

Nehmen wir an, daß er endlich doch, nach Stunden des Entsetzens, zum Stamm zurückfand.

Nun, da Waugh gefallen war, wurde Click zum Ältesten ernannt, und er ließ das Lager für diese Nacht auf einem hohen Hügel mitten im Heidekraut aufschlagen. Dort wurde das Feuer angezündet, weit entfernt von dem Dickicht, in dem die Grizzlys lauerten.

Was die Grizzlys über die Menschen dachten, wissen wir nicht, was aber die Menschen über die Grizzlys dachten, können wir uns vorstellen; sie suchten zu erraten, wie ihre Feinde sich in der oder jener Situation benehmen würden, und bemühten sich, ihnen zuvorzukommen. Click hat wohl als erster die Idee gehabt, in die Schlucht, wo sich das Lager der Grizzlys befand, von oben einzudringen. Denn, wie schon gesagt, der Neandertaler konnte nicht nach oben blicken. Dann würden die Menschen einen großen Felsblock über den Grizzly rollen können oder mit feurigen Wurfgeschossen das trockene Farnkraut in Brand setzen.

Wir wollen gerne annehmen, daß der Sieg auf seiten der Menschen war. Dieser Click, den wir uns da erfunden haben, war in panischer Angst vor einem Angriff des Grizzlys davongelaufen, aber als er in dieser Nacht brütend beim Feuer saß, hörte er im Geiste wieder den Schrei des verlorenen Kindes, und Zorn erfüllte ihn. Im Schlaf sah er den Grizzly, kämpfte mit ihm und fuhr bleich vor Wut aus dem Traum empor. Die Schlucht, in der Waugh getötet worden war, zog ihn magisch an. Es zwang ihn, zurückzugehen und nach den Grizzlys Ausschau zu halten, ihrer Spur zu folgen, sie aus dem Hinterhalt zu belauern. Er konnte feststellen, daß die Neandertaler nicht so gut klettern konnten wie die Menschen, daß sie nicht so gut hörten und sich nicht so geschickt bewegten. Diese Grizzlys mußte man behandeln wie Bären; man lief vor ihnen davon und zerstreute sich, um hinter ihrem Rücken einen neuen Angriff zu rüsten.

Aber es ist zweifelhaft, ob diese ersten Menschen, die ins Grizzlyland kamen, klug genug waren, um die Probleme der neuen Kriegsführung zu lösen. Vielleicht sind sie nach Süden zurückgewandert, in die freundlichen Regionen, aus denen sie gekommen waren, und haben sich dort ihren Brüdern angeschlossen oder sind von ihnen getötet worden. Vielleicht sind auch alle in dem Land der Grizzlys, in das sie eingedrungen waren, zugrunde gegangen. In Wahrheit werden sie sich wohl dort behauptet und vermehrt haben. Starb einer, so waren andere seiner Rasse da, um seinen Platz auszufüllen und einem glücklicheren Schicksal entgegenzuleben.

Für die kleinen Kinder des Menschenstammes begann eine Zeit des Schreckens. Sie wußten sich belauert.

Auf Schritt und Tritt wurden sie verfolgt. Die Märchen von Menschenfressern und bösen Riesen, die alle Kinder ängstigen, stammen wohl aus jenen längst vergangenen Tagen der Furcht. Für die Neandertaler begann damals ein ununterbrochener Kampf, der nur mit ihrer Vernichtung enden konnte.

Die Neandertaler, wenn auch nicht so gewandt und aufrecht wie die Menschen, waren doch gewaltiger und stärker; aber sie waren dumm, und sie lebten einsam, höchstens zu zweit oder zu dritt. Die Menschen waren rascher, klüger und geselliger – sie kämpften nach vorbedachten Plänen. Sie schwärmten aus, sie umzingelten den Feind und beunruhigten und beschossen ihn von allen Seiten. Sie kämpften gegen die Grizzlys wie Hunde gegen Bären. Sie riefen einander zu, was jeder tun sollte, der Neandertaler aber konnte nicht sprechen, er verstand nicht, was sie sagten. Sie bewegten sich zu rasch für ihn und kämpften zu listig.

Zahlreich und zäh waren die Zweikämpfe und die Schlachten, die diese beiden Rassen in jenem dunklen Zeitalter vor dreißig- oder vierzigtausend Jahren auf den windigen Steppen austrugen. Sie konnten sich miteinander nicht vertragen. Jede wollte die Höhlen am Flußufer, wo die großen Feuersteine zu finden waren, für sich haben. Sie kämpften um die großen Mammuts, die in den Sümpfen ertrunken waren, um die Rentiere, die in der Brunftzeit getötet worden waren. Wenn ein menschlicher Stamm Spuren der Grizzlys in der Nähe seiner Höhle oder seines Lagerplatzes fand, mußte er alles daransetzen, die

Feinde zu stellen und zu töten; die Sicherheit des Stammes, die Sicherheit der Kinder konnte nur dadurch gewährleistet werden. Die Neandertaler hielten die kleinen Menschenkinder für ein begehrenswertes Wild, für eine köstliche Speise.

Wie lange die Grizzlys noch nach dem Eindringen der wirklichen Menschen in jener eisigen Welt von Tannen und Silberbirken, zwischen Steppen und Gletschern gelebt haben, wissen wir nicht. Sie mögen sich noch Jahrhunderte erhalten haben; je geringer ihre Zahl wurde, desto mehr wuchs ihre List, ihre Gefährlichkeit. Die Menschen folgten ihrer Fährte, hielten Ausschau nach dem Rauch ihrer Feuer, raubten ihnen ihre kärgliche Nahrung.

Große Helden erstanden in jener vergessenen Welt, Männer, die den offenen Kampf mit dem grauen Menschentier wagten und bestanden. Sie fertigten lange Holzspeere an, deren Spitzen sie im Feuer härteten; sie trugen Schilde aus Tierhaut zum Schutz gegen die mächtigen Schläge der Grizzlys. Sie schlugen ihn mit Steinen, die sie an Stricke gebunden hatten, mit Steinen, die sie aus Schleudern nach ihm warfen. Nicht nur die Männer bekämpften den grauen Feind, auch die Frauen stellten sich gegen ihn. Sie beschützten ihre Kinder, sie machten mit den Männern gemeinsame Sache gegen dieses unheimliche menschenähnliche Wesen, das doch so ganz anders war als die Menschen. Wenn die *Gelehrten* uns nicht ganz falsch berichten, so ist den Frauen das Entstehen der größeren Stämme zu danken, zu denen die menschlichen Familien schon zu jenen alten Zeiten anwuchsen. Der Frauen zarter, liebender Sinn schützte ihre Söhne vor dem Zorn des Ältesten, sie lehrten die Kinder, die Eifersucht und den Zorn des Vaters nicht zu reizen. Ihn wieder überredeten sie, die Söhne zu dulden und sich Helfer gegen den grauen Feind zu erziehen. Atkinson behauptet, daß eine Frau zu Beginn aller menschlichen Kultur die ersten Tabus lehrte; der Sohn mußte seiner Stiefmutter ausweichen, eine Frau aus einem anderen Stamm nehmen, um den Frieden in der Familie zu erhalten. Die Frau stellte sich zwischen kämpfende Brüder und war die erste Friedensstifterin. Die menschliche Gesellschaft war von Anfang an das Werk der Frau, sie brauchte sie als Gegengewicht gegen das große, wilde Einsamkeitsbedürfnis des erwachsenen Mannes. Die Frau lehrte die Männer die ursprüngliche Zusammengehörigkeit von Vätern, Söhnen, Brüdern. Die Grizzlys hatten nicht einmal die einfachsten Begriffe von Zusammengehörigkeit, als die Menschen schon die Anfänge einer Zusammenarbeit kannten, die eines Tages den ganzen Erdball umspannen wird. Die Menschen lebten in Dutzenden, in Scharen zusammen, und die einsamen Grizzlys wurden umzingelt und erschlagen, bis kein einziger mehr auf der Erde zu finden war.

Durch viele Generationen, durch viele Menschenalter hindurch dauerte der Existenzkampf zwischen diesen nicht ganz menschlichen Wesen und unseren Vorfahren, die aus dem Süden nach Westeuropa eingewandert waren. Ungezählte Kämpfe und Verfolgungen, Mord und wilde Flucht gab es in den Höhlen und im Dickicht dieser eisigen, sturmgepeitschten Welt, an der Wende der Eiszeit und unseres eigenen wärmeren Zeitalters. Bis endlich der letzte arme Grizzly gestellt wurde und den Speeren

seiner Verfolger voll Wut und Verzweiflung gegen-
überstand.

Wie viel herzzerreißenden Jammer mag es wohl
während jener langen Kriegszeit gegeben haben, wie
viel Schrecken und Triumph, Opfermut und Wunder
an Tapferkeit! Aber das Geschlecht der Sieger war
unser Geschlecht; wir stammen von jenen sonnge-
bräunten, buntbemalten Wesen ab, die liefen, kämpften, einander halfen; das Blut, das in unseren Adern
fließt, glühte in jenen Kämpfen, gefror in den
Schrecken der vergessenen Vergangenheit. Denn sie
war wirklich vergessen. Bis auf eine unbestimmte
Angst in unserem Traumleben, bis auf verborgene
Elemente in den Kindermärchen, hat unsere Rasse
die Erinnerung an jene längst vergangene Zeit verloren. Aber nichts auf der Welt kann wirklich verloren-
gehen. Vor etwa siebzig oder achtzig Jahren schöpf-
ten einige neugierige *Gelehrte* den Verdacht, daß die
behauenen Feuersteine, die Knochenreste, die sie in
alten Kiesschichten fanden, eine geheimnisvolle Bedeutung haben mochten. In letzter Zeit erst haben
andere Gelehrte entdeckt, daß diese uralten Erlebnisse in unseren Träumen wieder auftauchen. Nach und
nach erwachen diese trockenen Gebeine wieder zum
Leben.

Die Wiederbelebung der Vergangenheit ist eines
der wunderbarsten Erlebnisse des menschlichen
Geistes. Die Menschheit verfolgt das Wühlen der
Wissenschaft in diesen alten Überresten, wie jemand
die vergilbten Seiten eines längst vergessenen Tage-
buches aus der Jugendzeit durchblättert. Die tote Ju-
gend wird wieder lebendig. Noch einmal tauchen
alte Erlebnisse auf, das alte Glück kehrt wieder. Doch

die alten, einst flammenden Leidenschaften geben jetzt nur mehr milde Wärme; alte Angst, alte Verzweiflung sind bedeutungslos geworden.

Aber ein Tag mag kommen, an dem diese wiedergefundenen Erinnerungen so lebendig werden, als wären wir in eigener Person dabeigewesen und hätten jene längst verflossenen Schreckenstage miterlebt; ein Tag mag kommen, an dem die großen Tiere der Vergangenheit in unserer Phantasie wieder lebendig werden, an dem wir durch verschwundene Landschaften wandeln, bemalte Körper sehen, die längst zu Staub zerfallen sind und die Sonne fühlen, die vor einer Million Jahren geschienen hat.

Das Rote Zimmer

»Ich kann Ihnen versichern«, sagte ich, »um mich zu erschrecken, braucht es ein sehr handgreifliches Gespenst.« Ich stand vor dem Kamin mit meinem Glas in der Hand.

»Sie tragen selbst die Verantwortung dafür«, entgegnete der Mann mit dem verkrüppelten Arm und warf mir von der Seite einen mißtrauischen Blick zu.

»Ich bin achtundzwanzig Jahre alt«, erwiderte ich, »und bis zu diesem Tag bin ich noch keinem Gespenst begegnet.«

Die alte Frau saß ruhig da und starrte in das Feuer, ihre blassen, farblosen Augen waren weit geöffnet. »O ja«, murmelte sie, »achtundzwanzig Jahre sind Sie alt, und bestimmt waren Sie noch nie in einem Haus wie diesem hier. Wenn man erst achtundzwanzig ist, gibt es viel, was man noch lernen muß.« Sie wiegte bedächtig den Kopf. »Viel zu lernen und viel zu bereuen.«

Ich hatte die alten Leute halb im Verdacht, daß sie mit ihren eintönigen Beteuerungen die gespenstischen Schrecken des Hauses in meiner Vorstellung noch erhöhen wollten. Als ich mein leeres Glas auf den Tisch stellte und mich umblickte, sah ich in dem alten, wunderlichen Spiegel am anderen Ende des Raumes mein eigenes Zerrbild, gnomenhaft breitgedrückt und mit verkürzten Gliedmaßen. »Also gut«, sagte ich, »wenn ich in dieser Nacht etwas Neues erlebe, werde ich nachher weiser sein als jetzt.

Ich habe mich in vollem Bewußtsein dessen, was ich tue, für diese Sache entschlossen.«

»Sie tragen selbst die Verantwortung dafür«, wiederholte der Mann mit dem verkrüppelten Arm.

Vom Korridor her hörte ich das Klopfen eines Stockes auf Steinplatten, ich hörte schlurfende Schritte sich nähern; die Türangeln ächzten, und ein zweiter alter Mann trat ein, der noch gebeugter und greisenhafter war als der erste. Er hielt sich mit Hilfe einer Krücke aufrecht, die Augen waren durch ein Schild geschützt, und die herabhängende, ein wenig verzerrte Unterlippe ließ schadhafte gelbe Zähne sehen. Der Alte humpelte auf einen Armsessel an der anderen Seite des Tisches zu, setzte sich schwerfällig nieder und begann zu husten. Der Mann mit dem verkrüppelten Arm warf dem Neuankömmling einen flüchtigen Blick zu, der deutlich Abneigung verriet; die alte Frau nahm keinerlei Notiz und starrte weiter in die Flammen des Kaminfeuers.

»Ich sagte, daß es auf Ihre eigene Verantwortung hin geschieht«, beharrte der Mann mit dem verkrüppelten Arm, als das Husten eine Weile aussetzte.

»Auf meine eigene Verantwortung hin!« bestätigte ich.

Der Mann mit dem Augenschild schien sich erst jetzt meiner Anwesenheit bewußt zu werden, er warf den Kopf zurück und hielt ihn etwas seitwärts, um mich ins Blickfeld zu bekommen. Ich sah ganz kurz seine Augen auf mich gerichtet, sie waren klein, stechend und rot entzündet. Dann senkte er den Kopf und begann wieder zu husten und zu sabbern.

»Warum trinkst du nicht?« fragte der Alte mit dem verkrüppelten Arm und schob ihm das Bier hin. Der zweite Alte goß sich mit zitternder Hand ein, verschüttete dabei mehr als die Hälfte auf die Tischplatte und trank dann das Glas leer. Sein riesenhafter, mißgestalteter Schatten an der Wand äffte jede seiner Bewegungen nach. Ich muß gestehen, daß ich so groteske Kustoden nicht erwartet habe. Das Alter ist für mich etwas Inhumanes, etwas Demütiges, Atavistisches. Die menschlichen Eigenschaften verschwinden mit jedem Tag, kaum spürbar. Ich begann mich in der Gesellschaft dieser drei uralten Menschen immer unbehaglicher zu fühlen, ihr mißtrauisches Schweigen und die offensichtliche Feindseligkeit mir gegenüber und zwischen ihnen selber drückten auf mein Gemüt.

»Wenn Sie mich in das Spukzimmer führen«, sagte ich, »dann werde ich es mir dort bequem machen.«

Der hustende Alte warf den Kopf so jäh hoch, daß ich zusammenzuckte; unter dem Schild blitzten mich zum zweitenmal die rot entzündeten Augen an. Keiner der drei gab eine Antwort. Ich wartete eine Minute und schaute abwartend von einem zum anderen.

»Wenn Sie mich in das Spukzimmer führen«, sagte ich etwas lauter als zuvor, »dann bleibt es Ihnen erspart, für meine Unterhaltung zu sorgen.«

»Auf dem Regal draußen vor der Tür steht eine Kerze« antwortete der Alte mit dem verkrüppelten Arm, ohne mich anzusehen. »Wenn Sie heute nacht in das Rote Zimmer gehen wollen ...«

»Diese Nacht der Nächte!« sagte die alte Frau. »... dann gehen Sie allein!«

»Gut«, erwiderte ich. »Erklären Sie mir, wie ich hinkomme.«

»Zuerst den Korridor entlang«, antwortete der Alte, »bis Sie an eine Tür stoßen, dahinter liegt eine Wendeltreppe. Auf halber Höhe kommen Sie zu einem Treppenabsatz und finden eine zweite Tür, die mit grünem Stoff bezogen ist. Treten Sie ein, folgen Sie dem langen Gang bis ans Ende. Ein paar Stufen führen dann zu Ihrer Linken zu dem Roten Zimmer hinauf.«

Ich wiederholte seine Anweisungen, und er berichtigte einen kleinen Irrtum, der mir dabei unterlaufen war.

»Wollen Sie wirklich das Rote Zimmer aufsuchen?« fragte der Alte mit dem Augenschild und schaute mich das drittemal an, wieder mit unnatürlich schiefgehaltenem Kopf.

»Diese Nacht der Nächte!« murmelte die alte Frau.

»Aus diesem Grund kam ich hierher«, antwortete ich und wandte mich zur Tür. Der Alte mit dem Augenschild erhob sich und humpelte um den Tisch, als wollte er näher bei den anderen und beim flackernden Kaminfeuer sein. An der Tür blickte ich noch einmal zurück. Sie hatten sich eng aneinandergedrängt und starrten mir über die Schultern nach. Ihre Gestalten hoben sich schwarz vom Schein des Feuers ab.

»Gute Nacht«, sagte ich und öffnete die Tür.

»Sie tragen selbst die Verantwortung dafür«, sagte der Mann mit dem verkrüppelten Arm.

Ich schloß die Tür erst, als die Kerze brannte, und wanderte dann durch den kalten, hallenden Gang. Ich muß gestehen, daß mich die Absonderlichkeit dieser drei alten, pensionierten Diener, deren Obhut die Herzogin das Schloß anvertraut hatte, beunruhigte. Das Zimmer der Haushälterin, in dem sie sich versammelt hatten, mit seiner dunklen, altertümlichen Einrichtung, war mir unheimlich geworden, sosehr ich mich auch bemühte, alles sachlich und nüchtern zu betrachten. Diese Menschen gehörten einem vergangenen Zeitalter an, in dem man an gute und schlechte Omina und an Hexen geglaubt hatte, in dem die Existenz von Gespenstern nicht in Frage gestellt und das Übernatürliche anders gesehen worden war als in unserem Jahrhundert. Daß diese drei Alten noch am Leben waren, grenzte ans Unglaubliche. Ihre Kleidung erinnerte an die Mode längst Verstorbener. Die Bilder und die kleinen Gegenstände zum täglichen Gebrauch in dem Raum, den sie bewohnten, hatten etwas Gespenstisches an sich; mir war, als belebten ihn noch immer die Gedanken von Menschen, die schon seit langem tot waren. Ich riß mich zusammen und verbannte solche Vorstellungen. Der endlose Korridor war feucht, kalt und verstaubt, meine Kerze flackerte in der Zugluft und warf tanzende Schatten an die Wände. Auf der Wendeltreppe hallten meine Schritte, das Echo schien einmal von oben, dann von unten zu kommen; ein Schatten huschte hinter mir her, ein zweiter Schatten floh vor mir in die Dunkelheit hinauf. Ich gelangte zu dem Treppenabsatz, hielt einen Augenblick inne, lauschte und glaubte ein leichtes Rascheln zu hören. Aber nichts als Stille, eine wahre Totenstille umgab mich. Ich stieß die grünbezogene Tür auf und trat in den oberen Korridor.

Was ich sah, entsprach kaum meinen Erwartungen. Durch die Fenster des großen Treppenaufganges fiel

Mondlicht, es erfüllte Gang und Treppe mit silbrigem Licht und schwarzen Schatten. Man hatte alles unverändert gelassen, so daß es den Eindruck erweckte, als wäre das Schloß erst gestern und nicht schon vor achtzehn Monaten verlassen worden. In den Wandleuchtern steckten Kerzen, die Staubschicht auf Teppichen und Boden war gleichmäßig verteilt und im Mondschein unsichtbar. Ich wollte schon einen Schritt vorwärts machen, als ich wie erstarrt stehenblieb. Der Schatten einer Statue, die ein Mauervorsprung verdeckte, zeichnete sich klar und unheimlich deutlich auf der weißen Täfelung ab, es sah aus, als lauerte dort jemand im Hinterhalt. Vielleicht eine halbe Minute blieb ich wie angewurzelt stehen. Dann ging ich mit wild klopfendem Herzen und der rechten Hand in der Tasche, in der ich den Revolver trug, auf den Mauervorsprung zu und entdeckte einen im Mondlicht glitzernden Ganymed aus Bronze. Meine Nerven beruhigten sich, und ein Porzellanchinese, der auf einem schwarzen Teetischchen stand und schweigend mit dem Kopf nickte, als ich vorüberschritt, konnte mir keinen Schrecken mehr einjagen.

Die Tür des Roten Zimmers und die Stufen, die hinaufführten, befanden sich in einer schattigen Ekke. Bevor ich die Klinke niederdrückte, bewegte ich die Kerze von rechts nach links und nahm den Treppenabsatz genau in Augenschein. Hier war mein Vorgänger gefunden worden, dachte ich, und die Erinnerung an diese Geschichte jagte mir einen Schauer den Rücken hinab. Ich warf einen Blick zurück auf den Ganymed im Mondlicht und öffnete ziemlich hastig die Tür.

Ich trat ein, zog die Tür zu und drehte den Schlüssel um, den ich stecken sah, hielt die Kerze hoch und betrachtete den Ort meiner Vigilien, das große Rote Zimmer im Schloß Lorraine. Vor achtzehn Monaten war es dem jungen Herzog zum Verderben geworden, als er tapfer versuchte, die Geister dieses Raumes zu besiegen. Er war daraus geflohen und mit dem Kopf voran die Stufen hinuntergestürzt, die ich eben erstiegen hatte. Es gab noch andere, viel ältere Geschichten, die sich mit dem Roten Zimmer verbanden und die weit zurückreichten bis zu jenem kaum glaubhaften Bericht von der scheuen, ängstlichen Frau und ihrem tragischen Ende, als ihr Gatte sie zum Spaß erschrecken wollte. Ich schaute mich in dem riesigen, feierlichen Raum um. Überall schattenerfüllte Fensternischen, Erker und Alkoven. Eine unheilschwangere Dunkelheit umgab mich. Die Flamme meiner Kerze war eine winzige Lichtzunge, die das andere Ende des Raumes nicht erreichte, und auf einmal konnte ich nur zu gut die Legenden verstehen, die mit diesen schwarzen Winkeln verwoben waren.

Ich beschloß, das Zimmer systematisch zu erforschen und alle Einbildungen, die das Dunkel hervorrief, zu verjagen, bevor sie mich in ihren Bann schlagen konnten. Nachdem ich mich vergewissert hatte, daß die Tür fest verschlossen war, schritt ich den Raum ab. Ich schaute hinter jedes Möbelstück, ich hob die Bettdecke hoch, ich zog die Vorhänge auseinander und begutachtete die Riegel an den Fenstern. Ich untersuchte das schwarze Kaminloch und klopfte die dunkle Eichentäfelung nach Geheimtüren ab. An der Wand hingen zwei riesige

Spiegel; jeder war mit einem Paar Wandleuchter versehen, in denen Kerzen steckten. Weiters gab es noch zwei Kerzen in Porzellanleuchtern. Ich zündete eine Kerze nach der anderen an. Obwohl ich der Haushälterin diese Aufmerksamkeit nicht zugetraut hätte, fand ich im Kamin alles zum Feuermachen vorbereitet. Um jedes Frösteln zu vertreiben, zündete ich die Scheite an, und sobald die Flammen hellauf loderten, stellte ich mich mit dem Rücken dazu hin und nahm das Rote Zimmer noch einmal in Augenschein. Ich hatte einen mit Chintz überzogenen Armsessel und einen Tisch nähergerückt, um eine Art Barrikade zu errichten. Auf dem Tisch lag griffbereit mein Revolver. Die genaue Untersuchung des Raumes hatte mir gutgetan, trotzdem fand ich noch immer die Dunkelheit in den Winkeln mir gegenüber und die Totenstille ein wenig zu anregend für meine Phantasie. Das Knistern der züngelnden Flammen, das als leises Echo aus allen Ecken zu kommen schien, hörte sich ausgesprochen ungemütlich an. Der Schatten im Alkoven glich einem lauernden Lebewesen, und ich glaubte, die Gegenwart eines anderen Menschen zu spüren, eine Einbildung, die so leicht durch Stille und Einsamkeit hervorgerufen wird. Schließlich wanderte ich mit einer Kerze in der Hand zum Alkoven hin, um mir zu beweisen, daß niemand dort war. Bevor ich zurückging, stellte ich die Kerze im Alkoven ab. Mich sollte kein neuer Schatten narren!

Ich war jetzt in einem Zustand nervöser Erregung, obwohl mein Verstand mir sagte, daß es dafür keine Ursache gäbe. Denken aber konnte ich noch immer klar, und ich beteuerte mir selber gegenüber, daß nichts Übernatürliches geschehen könne. Weil die Zeit nicht vergehen wollte, begann ich, nach den alten Legenden des Schlosses Reime zu schmieden. Ein paar dieser Zeilen sprach ich laut vor mich hin, meine Stimme hallte jedoch so unheimlich in dem weiten Raum, daß ich es wieder aufgab. Aus dem gleichen Grund brach ich auch ein Selbstgespräch über die Unmöglichkeit von Geistern und Spuk ab. In Gedanken kehrte ich zu den drei abgehärmten alten Leuten zurück. Das schwermütige Rot und Schwarz des Zimmers jagte mir eine ungewisse Furcht ein, sogar mit sieben brennenden Kerzen war es hier noch immer düster. Die Flamme im Alkoven flackerte, Schatten und Halbdunkel bewegten sich und flossen ineinander. Ich erinnerte mich der vielen Kerzen, die ich im Korridor gesehen hatte, aber es kostete mich eine kleine Überwindung, in den mondlichterfüllten Gang hinauszutreten. Ich ließ die Tür weit offenstehen und kehrte sofort wieder zurück, nachdem ich zehn Kerzen eingesammelt hatte. Diese Kerzen befestigte ich auf den verschiedenen Porzellannippsachen, mit denen der Raum spärlich geschmückt war, und stellte sie überall dorthin, wo die Schatten am dichtesten waren. Schließlich war jeder Zentimeter des Roten Zimmers vom Schein der siebzehn Kerzen ausgeleuchtet. Ich nahm mir vor, das Gespenst zu warnen, wenn es erscheinen sollte, damit es nicht über eine der Kerzen stolperte. Die gelbschimmernden Lichtkreise wirkten beruhigend. Wenn ein Docht sich schwarz krümmte, knipste ich ihn mit den Fingern ab. Auf diese Weise hatte ich etwas zu tun, und die Zeit verging schneller.

Trotzdem bedrückte mich die Vorstellung, daß ich noch so viele Stunden hier Wache halten mußte. Es war nach Mitternacht, als die Flamme im Alkoven erlosch. Ich sah sie nicht ausgehen; ich schreckte auf – wie jemand, der plötzlich wahrnimmt, daß ein Fremder neben ihm steht – und erblickte den dunklen Alkoven.

»Bei Gott!« sagte ich laut. »Ist die Zugluft hier so stark?« Ich nahm die Streichhölzer vom Tisch und schlenderte betont nachlässig zum Alkoven hin. Mein erstes Streichholz zündete nicht, und als das zweite Feuer fing, war mir, als blinkte etwas über mir an der Wand. Unwillkürlich wandte ich den Kopf und wurde gewahr, daß die zwei Kerzen auf dem kleinen Tisch am Kamin nicht mehr brannten. Ich fuhr hoch.

»Merkwürdig«, sagte ich, »habe ich sie etwa unabsichtlich selber ausgelöscht?«

Ich ging zurück, zündete eine der Kerzen an und sah, wie die Flamme bei einem der Spiegel flackerte und in sich zusammensank. Fast gleichzeitig erlosch auch die Kerze im zweiten Wandleuchter. Es konnte kein Irrtum sein. Die Flamme ging so jäh aus, als hätte man sie mit Daumen und Zeigefinger ausgedrückt. Der Docht glühte nicht nach, sondern wurde sofort schwarz. Während ich mit offenem Mund dastand, erlosch die Kerze am Fuß des Bettes. Die Dunkelheit kroch näher an mich heran.

»Ist wer da?« stammelte ich. Eine der Flammen auf dem Kaminsims erstarb, und sofort danach war auch die zweite tot.

»Was geht hier vor?« schrie ich und konnte nicht verhindern, daß meine Stimme unnatürlich hoch klang. In derselben Sekunde erlosch die Kerze auf dem Schrank, und jene, die ich im Alkoven wieder entzündet hatte, folgte ihrem Beispiel.

»Halt!« befahl ich. »Diese Kerzen werden gebraucht!« Mein Versuch, witzig zu sein, kam mir selber kläglich hysterisch vor. Ich strich ein Zündholz an, und meine Hände zitterten so sehr, daß ich zweimal mit dem Zündholzköpfchen daneben traf. Als der Kaminsims wieder aus der Dunkelheit tauchte, verschwanden zwei Flammen auf dem Fenstersims. Mit demselben Streichholz gelang es mir aber, die Kerzen in den Wandleuchtern und die Kerze auf dem Fußboden neben der Tür anzuzünden. Im Augenblick schien ich die Oberhand im Kampf gegen die Dunkelheit zu gewinnen. Dann erloschen jedoch in derselben Sekunde vier der tröstlichen Lichter in verschiedenen Winkeln des Roten Zimmers. Ich strich in wahnsinniger Hast ein neues Streichholz an und stand ein paar Herzschläge unentschlossen da und wußte nicht, welche der Kerzen ich zuerst anzünden sollte.

Während ich noch zögerte, löschte eine unsichtbare Hand die zwei Kerzen auf dem Tisch aus. Mit einem wilden Schrei stürzte ich in den Alkoven, dann in die nächste Ecke, dann zum Fenster. Es gelang mir, drei Flammen zu entfachen, dafür erlöschten zwei beim Kamin. Ich ließ die Streichhölzer fallen und riß den Kerzenanzünder, der neben dem Bett stand, an mich. Auf diese Weise ersparte ich mir das zeitraubende Anzünden der Streichhölzer. Trotzdem wurde ich der verlöschenden Kerzenflammen nicht Herr, und die schwarzen Schatten krochen näher und näher. Es war, als verdunkle eine sturmzerfetzte Wolke alle Sterne am Himmel. Ab und zu leuchtete eine Flamme wieder auf, um gleich danach zu verschwinden. Panik erfaßte mich, ich war fast verrückt vor Angst, und alle Selbstbeherrschung verließ mich. Keuchend und verstört hastete ich von Kerze zu Kerze in einem vergeblichen Kampf gegen die erbarmungslos heranrückende Finsternis.

Ich prallte gegen die Tischkante. Ein Stuhl flog um, ich stolperte und fiel nieder. Der Anzünder rollte davon. Ich sprang auf, packte die nächstbeste Kerze und riß sie so jäh an mich, daß der Luftzug sie auslöschte. Sofort gingen die zwei letzten Flammen aus. Aber es war noch immer eine Lichtquelle im Raum, ein glimmender Schein, der die Schatten vertrieb. Das Kaminfeuer! Warum hatte ich nicht schon vorher daran gedacht! Ich konnte meine Kerze durch das Eisengitter stecken und sie neu anzünden.

Die Feuerzungen im Kamin huschten über die Scheite und warfen rote Lichter. Ich machte einen Schritt darauf zu, und sofort schrumpften sie ein und wurden schwächer und schwächer. Das sanfte Glühen verging, die Lichter hörten zu tanzen auf. Als ich die Kerze zwischen die Gitterstäbe schob, packte mich die Finsternis mit ihrem erstickenden Würgegriff und raubte mir das letzte Fünkchen Verstand. Die Kerze fiel aus meiner Hand. Ich streckte die Arme weit aus, als wollte ich die Dunkelheit von mir abhalten. Ich schrie gellend auf − einmal, zweimal, dreimal. An alles Weitere erinnere ich mich nur verschwommen. Ich glaube, daß ich hochtaumelte und daß mir plötzlich der mondscheinerfüllte Korridor einfiel. Den Kopf gebeugt und die Hände vor das Gesicht geschlagen, stürzte ich zur Tür hin.

Ich hatte aber jeden Richtungssinn verloren und stieß mit voller Wucht an die Bettkante. Ich taumelte zurück. Ein heftiger Schlag traf mich, vielleicht prallte ich aber auch nur gegen ein schweres Möbelstück. Ich erinnere mich dunkel, daß ich in der Finsternis wie rasend umherstürzte und mich an Ecken und Kanten wundstieß; ich erinnere mich meiner eigenen, wilden Schreie. Dann hatte ich das schreckliche Gefühl, zu fallen, eine Ewigkeit zu fallen. In panischer Angst wollte ich mich an irgend etwas festhalten, dann weiß ich nicht mehr, was geschah.

Als ich meine Augen öffnete, war es heller Tag. Mein Kopf trug einen dicken Verband, und der Alte mit dem verkrüppelten Arm stand vor mir und schaute mir ins Gesicht. Ich blickte um mich, war aber eine ganze Weile nicht imstande, einen klaren Gedanken zu fassen. In der Ecke saß die alte Frau, sie wirkte nicht mehr so abweisend wie am Abend zuvor und goß eben ein paar Tropfen Medizin aus einer kleinen blauen Phiole in ein Glas. »Wo bin ich?« fragte ich. »Ich habe Sie bestimmt schon einmal gesehen, aber ich kann mich nicht mehr entsinnen, wo und wann.«

Sie erzählten mir, was geschehen war, und ich lauschte ihrer Geschichte vom Roten Spukzimmer, als hörte ich zum erstenmal davon und als sei es ein Bericht, der jemand anderen betraf und nichts mit mir zu tun hatte. »Wir fanden Sie in der Morgendämmerung«, sagte der Alte, »Ihre Stirn und Ihre Lippen waren blutig.«

Unendlich langsam kam die Erinnerung an alles zurück. »Glauben Sie mir nun«, fragte der Alte, »daß es im Roten Zimmer spukt?« Seine Stimme hatte jede Feindseligkeit verloren, er sprach zu mir nicht mehr wie zu einem unerwünschten Fremden, sondern wie zu einem Freund, den man bedauert.

»Ja«, antwortete ich, »das Rote Zimmer ist von Geistern heimgesucht.«

»Und Sie haben die Geister gesehen. Wir, die wir hier unser ganzes Leben verbrachten, haben sie nie gesehen. Weil wir es niemals wagten … Sagen Sie uns, ist es wirklich der alte Graf, der …«

»Nein«, erwiderte ich, »es ist nicht der alte Graf.«

»Ich wußte es«, murmelte die alte Frau. »Es ist die arme, junge Gräfin, die er zu Tode erschreckte.«

»Auch sie ist es nicht«, antwortete ich. »Im Roten Zimmer gehen weder der alte Graf noch die junge Gräfin um, es gibt dort kein Gespenst. Aber etwas gibt es, das ist unendlich fürchterlicher.« »Nun?« fragten sie mich.

»Es ist das Schlimmste von allen Dingen, die uns Sterbliche heimsuchen«, erklärte ich. »Es ist – nackte Furcht! Furcht, die jedes Licht zum Erlöschen bringt, die uns den Verstand nimmt, die uns taub und blind macht und uns überwältigt. Nackte Furcht schlich mir im Korridor nach, überfiel mich in jenem Raum …«

Ich hörte zu sprechen auf. Ein langes Schweigen folgte.

Dann seufzte der Mann mit dem Augenschild. »Das ist es!« sagte er. »Ich wußte, daß es nur das sein konnte. Es ist eine Gewalt der Finsternis. Einen solchen Fluch einer Frau aufzuerlegen! Es lauert immer dort. Man fühlt es sogar am lichten Tag, bei hellem Sonnenschein. Aber nie kann man es sehen, nie ist es vor uns. Es ist immer hinter uns! In der Dämmerung schleicht es durch die Gänge und folgt einem nach, und man wagt nicht, sich umzudrehen. Die schwarze Furcht lauert im Zimmer der armen Gräfin, und diese Furcht wird immer dort sein, solange dieses Haus der Sünde steht.«

Die seltsame Geschichte
von Brownlows Zeitung

Ich nenne das eine seltsame Geschichte, weil es eine Geschichte ohne Erklärung ist. Als ich sie zum erstenmal, in Bruchstücken, von Brownlow hörte, fand ich sie sonderbar und unglaubhaft. Aber – sie weigert sich, unglaubhaft zu bleiben. Nachdem ich mich gegen die Beweise gesträubt und sie dann bezweifelt und genau geprüft hatte, wieder auf sie zurückkam, das Ganze als eine sorgfältig ausgearbeitete Täuschung ablehnte und nichts mehr davon hören wollte, dann durch eine unwiderstehliche Neugierde dazu verlockt wurde, alles nochmals zu überlegen und noch einmal durchzuarbeiten, war ich zu der Schlußfolgerung gezwungen, daß Brownlow die Wahrheit gesagt hat, soweit er die Wahrheit zu sagen imstande ist. Aber es bleibt eine seltsame Wahrheit, seltsam und erregend für die Phantasie. Je glaubwürdiger seine Geschichte wird, um so seltsamer ist sie. Sie beunruhigt mich. Sie versetzt mich in einen Fieberzustand, infiziert mich, nicht mit Bazillen, sondern mit Fragezeichen und unbefriedigter Neugierde.

Brownlow ist, ich gebe es zu, eine heitere Seele. Ich kenne ihn als Lügner. Aber ich habe niemals erlebt, daß er etwas so kunstvoll, mit so vielen Begründungen getan hätte, wie es bei dieser Angelegenheit der Fall gewesen sein muß, sollte sie eine Täuschung sein. Er ist zu etwas so sorgfältig Durchdachtem und Begründetem nicht fähig. Dafür ist er zu faul und zu leichtfertig. Und er hätte gelacht. An irgendeiner Stelle hätte er gelacht und sich verplappert. Und schließlich gibt es da sein Stück Zeitung als Beweis – und den Fetzen eines adressierten Zeitungsumschlags.

Mir war klar, daß diese Geschichte bei vielen Lesern Schaden erleiden wird, weil sie gleich zu Anfang Brownlow in einem Zustand zeigt, wo er eindeutig eher fröhlich als besonnen ist. Er war nicht in der Stimmung für kühle und verläßliche Beobachtung und noch weniger für einen exakten Bericht. Er betrachtete die Dinge heiter. Er war geneigt, sie fröhlich aufzunehmen und ihnen dann keine weitere Aufmerksamkeit zu schenken. Die Grenzen von Zeit und Raum waren ihm auferlegt. Es war nach Mitternacht. Er hatte mit Freunden zu Abend gegessen.

Ich habe ihn gefragt, wer diese Freunde waren, und mich über eine oder zwei offensichtliche Möglichkeiten jener Abendgesellschaft vergewissert. Sie waren, sagte er mir, »einfach Freunde, sie hatten überhaupt nichts damit zu tun«. Ich begnüge mich normalerweise mit einer Versicherung dieser Art, aber in diesem Fall machte ich eine Ausnahme. Ich beobachtete meinen Mann und riskierte es, die Frage zu wiederholen. An jener Abendgesellschaft war nichts Außergewöhnliches, außer der Tatsache, daß es eine ungewöhnlich gute Abendgesellschaft war. Der Gastgeber war Redpath Baynes, Anwalt, und das Abendessen fand in seinem Haus in St. John's Wood statt. Gifford vom *Evening Telegraph,* den ich ein wenig kenne, war anwesend, wie ich herausfand, und von ihm erfuhr ich alles, was ich wissen wollte. Es gab viele kluge und weitschweifige Gespräche, und

Brownlow war animiert worden, seine Tante, Lady Clitherholme, nachzuahmen, wie sie einen nachlässigen Klempner während irgendwelcher Wiederinstandsetzungsarbeiten auf Clitherholme rügte. Diese Jugenderinnerung war mit beträchtlicher Belustigung aufgenommen worden – er macht das mit seiner Tante Lady Clitherholme immer sehr gut –, und Brownlow war durch diesen kleinen gesellschaftlichen Erfolg in eindeutig gehobener Stimmung fortgegangen. Hatten sie, fragte ich, auf dieser Party über die Zukunft gesprochen oder über Einstein oder J. W. Dunne oder ein ähnlich bedeutendes und ernstes Thema? Nein. Hatten sie über die neue Zeitung diskutiert? Nein. Es hatte auf dieser Party keinen gegeben, den man als Witzbold hätte bezeichnen können, und Brownlow war allein in einem Taxi weggefahren. Das war es, was ich wissen wollte. Er wurde prompt von seinem Taxi beim Haupteingang des Sussex Court abgeliefert.

Nichts Ungünstiges ist über seine Fahrt im Lift zum fünften Stock des Sussex Court zu berichten. Der Fahrstuhlführer bemerkte nichts Außergewöhnliches. Ich fragte, ob Brownlow »gute Nacht« sagte. Der Fahrstuhlführer erinnerte sich nicht. »Normalerweise sagt er ›Nacht‹«, überlegte der Fahrstuhlführer – offenkundig tat er sein Bestes, und da war nichts Bestimmtes, an das er sich erinnern konnte. Und damit sind die Ergebnisse meiner Nachforschungen über den Zustand von Brownlow an diesem bestimmten Abend erschöpft. Der Rest der Geschichte stammt direkt von ihm. Meine Untersuchungen ergaben nur folgendes: Er war gewiß nicht betrunken. Aber er war ein wenig aus unserem harten und zermürbenden Kontakt mit den unmittelbaren Realitäten des Lebens herausgehoben. Das Leben glühte in ihm, weich und warm, und das Unerwartete konnte geschehen – heiter, leicht und angenehm.

Er ging den langen Korridor mit seinem roten Teppich, mit dem klaren Licht und seinen Eichentüren entlang; jede davon hatte eine kunstvolle Messingnummer. Ich war bei mehreren Gelegenheiten mit ihm diesen Korridor entlanggegangen. Er hatte die Angewohnheit, diesen Korridor dadurch zu beleben, daß er bei jeder Tür, an der er vorbeiging, feierlich den Hut lüftete, seine unbekannten und unsichtbaren Nachbarn grüßte und sich sanft, aber unverkennbar mit verspielten, wenn auch manchmal ein wenig unanständigen Namen seiner eigenen Erfindung an sie wandte, Glückwünsche aussprach oder ihnen kleine Komplimente machte.

Schließlich kam er zu seiner eigenen Tür, Nummer 49, und verschaffte sich ohne ernsthafte Schwierigkeiten Einlaß. Er schaltete das Licht in der Diele an. Auf dem gebohnerten Fußboden verstreut und über seinen chinesischen Teppich ausgebreitet waren zahlreiche Briefe und Drucksachen, die Abendpost. Sein Stubenmädchen, das auch seine Haushälterin war und in einem Zimmer schlief, das sich in einem anderen Teil des Gebäudes befand, hatte sich ihren freien Abend genommen, sonst wären diese Briefe eingesammelt und auf das Pult in seinem Büro gelegt worden. So aber lagen sie auf dem Fußboden. Er schloß die Tür hinter sich, oder sie schloß sich von selbst; er legte seinen Mantel und den Umhang ab, setzte seinen Hut auf den Kopf des griechischen Wagenlenkers, dessen Büste seine

Diele zierte, und machte sich daran, die Briefe aufzuheben.

Auch das gelang ihm ohne Zwischenfall. Er war ein wenig ärgerlich, daß der *Evening Standard* nicht dabei war; er hat, sagt er, die Nachmittagsausgabe des *Star* abonniert, um sie beim Tee zu lesen, und die Nachtausgabe des *Evening Standard,* um die letzten Meldungen zu überfliegen, oder sei es nur wegen der Karikatur von Low. Er las alle Kuverts auf und nahm sie in sein kleines Wohnzimmer mit. Dort schaltete er die elektrische Heizung ein, mixte sich einen Whisky-Soda, ging in sein Schlafzimmer, um weiche Pantoffeln anzuziehen, und vertauschte seine Smokingjacke gegen eine Hausjacke aus Lamawolle, kehrte in sein Wohnzimmer zurück, zündete eine Zigarette an und setzte sich neben die Leselampe in seinen Lehnstuhl, um seine Briefe durchzusehen. Er erinnert sich sehr genau an all diese Details. Es waren gewohnheitsmäßige Dinge, die er wohl hundertmal wiederholt hatte. Brownlow ist kein zerstreuter Typ; er geht auf die Dinge zu. Er ist einer jener temperamentvollen Extrovertierten, die alle ihre Briefe und Drucksachen öffnen und lesen, wann immer sie sie zu fassen kriegen. Bei Tag fängt seine Sekretärin die meisten ab und erledigt sie, aber nachts entgeht er ihrer Kontrolle und tut, was ihm gefällt, das heißt, er öffnet alles.

Er riß verschiedene Kuverts auf. Da gab es eine formelle Bestätigung eines Geschäftsbriefes, den er am Vortag diktiert hatte, dort ein Brief von seinem Anwalt, der Details über eine Sache erbat, die er zu erledigen hatte, da war ein Angebot irgendeines unbekannten Herrn mit einem aristokratischen Namen, ihm Geld auf einen bloßen Schuldschein hin zu leihen, und eine Mitteilung über den Anbau eines neuen Flügels in seinem Klub. »Immer dasselbe alte Zeug. Was für Langweiler das alles sind.« Er hoffte stets, wie jedermann, der das mittlere Alter zu überschreiten beginnt, daß seine Briefe angenehme Überraschungen enthalten würden – und das taten sie nie. Dann hob er, wie er es mir gegenüber formulierte, *inter alia,* die merkwürdige Zeitung auf.

Ihr Aussehen war anders als das einer gewöhnlichen Zeitung, aber nicht so anders, daß sie nicht als Zeitung erkennbar gewesen wäre, und er war überrascht, sagt er, daß er sie nicht früher bemerkt hatte. Sie war von einem blaßgrünen Kreuzband umschlossen, aber sie war nicht frankiert. Anscheinend war sie nicht vom Postboten zugestellt worden, sondern von jemand anderem. (Das Kreuzband existiert noch, ich habe es gesehen.) Er hatte es bereits aufgerissen, ehe er bemerkte, daß er nicht der Adressat war.

Einen Augenblick lang hielt er in der Betrachtung dieser Adresse inne, die ihm ein klein wenig merkwürdig vorkam. Sie war in eher ungewöhnlichen Lettern gedruckt: »Evan O'Hara Mr., Sussex Court 49.«

»Falscher Name«, sagte Mr. Brownlow. »Richtige Adresse. Komisch. Sussex Court 49 ... Hat wahrscheinlich meinen *Evening Standard* bekommen ... Vertauschen ist nicht Diebstahl.«

Er legte das zerrissene Kreuzband zu seinen unbeantworteten Briefen und schlug die Zeitung auf.

Der Titel der Zeitung war in großen, etwas ornamentalen schwarzgrünen Buchstaben gedruckt, möglicherweise war dieselbe Quelle für die Adresse verantwortlich. Aber als er die Zeitung las, war es der *Evening Standard!* Oder es war zumindest der »Even Standrd«. »Blöd«, sagte Brownlow. »Es ist irgendeine verdammte irische Zeitung. Die können nichts richtig schreiben, diese Iren ...«

Er hatte vorübergehend den Einfall, der sich ihm durch das grüne Kreuzband und die grüne Tinte aufdrängte, daß es ein Lotterie-Reklametrick aus Dublin war.

Dennoch, wenn es irgendwas zu lesen gab, war er entschlossen, es zu lesen. Er überflog die erste Seite. Oben verlief quer über die ganze Breite eine Schlagzeile. »WILTON-BOHRUNG ERREICHT KILOMETER ELF: ERFOL SICHER.«

»Nein«, sagte Brownlow. »Es muß Öl sein ... Ungebildetes Pack, diese Ölfritzen – lassen das ›g‹ bei ›Erfolg‹ aus.«

Er legte die Zeitung für einen Augenblick auf die Knie, stärkte sich mit einem Drink, zündete eine zweite Zigarette an und lehnte sich dann in seinem Stuhl zurück, um leidenschaftslos den Anstieg der Ölaktien ins Auge zu fassen, der im Gange sein mochte.

Aber es hatte nichts mit Öl zu tun. Es war, wie ihm zu dämmern begann, irgend etwas Merkwürdigeres als Öl. Er merkte, daß er eine wirkliche Abendzeitung begutachtete, die sich, soweit er das zunächst sehen konnte, mit den Dingen einer anderen Welt beschäftigte.

Er hatte einen Augenblick lang das Gefühl, als ob er und sein Lehnstuhl und sein kleines Wohnzimmer in einem riesigen Raum treiben würden, und dann schien alles wieder beständig und fest zu werden.

Dieses Ding in seinen Händen war schlicht und unbestreitbar eine gedruckte Zeitung. Der Schriftsatz war ein wenig sonderbar, sie raschelte nicht und fühlte sich nicht an wie normales Papier, aber eine Zeitung war es. Sie war in drei oder vier Spalten gedruckt – er kann sich um keinen Preis erinnern, wie viele – und unter dem Aufmacher waren Kolumnentitel. Da war so ein *Art-nouveau-Ding* am Ende einer Spalte, das eine Reklame sein mochte (es zeigte eine Frau mit einem unmöglich großen Hut), und links oben in der Ecke war eine unmißverständliche Wetterkarte von Westeuropa, mit bunten Isobaren, oder Isothermen, oder was immer, und der Aufschrift »Wetter von morgen«.

Und dann bemerkte er das Datum. Das Datum war der 10. November 1971!

»Halt«, sagte Brownlow. »Verdammt noch mal! Halt.«

Er hielt die Zeitung seitwärts, und dann wieder gerade. Das Datum blieb der 10. November 1971.

Er stand in einem Zustand äußerster Verblüfftheit auf und legte die Zeitung nieder. Einen Moment lang hatte er ein wenig Angst davor. Er rieb seine Stirn. »Du bist doch nicht zufällig ein Rip Van Winkle[*] gewesen, Brownlow, mein Junge?« sagte er.

Er hob die Zeitung wieder auf, ging in die Diele hinaus und betrachtete sich dort im Spiegel. Er war beruhigt, keine Zeichen fortgeschrittenen Alters zu sehen, aber der Ausdruck von Bestürzung, gemischt

---

[*] Rip Van Winkle – Geschichte von Washington Irving über einen Tunichtgut, der 20 Jahre schläft und dann in einer völlig veränderten Umwelt erwacht – Anm. d. Übers.

mit Erstaunen, auf seinem geröteten Gesicht kam ihm plötzlich würdelos und unverantwortlich vor. Er lachte über sich selbst, aber nicht unkontrolliert. Dann starrte er ausdruckslos auf dieses vertraute Gesicht.

»Ich muß halb *tordu* sein«, sagte er, was seine gewohnte Übersetzung von »beschwipst« war. Auf dem Wandtischchen war ein kleiner einstellbarer Kalender, der bezeugte, daß man den 10. November 1931 schrieb.

»Siehst du?« sagte er und schüttelte tadelnd die kuriose Zeitung vor dem Kalender. »Ich hätte dich schon vor zehn Minuten als Ente erkennen müssen. Ein Grubenhund, um es harmlos auszudrücken. Ich nehme an, die haben Low für einen Abend zum Herausgeber gemacht, und er hat diese Idee gehabt. Eh?«

Er hatte das Gefühl, reingelegt worden zu sein, aber der Scherz war gut. Und mit ganz ungewöhnlicher Vorfreude auf Unterhaltung kehrte er zu seinem Lehnstuhl zurück. Das war eine gute Idee, eine Zeitung, die vierzig Jahre voraus war. Riesenspaß, wenn es gut gemacht ist. Eine Zeitlang dürfte wohl nichts außer den Geräuschen einer Zeitung, die umgeblättert wird, und Brownlows Atem die Stille der Wohnung durchbrochen haben.

Als einfallsreiche Schöpfung betrachtet, fand er das Ding beinahe zu gut gemacht. Jedesmal, wenn er eine Seite umblätterte, erwartete er, daß das Blatt in Lachen ausbrechen und die ganze Sache verraten würde. Aber es tat nichts desgleichen. Aus einem bloßen geistreichen Einfall wurde es ein ungeheurer und amüsanter, wenn auch vielleicht ein klein wenig überperfekter Jux. Und als Jux ging er dann von einer Stufe der Unglaublichkeit zur anderen über, bis es, alles andere als das, was es zu sein vorgab, völlig unglaublich war. Es mußte weit mehr gekostet haben als eine gewöhnliche Ausgabe. Alle Arten von Farben waren verwendet worden, und plötzlich stieß er auf Illustrationen, die mehr als erstaunlich waren; sie hatten die Farben der Wirklichkeit. In seinem ganzen Leben hatte er noch nie einen solchen Farbdruck gesehen – und die Häuser, die Landschaften und die Mode auf den Bildern waren seltsam. Seltsam und doch glaubwürdig. Es waren Farbfotos von aktuellen Ereignissen, aber erst von vierzig Jahren später. Er konnte nichts anderes von ihnen halten. Zweifel angesichts ihrer Existenz konnte es nicht geben.

Er ließ den Gedanken an eine Trickausgabe fallen. Diese Zeitung in seiner Hand müßte nicht nur einfach unvorstellbar teuer in der Herstellung sein. Sie konnte um keinen Preis produziert werden. Diese ganze heutige Welt war nicht in der Lage, so etwas wie diese Zeitung, die er in der Hand hielt, zu produzieren. Er war durchaus imstande, das zu erkennen.

Er saß da, blätterte – ganz mechanisch – die Seiten um und trank Whisky. Seine Skepsis war weitgehend im Schwinden; die Barrieren der Kritik waren gefallen. Sein Geist konnte nun die Vorstellung akzeptieren, daß er eine Zeitung, die vierzig Jahre in der Zeit voraus war, ohne weiteren Protest las.

Sie war an Mr. Evan O'Hara adressiert worden, und sie war zu ihm gekommen. Gut und schön. Dieser Evan O'Hara wußte offensichtlich, wie man die Dinge überflügelte.

Ich bezweifle, ob Brownlow das Wunderbare der Situation begriff.

Doch es war und bleibt weiterhin eine Situation voller Wunder. Das Wunderbare daran steigt mir in den Kopf, während ich dies schreibe. Nur sehr allmählich formt sich mir das Bild von Brownlow, wie er diese mysteriösen Seiten umblättert, so daß ich es schließlich selber glauben kann. Und Sie werden verstehen, wie die Sache in meinen Gedanken zwischen Glaubhaftigkeit und Unglaubhaftigkeit hin und her schwankte, bis ich ihn fragte, teilweise um eine sich kolossal ausbreitende und schließlich alles verschlingende Neugier zu rechtfertigen oder zum Schweigen zu bringen: »Was stand darin? Was hatte sie zu berichten?« Ich merkte, wie ich versuchte, ihn bei etwas zu ertappen und gleichzeitig jedes besondere Detail, das er angeben konnte, zu erfahren.

Was stand darin? Mit anderen Worten, was wird die Welt in vierzig Jahren tun? Das war das gewaltige Spektrum der Vision, auf die Brownlow ein kurzer Blick gewährt worden war. Die Welt in vierzig Jahren! Ich liege nachts wach und denke an alles, was diese Zeitung uns wohl enthüllt hätte. Vieles enthüllte sie, aber kaum etwas davon verwandelt sich nicht sofort in eine Ansammlung von Rätseln. Als er mir zum erstenmal von der Sache erzählte, war ich – es ist, ich gebe zu, ungeheuer schade – zutiefst skeptisch. Ich stellte ihm Fragen in einer Weise, die die Leute »gemein« nennen. Ich war bereit – wie mein Verhalten ihm deutlich machte –, ihm beim allerersten Schnitzer mit einem: »Aber das ist doch widersinnig!« an die Gurgel zu springen. Und ich hatte eine Verabredung, die mich nach einer halben Stunde abrief.

Doch die Sache hatte meine Phantasie bereits gefesselt, ich rief Brownlow vor dem Nachmittagstee an und drängte schon wieder nach dieser »seltsamen Geschichte«. An jenem Nachmittag schmollte er wegen des Unglaubens, den ich am Morgen gezeigt hatte und erzählte mir sehr wenig. »Ich war betrunken und träumte, nehme ich an«, sagte er. »Ich fange schon selber an, das Ganze zu bezweifeln.« In der Nacht kam mir zum erstenmal der Gedanke, daß er, in die Lage gebracht, selber zu erzählen und aufzuzeichnen, was er gesehen hatte, sowohl verwirrt als auch skeptisch in bezug auf die Sache werden könnte. Phantasien konnten sich damit vermischen. Er konnte es einengen und verändern, um es glaubwürdiger zu gestalten. Daher aß ich am nächsten Tag mit ihm zu Mittag und verbrachte den Nachmittag mit ihm und vereinbarte, über das Wochenende mit ihm nach Surrey zu fahren. Ich schaffte es, seine Gereiztheit mir gegenüber zu zerstreuen. Mein wachsender Eifer weckte auch den seinen wieder. Dort machten wir uns ernsthaft daran, zuerst einmal alles wieder in Erinnerung zu rufen, was ihm zu seiner Zeitung einfiel, und uns dabei eine zusammenhängende Vorstellung von der Welt zu machen, von der sie handelte.

Vielleicht ist es ein wenig banal zu sagen, wir waren für diesen Job zu wenig ausgebildet. Wen aber konnte man für einen solchen Job, wie wir ihn uns vornahmen, als Fachmann betrachten? Welche Fakten sollte er als wichtig hervorheben, und wie sollten sie zusammengestellt werden? Wir wollten alles, was wir nur konnten, über das Jahr 1971 wissen; und die kleinen Fakten und die großen Fakten drängten sich übereinander und stießen gegeneinander.

Die Schlagzeile quer über die ganze Seite von jener Elf-Kilometer-Wilton-Bohrung ist meines Erachtens eine der bezeichnendsten Punkte in der Geschichte. Darüber sind wir uns ziemlich klar. Sie bezog sich, sagte Brownlow, auf eine Reihe von Versuchen, die Wärmequellen unter der Erdoberfläche anzuzapfen. Ich stellte verschiedene Fragen. »Es wurde *erklärt,* verstehst du«, sagte Brownlow und lächelte, streckte eine Hand aus und spielte mit den Fingern.

»Es würde *erklärt,* gut. Das alte System, sagten sie, mußte von ein paar hundert Metern bis zu einer Meile oder so hinuntergehen, Kohle heraufbringen und sie verbrennen. Noch ein bißchen tiefer runter, und man braucht nichts heraufzubringen und zu verbrennen. Einfach direkte Wärme. Kommt von selber rauf – durch den eigenen Dampf. Verstehst du? Einfach.«

»Sie machen ein großes Theater damit«, fügte er hinzu. »Es gab nicht nur die Schlagzeile; es gab einen Leitartikel in großen Lettern. Wie war er betitelt? Ah! Das Zeitalter der Verbrennung ist zu Ende!«

Das ist nun offenkundig ein sehr großes Ereignis für die Menschheit, mitten im Geschehen eingefangen. 10. November 1971. Und die Art, wie es nach Brownlows Beschreibung durchgeführt wird, zeigt deutlich eine Welt, die viel mehr von ökonomischen Notwendigkeiten in Anspruch genommen wird als die Welt von heute, und die in größerem Umfang und mit kühnerem Geist damit umgeht.

Die Aufregung über die Zentralreservoire der Wärme – Brownlow war da ganz entschieden – war nicht das einzige Symptom eines gesteigerten praktischen Interesses an Wirtschaft und Wissenschaft.

Wissenschaftlicher Arbeit und Erfindungen wurde viel mehr Raum gewidmet als in irgendeiner heutigen Zeitung. Es gab Diagramme und mathematische Formeln, sagte er, aber er sah sie sich nicht sehr genau an, weil er ihren Sinn nicht erfassen konnte. »*Erschreckend* intellektuell, manches«, sagte er.

Eine intelligentere Welt für unsere Enkelkinder offenbar, und auch, wie die Bilder bezeugten, eine gesündere und glücklichere Welt.

»Die Mode war attraktiv«, sagte Brownlow, plötzlich vom Thema abschweifend. »Alles ganz bunt.«

»War sie gekünstelt?« fragte ich.

»Ganz im Gegenteil«, sagte er.

Seine Beschreibung dieser Bekleidung ist vage. Die Leute, die in den Berichten aus der Gesellschaft und in der Reklame abgebildet waren, schienen die Körperbekleidung – ich meine Dinge wie Westen, Hosen, Socken und so weiter – auf ein Minimum reduziert zu haben. Busen und Brust waren bloß. Es schien ungeheuer übertriebene Armbänder gegeben zu haben, meist auf dem linken Arm und bis zum Ellbogen hinaufreichend, mit Vorrichtungen, die als Taschen dienten. Die meisten dieser Armspangen schienen sehr dekorativ zu sein, beinahe wie kleine Schilder. Und dann war da für gewöhnlich ein riesiger Hut, oft zusammengerollt in der Hand getragen, und lange Umhänge in den hübschesten Farben und offenbar auch aus dem schönsten weichen Material, Umhänge, die entweder von einer Art Kragen herunterhingen oder zusammengezogen und um den nackten Körper geschlungen wurden oder mit Gürtel zusammengehalten oder über die Schulter geworfen waren.

Es gab eine Reihe Bilder von Menschenmengen aus verschiedenen Teilen der Welt. »Die Leute sahen gut aus«, sagte Brownlow. »Blühend, weißt du, und aufrecht. Manche Frauen – einfach reizend.«

Meine Gedanken wanderten nach Indien. Was ging in Indien vor?

Brownlow konnte sich an nichts Besonderes über Indien erinnern. »Ankor«, sagte Brownlow. »Das ist nicht Indien, nicht wahr? Mitten unter ›herrlich schönen‹ Häusern im Sonnenschein von Ankor hat eine Art von Karneval stattgefunden.«

Die Leute dort hatten einen bräunlichen Teint, aber sie waren sehr ähnlich wie die Leute in anderen Teilen der Welt gekleidet.

Ich merkte, wie sich der Politiker in mir regte. Gab es da wirklich nichts über Indien? War er ganz sicher? Es gab gewiß nichts, das in Brownlows Kopf irgendeinen Eindruck hinterlassen hatte. Und Sowjetrußland? »Nichts über Sowjetrußland«, sagte Brownlow. All diese Probleme hatten aufgehört, eine Frage des täglichen Interesses zu sein.

»Und wie kam Frankreich mit Deutschland zurecht?«

Brownlow konnte sich nicht erinnern, daß eine dieser beiden Großmächte erwähnt worden wäre. Auch vom britischen Weltreich als solchem, oder von den USA wurde nichts berichtet. Es gab keinerlei Erwähnung von Handelsbeziehungen, Nachrichtenwesen, Botschaften, Konferenzen, Wettbewerben, Vergleichen, Zwängen, in denen diese Regierungen eine Rolle spielten, soweit er sich erinnern konnte. Er zermarterte sich den Kopf.

Ich dachte, vielleicht war alles, was sich so abgespielt hatte, genauso wie es sich heute abspielt – und sich in den letzten hundert Jahren abgespielt hat –, so daß seine Augen die fraglichen Textstellen überflogen hatten und sie in seinem Kopf keinen deutlichen Eindruck hinterlassen hatten. Aber er ist überzeugt, daß es nicht so war. »Dieses ganze Zeug war erledigt«, sagte er. Er behauptete steif und fest, daß keine Wahlen im Gange waren, man nahm keine Notiz vom Parlament oder von Politikern, nichts wurde von Genf oder über Kriegsrüstungen erwähnt. All diese Hauptthemen einer heutigen Zeitschrift schienen zu dem »erledigten« Zeug zu gehören. Nicht, daß Brownlow sie nicht sonderlich bemerkt hätte; er ist überzeugt, sie waren gar nicht da.

Für mich ist das nun tatsächlich eine ganz erstaunliche Sache. Es bedeutet, das entnehme ich daraus, daß in nur vierzig Jahren das große Spiel der souveränen Staaten vorbei sein wird. Es sieht auch so aus, als ob das parlamentarische Spiel vorbei sein wird und irgendeine ganz neue Methode, menschliche Dinge zu behandeln, eingeführt wurde. Nicht ein Wort von Patriotismus oder Nationalismus; nicht ein Wort von Partei, nicht eine Anspielung. Aber in nur vierzig Jahren! Wobei die Hälfte der Menschen, die bereits auf der Welt sind, noch am Leben sein werden! Nicht einen Augenblick lang kann man das glauben. Auch ich könnte es nicht, wären da nicht zwei kleine zerrissene Papierfetzen. Diese, wie ich deutlich machen werde, lassen mich in einem Zustand – wie kann ich es ausdrücken? – ungläubigen Glaubens zurück.

Schließlich dachten im Jahr 1831 sehr wenig Leute an die Eisenbahn oder an Dampfschiffreisen, und

1871 konnte man bereits in achtzig Tagen mit Dampf rund um die Welt reisen, und in ein paar Minuten ein Telegramm in fast jeden Teil der Erde schicken. Wer hätte 1831 an so etwas gedacht? Revolutionen im menschlichen Leben, wenn sie sich ankündigen, können sehr schnell kommen. Unsere Ideen und Methoden verändern sich rascher, als wir wissen.

Aber nur vierzig Jahre!

Nicht, daß es keine nationale Politik in dieser Abendzeitung gegeben hätte, sondern da fehlte noch etwas anderes, Fundamentaleres. Für das Geschäftsleben, meinen wir, das heißt, für das Finanzwesen, gab es keine Hinweise, zumindest keine annähernd den heutigen Grundsätzen vergleichbaren. Wir sind uns dessen nicht ganz sicher, aber das ist unser Eindruck. Da gab's keine Börsennotierungen, zum Beispiel, keine Finanzseite und nichts an ihrer Statt. Ich hatte schon geglaubt, daß Brownlow diese Seite einfach überschlug und daß sie eine ziemliche Ähnlichkeit mit der von heute hatte, so daß er darüber hinwegging und es vergessen hat. Ich habe ihn darauf hingewiesen. Aber er ist ganz sicher, daß das nicht der Fall war. Wie die meisten von uns heutzutage, verfolgt er eine Reihe seiner Investitionen eher nervös, und er ist überzeugt, daß er nach dem Börsenartikel gesucht hat.

Der 10. November 1971 könnte ein Montag gewesen sein – es scheint eine gewisse Neuordnung der Monate und Wochentage stattgefunden zu haben; das ist ein Detail, auf das ich jetzt nicht eingehen will – aber das erklärt nicht das Fehlen jeglicher Börsenberichte. Auch das, so scheint es, wird in vierzig Jahren erledigt sein.

Steht also irgendein gewaltiger revolutionärer Zusammenbruch bevor? Der der Spekulation und den Kapitalanlagen ein Ende setzen wird? Wird die Welt bolschewistisch? In der Zeitung gab es jedenfalls kein Zeichen dafür, keinen Hinweis darauf oder auf irgend etwas dergleichen. Doch entgegen dieser Vorstellung von einer ungeheuren ökonomischen Revolution haben wir die Tatsache, daß hier, vierzig Jahre im voraus, eine bekannte Londoner Abendzeitung immer noch völlig ungestört in den Briefkasten eines privaten Individuums purzelt. Kein Hinweis auf einen sozialen Zusammenbruch. Viel stärker ist die Wirkung der ungeheuren Veränderungen, die sich Stück für Stück, Tag für Tag und Stunde um Stunde ereignet haben, ohne jeglichen revolutionären Druck, dem Anbruch des Tages oder des Frühlings vergleichbar.

Diese müßigen Spekulationen sind unwiderstehlich. Der Leser muß sie mir verzeihen. Lassen Sie mich zu unserer Geschichte zurückkehren.

Es gab da ein Bild von einem Erdrutsch in der Nähe von Ventimiglia und eines von irgendwelchen neuen chemischen Werken in Salzburg, und es gab ein Bild von Kämpfen, die sich in der Nähe von Irkutsk abspielten. (Von diesem Bild, wie ich gleich erzählen werde, ist ein verblassendes Fragment geblieben.) »Also das hieß« – Brownlow schnippte triumphierend mit den Fingern – »Aushebung von Räubern durch Bundespolizei!«

»*Welche* Bundespolizei?« fragte ich.

»Da überforderst du mich«, sagte Brownlow. »Die Burschen zu beiden Seiten sahen vorwiegend chinesisch aus, aber es gab einen oder zwei größere

Kerle, die Amerikaner oder Briten oder Skandinavier hätten sein können!«

»Was viel Platz in der Zeitung einnahm«, sagte Brownlow plötzlich, »waren Gorillas. Da war ein endloses Getue um Gorillas. Nicht so viel wie über diese Bohrung, aber doch eine Menge Getue. Fotografien. Eine Landkarte. Ein Spezialartikel und einige kurze Artikel.«

Tatsächlich hatte die Zeitung den Tod des letzten Gorillas verkündet. Beträchtliche Trauer zeigte man über die Tragödie, die im afrikanischen Gorillareservat vor sich ging. Die Gorillapopulation der Welt nahm seit vielen Jahren ab. 1931 war sie auf neunhundert geschätzt worden. Als die Bundesbehörde ihre Tätigkeit aufnahm, war die Zahl auf dreihundert zusammengeschrumpft.

»*Welche* Bundesbehörde?«

Brownlow wußte nicht mehr als ich. Als er den Ausdruck las, war er ihm ganz in Ordnung erschienen. Anscheinend hatte diese Behörde zu viel auf einmal zu tun gehabt, und ungenügende Ressourcen. Ich hatte anfangs den Eindruck, daß es so etwas wie eine Behörde zur Erhaltung der Art sein mußte, unter dem Eindruck einer Panik organisiert, um die seltenen Lebewesen in der Welt zu retten, ehe sie von Ausrottung bedroht waren. Die Gorillas waren nicht ausreichend beobachtet und geschützt worden; und eine neue und bösartige Form von Grippe raffte sie plötzlich hinweg. Die Sache war schon passiert, bevor man sie bemerkte. Die Zeitung verlangte energisch nach einer Untersuchung und drastische Maßnahmen zur Reorganisation.

Diese Bundesbehörde, was immer das auch sein

mag, schien im Jahr 1971 etwas von ganz beachtlicher Bedeutung zu sein. Ihr Name tauchte in einem Artikel über Aufforstung wieder auf. Dies interessierte Brownlow beträchtlich, da er im Besitz einer Menge von Nutzholzaktien ist. Diese Bundesbehörde war offenbar nicht nur für die Krankheiten von wilden Gorillas verantwortlich, sondern auch für das Pflanzen von Bäumen in – beachten Sie nur diese Namen! – Kanada, New York State, Sibirien, Algier und an der Ostküste von England; und sie sollte diverse Unzulänglichkeiten bei der Bekämpfung von Insektenplagen und verschiedenen pilzartigen Pflanzenkrankheiten abstellen. Sie überwand all unsere heutigen Grenzen in der erstaunlichsten Weise. Ihr Bereich war weltweit. »Trotz neuer, zusätzlicher Beschränkungen, die die Verwendung von großen Baumstämmen bei der Errichtung von Häusern und bei Möbeln betreffen, besteht die unmißverständliche Gefahr der Verknappung von Gebrauchsholz in allen bedrohten Regionen von 1985 an. Zugegebenermaßen hat die Bundesbehörde ihre Arbeit zu spät aufgenommen, von Anfang an war sie von großer Dringlichkeit; aber angesichts des klaren, von der James-Kommission vorbereiteten Berichts gibt es nur eine geringe oder gar keine Entschuldigung für die mangelnde Angriffslust und das übermäßige Selbstvertrauen, das hier offenbar wird.«

Ich bin in der Lage, diesen speziellen Artikel zu zitieren, denn er liegt tatsächlich vor mir, während ich schreibe. Er ist wirklich, wie ich begründen werde, das einzige, was von dieser bemerkenswerten Zeitung geblieben ist, der Rest ist vernichtet worden, und alles, was wir nun jemals darüber erfahren können, ist Brownlows intakter, aber nicht absolut vertrauenswürdiger Erinnerung zu verdanken.

Meine Gedanken klammern sich, während die Tage vergehen, an die Bundesbehörde. Bedeutet dieser Ausdruck, was er möglicherweise bedeuten könnte, eine Weltföderation, eine wissenschaftliche Kontrolle über alles menschliche Leben in nur vierzig Jahren von heute an? Ich finde diese Idee – umwerfend. Ich habe immer daran geglaubt, daß die Welt dazu bestimmt sei, das »Parlament der Menschheit und die Konföderation der Welt« zu schaffen, wie Tennyson es ausdrückte, aber ich habe immer angenommen, daß dieser Prozeß Jahrhunderte in Anspruch nehmen würde. Andererseits ist mein Zeitgefühl miserabel. Es hat immer meinem Wesen entsprochen, das Tempo der Veränderung zu unterschätzen. Im Jahr 1900 schrieb ich, daß es »in fünfzig Jahren« Flugzeuge geben würde. Und die verflixten Dinger schwirrten schon vor 1920 überall herum und beförderten Passagiere.

Lassen Sie mich ganz kurz den Rest jener Abendzeitung beschreiben. Er schien viel über Sport und Mode zu enthalten; viel über etwas, was sie »Spektakel« nannten – mit Bildern und eine Menge illustrierter Kritiken über bildende Kunst und vor allem Architektur. Die Architektur auf den Bildern, die er sah, war »monumental«, prächtig; riesige Häuserblocks – wie New York, aber irgendwie mehr als New York, und alles verlief ineinander ... Leider kann er nicht zeichnen. Es gab da auch Rubriken, die sich mit irgend etwas befaßten, was er nicht verstehen konnte, von denen er aber annimmt, daß es irgend so ein Zeug von Radioprogramm war.

All das läßt an eine Art von weiterentwickeltem menschlichem Leben denken, sehr ähnlich dem Leben, das wir heute führen, vielleicht eher schöner, besser.

Aber hier ist etwas – das anders ist.

»Die Geburtenrate«, sagte Brownlow, der sich zu erinnern suchte, »war sieben auf tausend.«

Ich schrie auf. »Die niedrigsten Geburtenraten in Europa sind heute sechzehn oder mehr auf tausend. Die russische Geburtenrate ist vierzig auf tausend, und sie sinkt langsam.«

»Es war sieben«, sagte Brownlow. »Genau sieben. Es fiel mir auf. In einem kurzen Artikel.«

»Aber welche Geburtenrate?« fragte ich. »Die britische? Die europäische?«

»Es hieß die Geburtenrate«, sagte Brownlow. »Nichts weiter.«

Das ist, finde ich, der quälendste Punkt dieses ganzen sonderbaren, flüchtigen Blicks in die Welt unserer Enkelkinder. Eine Geburtenrate von sieben auf tausend bedeutet nicht eine beständige Weltbevölkerung; das bedeutet eine Bevölkerung, die in einem sehr schnellen Tempo reduziert wird – es sei denn, die Sterberate ist noch tiefer gesunken. Es ist gut möglich, daß die Menschen dann nicht so leicht sterben, sondern sehr viel länger leben werden. Das konnte Brownlow nicht aufklären. Die Leute auf den Bildern sahen ihm nicht aus wie »alte Kerle«. Da gab es jede Menge Kinder, junge und jung aussehende Leute.

»Aber, Brownlow«, sagte ich, »gab es denn keine Verbrechen?«

»Schon«, sagte Brownlow. »Sie hatten einen großen Giftmordfall laufen, aber es war ganz schön schwierig, alles mitzubekommen. Du weißt, wie das mit diesen Verbrechen ist. Wenn man nicht von Anfang an darüber gelesen hat, ist es schwer, die Situation zu begreifen. Keine Zeitung hat bisher die Idee gehabt, jedes Verbrechen jeden Tag mit einer Zusammenfassung auf den neuesten Stand zu bringen – und vierzig Jahre später haben sie es auch nicht gemacht. Oder vielmehr, werden es nicht machen. Wie immer man es formulieren will.

Es gab mehrere Verbrechen und das, was Zeitungsleute Hintergrundgeschichten nennen«, fuhr er fort; »Geschichten über Personen. Was mir daran auffiel, war, daß sie einfühlender als unsere Reporter waren, sich mehr um die Motive kümmerten und weniger darum, jemanden zu entlarven. Was man als psychologisch bezeichnen könnte – sozusagen.«

»War irgend etwas über Bücher in der Zeitung?« fragte ich ihn.

»Ich kann mich nicht erinnern«, sagte er …

Und das ist alles. Bis auf ein paar unbedeutende Details, wie etwa, einen dreizehnten Monat in das Jahr einzuschalten. Das ist alles. Man könnte vor Neugier platzen. Das ist der Inhalt von Brownlows Bericht über seine Zeitung. Er las sie – wie man irgendeine Zeitung lesen würde. Er war einfach in jenem Zustand alkoholisierten Behagens, wo nichts unglaubhaft und daher nichts wirklich merkwürdig ist. Er wußte, er las eine Abendzeitung, die ihrer Zeit vierzig Jahre voraus war, und er saß vor seinem Kaminfeuer, rauchte und nippte an seinem Glas und war nicht verwirrter als er es gewesen wäre, hätte er ein phantasiereiches Buch über die Zukunft gelesen.

Plötzlich schlug seine kleine Messinguhr zwei.

Er stand auf und gähnte. Er legte diese verblüffende, mysteriöse Zeitung weg, wie er es gewohnt war, jede alte Zeitung wegzulegen; er trug seine Korrespondenz zu dem Pult in seinem Büro, und mit der flinken Faulheit eines sehr müden Mannes verstreute er seine Kleidungsstücke irgendwie über sein ganzes Zimmer und ging zu Bett.

Aber irgendwann in der Nacht erwachte er und fühlte sich durstig und düsterer Stimmung. Er lag wach, und ihm fiel ein, daß ihm etwas sehr Merkwürdiges passiert war. Seine Gedanken kehrten zu der Vorstellung zurück, daß er durch ein sehr raffiniertes Machwerk hereingelegt worden war. Er stand auf, um etwas Mineralwasser und eine Lebertablette zu holen, steckte den Kopf in kaltes Wasser und saß dann auf seinem Bett, trocknete sein Haar mit einem Handtuch und bezweifelte, ob er tatsächlich jene Fotografien in den wirklichkeitsgetreuen Farben gesehen oder ob er sie sich nur eingebildet hatte. Durch seinen Kopf schoß auch der Gedanke, daß das Herannahen einer weltweiten Holzknappheit für 1985 etwas war, das seine Investitionen und vor allem seine Treuhänderschaft betreffen könnte, die er für ein Kind, dem sein Interesse galt, übernommen hatte. Es konnte klug sein, dachte er, mehr in Holz zu investieren.

Er ging wieder auf dem Korridor zu seinem Wohnzimmer zurück. Er saß in seinem Morgenmantel da und blätterte die wundersamen Seiten um. Da war sie, in seiner Hand, jede Seite vollständig, nicht eine Ecke abgerissen. Irgendeine Art von Autosuggestion, dachte er, könnte am Werk sein, aber die

Bilder schienen bestimmt so real, als würde man aus einem Fenster hinaussehen. Nachdem er sie eine Zeitlang angestarrt hatte, kehrte er zu dem Artikel über das Holz zurück. Er glaubte ihn aufbewahren zu müssen. Ich weiß nicht, ob Sie verstehen werden, wie sein Geist funktionierte – ich für meinen Teil kann sofort sehen, wie absolut irrational und vollkommen natürlich es war –, aber er nahm diese mysteriöse Zeitung, bog die fragliche Seite um, riß diesen bestimmten Artikel heraus und ließ das übrige liegen. Er kehrte schlaftrunken in sein Schlafzimmer zurück, legte das Stück Papier auf seine Kommode, stieg ins Bett und schlief sofort ein.

Als er wieder aufwachte, war es neun Uhr; sein Morgentee stand unberührt neben seinem Bett, und das Zimmer war von Sonnenschein erfüllt. Sein Stubenmädchen, zugleich seine Haushälterin, hatte gerade wieder sein Zimmer betreten.

»Sie haben so friedlich geschlafen«, sagte sie; »ich konnte es nicht über mich bringen, Sie aufzuwecken. Soll ich Ihnen eine frische Tasse Tee bringen?«

Brownlow antwortete nicht. Er versuchte, sich an etwas Sonderbares zu erinnern, das geschehen war.

Sie wiederholte ihre Frage.

»Nein. Ich werde im Morgenmantel zum Frühstück kommen, bevor ich mein Bad nehme«, sagte er, und sie ging aus dem Zimmer.

Dann sah er das Stück Papier.

Im nächsten Augenblick lief er über den Korridor zum Wohnzimmer. »Ich habe eine Zeitung liegenlassen«, sagte er. »Ich habe eine Zeitung liegenlassen.«

Der Lärm, den er schlug, rief sie herbei.

»Eine Zeitung?« sagte sie. »Sie ist schon seit Stunden fort, den Schacht hinunter, mit dem Müll und anderem Zeug.«

Brownlow war einen Augenblick lang völlig konsterniert.

Er flehte seinen Gott an. »Ich wollte, daß sie *aufbewahrt* wird!« schrie er. »Ich wollte, daß sie *aufbewahrt* wird.«

»Aber wie sollte *ich* wissen, daß Sie sie behalten wollten?«

»Aber haben Sie nicht bemerkt, daß die Zeitung ganz anders aussah?«

»Ich habe nicht so viel Zeit beim Staubwischen in diesem Zimmer, daß ich mir Zeitungen ansehe«, sagte sie. »Ich glaube, ich habe ein paar Farbfotos von badenden Damen und Ballettmädchen darin gesehen, aber das geht mich nichts an. Mir kam sie nicht wie eine richtige Zeitung vor. Wie sollte ich wissen, daß Sie sich sie heute wieder ansehen wollen?«

»Ich muß diese Zeitung wiederhaben«, sagte Brownlow. »Es ist lebenswichtig. Und wenn der ganze Sussex Court stillstehen muß! Ich will diese Zeitung zurückhaben!«

»Ich hab noch nie gehört, daß irgendwas, wenn es einmal im Schacht ist, wieder raufgekommen ist«, sagte die Haushälterin. »Aber ich werd unten anrufen und sehn, was sich machen läßt, das meiste Zeug geht direkt in den Heizkessel für das Warmwasser, sagt man ...«

Brownlow war der Raserei nahe; nur mit äußerster Mühe konnte er sich beherrschen, setzte sich wieder hin und nahm sein Frühstück ein, das schon kalt zu werden begann. Dabei wiederholte er ständig:

277

»O mein Gott!« Mittendrin stand er auf, um den Papierfetzen aus seinem Schlafzimmer zu retten, und fand dann das Kreuzband, das an Evan O'Hara adressiert war, zwischen den Briefen in seinem Büro. Das schien eine Bestätigung zu sein, die ihn beinahe wahnsinnig machte. Die Sache *war* passiert.

Sofort, nachdem er gefrühstückt hatte, rief er mich an, um seinem verwirrten Geist zu Hilfe zu kommen.

Ich traf ihn in seinem Büro an, mit den zwei Stückchen Papier vor sich. Er sprach nicht, machte eine feierliche Geste.

»Was ist das?« fragte ich, während ich vor ihm stand.

»Sag du es mir«, erwiderte er. »Sag's mir. Was sind das für Dinge? Es ist ernst. Entweder —« Er ließ den Satz unvollendet.

Ich nahm zuerst das zerrissene Kreuzband auf und befühlte das Material. »Evan O'Hara, Mr.«, las ich.

»Ja. Sussex Court 49, ha?«

»Richtig«, stimmte ich zu und starrte ihn an.

»*Das* ist keine Halluzination, ha?«

Ich schüttelte den Kopf.

»Und jetzt das?« Seine Hand zitterte, als er mir den Ausschnitt hinhielt. Ich nahm ihn.

»Merkwürdig«, sagte ich. Ich starrte die schwarzgrüne Tinte an, den ungewohnten Schriftsatz, die unbedeutenden Neuerungen in der Rechtschreibung. Dann drehte ich das Ding um. Auf der Rückseite war ein Teil der Illustrationen, es war, nehme ich an, etwa ein Viertel der Fotografie, die die Aushebung von Räubern durch die Bundespolizei zeigte, wie ich bereits erwähnt habe.

Als ich es an jenem Morgen sah, hatte es noch gar nicht zu verblassen begonnen. Es stellte zerborstenes Mauerwerk in einer sandigen Einöde dar, mit kahlen Bergen in der Ferne. Die kalte, klare Luft, das blendende Licht eines wolkenlosen Nachmittags, sie waren perfekt wiedergegeben. Im Vordergrund waren vier maskierte Männer in brauner Dienstuniform eifrig bei der Arbeit an einer kleinen Maschine auf Rädern, mit einem Rohr und einer Düse, die einen Strahl ausstößt, der nach links hinausströmt, wo das Stück von der Zeitung zerrissen war. Ich kann mir nicht vorstellen, was der Strahl bewirkte. Brownlow sagte, er glaubt, sie vergasten einige Männer in einer Hütte. Noch nie habe ich einen so realistischen Farbdruck gesehen.

»Himmel, was ist das?« fragte ich.

»Es ist *das*«, sagte Brownlow. »Ich bin nicht verrückt, oder? Es ist wirklich *das*.«

»Aber was, zum Teufel, ist es?«

»Es ist ein Stück von einer Zeitung vom 10. November 1971.«

»Das solltest du lieber erklären«, sagte ich und setzte mich, mit dem Stück Papier in der Hand, um seine Geschichte zu hören. Und unter möglichst großzügiger Auslassung von Fragen, Abschweifungen und Wiederholungen ist das die Geschichte, die ich hier aufgeschrieben habe.

Ich sagte am Anfang, daß es eine seltsame Geschichte sei, und für den Verstand bleibt sie seltsam, phantastisch seltsam. Ich kehre dann und wann zu ihr zurück, aber sie weigert sich, sich in meinem Geist anders festzusetzen denn als Unvereinbarkeit mit all meinen Anschauungen und meiner Erfahrung. Gäbe es nicht die zwei kleinen Papierfetzen, könnte man sich ihrer ganz leicht entledigen. Man könnte sagen, daß Brownlow eine Vision hatte, einen Traum von unvergleichbarer Lebhaftigkeit und Dichte, oder daß er gefoppt und durch eine raffinierte Mystifikation irregeführt worden war. Oder man könnte annehmen, er hätte wirklich in die Zukunft geschaut, mit einer gewissen Übertreibung jener Vorausahnungen, die von Mr. J. W. Dunne in seinem bemerkenswerten »Experiment mit der Zeit« angeführt wurden. Aber nichts, was Mr. Dunne vorzubringen hatte, kann erklären, wie eine wirkliche Abendzeitung, die ihrem Erscheinungstag vierzig Jahre voraus ist, durch einen Briefschlitz geschmissen wird.

Das Kreuzband hat sich nicht im geringsten verändert, seit ich es zum erstenmal gesehen habe. Aber der Papierfetzen mit dem Artikel über die Aufforstung löst sich in feines Pulver auf, und das Bildfragment auf seiner Rückseite verschwindet; der Großteil der Farbe ist weg, und die Konturen haben ihre Schärfe verloren. Ich habe etwas von dem Pulver zu meinem Freund Ryder am Royal College gebracht, dessen Leistungen auf dem Gebiet der Mikrochemie wohlbekannt sind. Er sagt, das Zeug ist, strenggenommen, kein Papier. Es ist großteils Aluminium, das mit irgendeiner Kunstharzsubstanz angereichert ist.

Obwohl ich keinerlei Erklärung für diese Angelegenheit anbiete, denke ich, daß ich eine kleine Prophezeiung wagen kann. Ich bin der hartnäckigen Überzeugung, daß am 10. November 1971 der Name des Mieters von Nr. 49, Sussex Court, Mr. Evan O'Hara sein wird. (Es gibt jetzt keinen Mieter dieses Namens, und ich finde keine Spur von ihm im Telefonbuch oder im Londoner Adreßbuch). Und an jenem bestimmten Abend, in vierzig Jahren, wird er nicht sein übliches Exemplar des *Even Standrd* bekommen: statt dessen wird er ein Exemplar des *Evening Standard* von 1931 bekommen. Ich habe die fixe Idee, daß das so sein wird.

Ich mag da recht oder unrecht haben, aber daß Brownlow wirklich eine richtige Zeitung bekam – und zwei bemerkenswerte Stunden lang las –, eine Zeitung, die der Zeit vierzig Jahre voraus war, davon bin ich so überzeugt wie ich sicher bin, daß mein Name Herbert G. Wells ist. Kann ich etwas Überzeugenderes sagen als das?

Inhalt

H. G. Wells
im dtv

dtv

Klassiker der Weltliteratur
in vollständigen Ausgaben und Neuübersetzungen

Harriet Beecher Stowe
Onkel Toms Hütte
Roman
Auf der Grundlage einer
anonymen Übersetzung
von 1853
Am Original überprüft
und neu erarbeitet von
Susanne Althoetmar-
Smarczyk
dtv 2330

Wilkie Collins
Die Frau in Weiß
Criminal-Roman
Neu übersetzt von
Ingeborg Bayr, durchgese-
hen von Hanna Neves
dtv 11793

Der Monddiamant
Criminal-Roman
Aus dem Englischen
übertragen von Inge Lindt
dtv 12182

Jezebels Tochter
Criminal-Roman
Aus dem Englischen von
Thomas Eichhorn
dtv 20003

Maria Edgeworth
Castle Rackrent
Roman
Aus dem Englischen von
Helga Schulz
dtv 12275

Victor Hugo
**Der Glöckner von
Notre-Dame**
Roman
Auf der Grundlage der
Übertragung von
Friedrich Bremer
Am Original überprüft
und neu erarbeitet von
Michaela Meßner
dtv 2329

Henryk Sienkiewicz
Quo vadis?
Roman
Auf der Grundlage der
Übertragung von
J. Bolinski
Am Original überprüft
und neu erarbeitet von
Marga und Roland Erb
dtv 2334

dtv

William Shakespeare
im dtv

Zweisprachige Ausgabe
Neuübersetzung von Frank Günther

**Ein Sommernachts-
traum**
Mit einem Essay von
Sonja Fielitz
dtv 2355

Romeo und Julia
Mit einem Essay von
Kurt Tetzeli von Rosador
dtv 2356

Othello
Mit einem Essay von
Dieter Mehl
dtv 2357

Hamlet
Mit einem Essay von
Manfred Pfister
dtv 2358

Macbeth
Mit einem Essay von
Ulrich Suerbaum
dtv 2359

**Der Kaufmann von
Venedig**
Mit einem Essay von
Wolfgang Weiß
dtv 2368

Was ihr wollt
Mit einem Essay von
Christa Jansohn
dtv 2369

Der Sturm
Mit einem Essay von
Günter Walch
dtv 2370

Wie es euch gefällt
Mit einem Essay von
Andreas Mahler
dtv 2371

König Lear
Mit einem Essay von
Sabine Schülting
dtv 2372

Rolf Vollmann
Who's who bei
Shakespeare
dtv 30463